KB043891

사자의 아들

칸의 여행

사자(獅子)의 아들: 칸의 여행 5

허담 新무협 판타지 소설

초판 1쇄 찍은 날 § 2021년 3월 30일
초판 1쇄 펴낸 날 § 2021년 4월 6일

지은이 § 허담
펴낸이 § 서경석

총괄팀장 § 노종아
편집책임 § 강서희
디자인 § 스튜디오 이너스

펴낸곳 § 도서출판 청어람
등록번호 § 제387-1999-000006호
등록일자 § 1999. 5. 31
어람번호 § 제2-2866호

주소 § 경기도 부천시 부일로 483번길 40 서경B/D 3F (우) 14640
전화 § 032-656-4452 팩스 § 032-656-4453
http://www.chungeoram.com
E-mail § chungeorambook@daum.net

ⓒ 허담, 2020

ISBN 979-11-04-92333-3 04810
ISBN 979-11-04-92295-4 (세트)

청람 도서출판

허담 무협 판타지 소설

5

사자의 아들

칸의 여행

FANTASTIC ORIENTAL HEROES

겨울 대륙
(빙하의 땅)

북해

무산열도

대마협

서극빙해

얼마산
곤모산

녹대섬
석림

오주의 섬

봄섬
무산해협
사열군도
수호자들의 섬

아체암벽
마령

아둥섬

시리섬

마령
백림

유롱항
엘라강

시령만도

군산
북청섬

오사섬 포구 하민
소태강

파나류
(검은 대륙)

산매체아섬
유령항

사자의 섬

육주의 바다
(천해)

엘다

육주
(천섬, 천록의 땅)

송양
화림

신마

대덕산
타열항

사해
상가

대타강

원의 섬

천록의 성

대련산

대사막

고해
(잊혀진 바다)

롭의 바다
(야수해)

남화성
화산

도찰
백림

열사의 섬

남대해

화신성

사자의 아들
칸의 여행

목차

창해

룡대산맥

천호

인화산맥

제1장

빛의 정원

　갈증으로 목이 타는 것 같았다. 그럼에도 무한은 작은 석탑에서 흘러내려, 바닥에 깔린 커다란 돌을 파서 만든 우물에 고인 물을 향해 다가가지 못했다.

　밀법의 문이니, 운명의 시험이니 하는 사기꾼들이나 지껄일 허무맹랑한 소리를 해대는 노인 때문이었다.

　회색 천으로 만든 투박한 옷을 입고, 역시 회색 천으로 만든 두건을 눈 근처까지 내려 쓰고 있어서 노인의 얼굴을 자세히 볼 수도 없었다.

　그러나 신비롭게 보이기 위해서 만든 것 같은 구불거리는 나무 지팡이를 짚고, 낡은 석좌에 앉아 있는 노인은 그저 사기꾼으로 치부하기에는 꺼려지는 면이 있었다.

　애초에 이런 사막 한가운데 무너진 돌무더기 아래에서 나타난 것 자체가 경계할 만한 일이기도 했다.

"물을… 마실 수 있겠습니까?"

무한이 다가가지 않는 대신 바싹 마른입으로 차분하게 물었다.

"물론, 사막의 여행자에게 물을 아끼는 것은 현자의 도리가 아니지. 마음껏 마시게."

노인이 순순히 무한의 부탁을 허락했다.

그러자 무한이 용기를 내 석실 안으로 걸어 들어갔다. 타는 듯한 갈증이 노인에 대한 경계심을 이긴 것이다.

그리고 사실 지금 물을 마시지 않는다면 그는 어차피 조만간 죽고 말 운명이었다. 그래서 노인이 어떤 사람이든 일단 물을 마시는 것이 우선이었다.

쿡!

무한이 돌을 파서 만든 우물 앞에 다가와 검을 지팡이 삼아 바닥에 꽂은 후 무릎을 꿇고 한 손으로 물을 떠서 입술을 적셨다.

당장 우물에 머리를 박고 양껏 물을 마셔 버리고 싶지만, 오랜 갈증 끝에 만난 생명수는 오히려 급히 먹다 체해 죽어버릴 수도 있었다.

더군다나 정체를 알 수 없는 괴한 노인을 앞에 두고 정신없이 물을 마실 수는 없었다.

그러나 그와 함께 온 말은 달랐다.

푸르륵 푸르륵!

무한을 따라 들어온 말이 거침없이 물을 들이켰다. 소리만 들어도 시원한 느낌이 들 정도였다.

그 소리에 전염이 되었는지 무한도 물을 마시는 속도가 빨라졌다.

빠르게 손을 움직이다가 입과 식도, 그리고 내장들이 물기에 익숙해지자 급기야 입을 우물에 대고 물을 빨아들이기 시작했다.

물론 그 와중에도 한 손은 검을 잡고 있었고, 그의 시선은 노인을 향해 있었다.

꿀꺽꿀꺽!

어두운 석실에 사람과 말이 물 마시는 소리만 요란하다. 걱정과 달리 노인은 어떤 방해도 하지 않았다.

그럼에도 무한은 여전히 노인에게서 시선을 떼지 않았다. 순간의 방심이 생명을 앗아갈 수도 있었기 때문이다.

무한은 몸이 충분히 수분을 흡수한 후에야 우물에서 입을 뗐다.

"고맙습니다."

충분히 물을 마신 무한이 검을 집고 일어선 후 노인에게 가볍게 고개를 숙여 보이며 말했다.

"갈증은 해소되었나?"

노인이 물었다.

"덕분에……."

"그럼 이제 이야기를 나눌 시간이군. 이름이 뭔가?"

노인이 물었다.

"그보다 이곳은 어딥니까?"

무한이 되물었다.

그러자 노인이 마른 손을 들어 올려 손가락을 저었다.

"아니지. 사람의 대화에는 규칙이란 것이 있네. 예를 들어 낯선 손님은 먼저 주인의 질문에 대답해야 한다, 라는 것 같은……."

다시 말해 묻는 말에 대답이나 하라는 뜻이다.

그러자 무한이 잠시 노인을 바라보다가 입을 열었다.

"칸이라고 합니다."

"칸! 좋아. 좋은 이름이지. 부모님이 대단하신 분이었나 보군. 그런 이름을 지어주다니."

순간 무한의 눈빛이 반짝였다. 칸이라는 말에 담긴 뜻을 노인이 알고 있다는 의미다.

철사자 무곤의 설명에 의하면 무한의 이름인 '한'은 고대의 어느 곳에서는 칸이라고도 불리는 단어라고 했다. 그리고 '칸'이라고 불릴 때는 만인의 제왕을 뜻한다고도 했다.

그런데 노인은 바로 그 '칸'이라는 잊힌 언어의 의미를 알고 있는 듯했다. 그건 그가 풍부한 지식을 소유한 사람이라는 뜻이다.

"이 이름의 뜻을 아십니까?"

무한이 물었다.

"제왕… 예전 어느 곳, 육주의 역사가 기록하지 못하는 시간과 지역에서 그렇게 쓰였다고 하지."

"…어르신은 대체 누굽니까? 그리고 이곳은 어딥니까?"

무한이 다시 대화의 규칙을 어기며 물었다.

그러자 노인 역시 무한의 질문을 무시하고 자신이 정한 대화의 규칙대로 다시 질문을 했다.

"이름은 들었고. 그래, 어디서 왔나?"

자신의 질문을 아예 무시해 버리는 노인의 행동에 슬쩍 화가 치밀었지만 무한은 애써 그 화를 참으며 대답했다.

"파나류 밖에서 왔습니다."

"그러니까 어디? 미리 말해두지만 우리가 앞으로 좋은 관계를 맺고 일을 하려면 서로에게 비밀이 없어야 해. 그러니까 솔직하게 말하게. 어디서 왔나? 소년 전사!"

"우리가 무슨 일을 한다는 말입니까?"

무한도 고집스럽게 질문을 해댔다.

"일단 그대의 대답을 듣고 난 후에 결정되겠지. 어떤 일을 할지는……."

노인이 이번에는 무한의 질문에 대답을 했다.

그러자 무한이 잠시 망설이다가 결심을 한 듯 입을 열었다.

"묵룡대선이라고 아십니까?"

"묵룡대선, 독안룡의?"

"예."

"알지. 그곳 사람인가?"

"그렇습니다."

"그런데 왜 사막을 헤매고 있지? 바다에 있어야 할 사람이. 그것도 바다 근처도 아닌 파나류 가장 깊은 곳에 있는 한열지의 사막에……."

"……."

무한이 이번에는 침묵을 지켰다. 그가 빛의 술사의 유적을 찾아 이곳에 왔다는 사실을 함부로 입에 올릴 수는 없었다.

"뭔가 특별한 임무를 받고 왔겠지? 그런데 이상하군. 특별한 임무를 수행하기엔 너무 어려 보이는데……."

노인이 무한의 얼굴을 뚫어지게 바라보며 말했다.

"저는 묵룡대선의 소룡입니다. 수련자를 뜻하는 말이죠. 알고 계신지 모르겠지만… 이 여행은 소룡 수련의 마지막 수련 여행이었지요."

"수련 여행이라… 이 먼 파나류 내륙의 한열지까지?"

노인이 믿을 수 없다는 듯 중얼거렸다.

"묵룡대선 소룡들의 수련은 혹독하지요."

무한이 담담하게 대꾸했다.

"그렇군. 하긴 독안룡 탑살의 성격을 보면 그럴 수도 있지. 그런데!"

노인이 갑자기 석좌에서 몸을 일으켰다. 순간 무한이 본능적으로 우물에서 멀어졌다.

노인의 눈에서 흘러나온 푸르스름한 청색 안광이 쏟아지듯 무한의 눈에 꽂혔다. 그 기세가 얼마나 차가운지 무한이 마시던 우물의 물이 얼 것 같은 착각이 들 정도였다.

그리고 그 안광의 기운은 무한에게만 미친 것이 아니었다.

히힝!

무한의 옆에서 물을 마시고 있던 말이 놀라서 울음을 터뜨리며 몇 걸음 뒤로 물러났다.

창!

무한이 본능적으로 검을 들어 노인을 겨눴다.

그런 무한을 보며 노인이 다시 물었다.

"다른 목적은 없나?"

"……"

무한이 침묵했다.

"있는데 말하지 않겠다는 건가?"

노인의 물음에 무한이 침묵으로 긍정했다.

순간 노인의 입에서 싸늘한 냉소가 흘러나왔다.

"훗, 어쭙잖은 의리 같은 건가? 솔직히 말해 네 대답을 들을 필요도 없다. 지금까지는 네 녀석이 어떤 성격을 가진 놈인지 한번 시험해 본 것뿐이란 말이다."

노인의 말투가 확연하게 바뀌었다. 더 이상 물을 찾아 자신의 거처를 찾아온 여행자를 대하는 말투가 아니었다.

"절 농락하시는 겁니까?"

무한이 화를 참으며 물었다.

"그렇게 느꼈다면 그렇겠지."

"이유가 뭡니까? 이런 식으로 사람을 농락하는……"

"이유? 글쎄. 이유가 뭘까? 그냥 심심해서라고 해두지. 아니면… 너같이 덜떨어진 놈에게 풍룡이 반응한 것이 짜증 나서라고나 할까?"

"대체 그게 무슨……?"

"그만! 지루한 대화는 여기서 끝이다. 넌 네 동료들과 함께 빛의 술사의 흔적을 찾아왔고, 사막에서 사풍에 휩쓸려 동료들과 헤어진 것이 아니냐!"

다시 노인의 눈에서 청색 안광이 번쩍였다.

그러나 무한은 그의 안광보다 노인이 한 말 때문에 온몸이 굳었다.

"설마 내가 그걸 모를 거라 생각했느냐?"

"빛의 술사에 대해 아십니까?"

무한이 겨우 입을 열었다.

"당연하지. 이곳이 바로 네놈들이 찾던 바로 그곳이니까!"

노인이 퉁명스럽게 대답했다.

"이곳이… 빛의 술사의 유적지란 말입니까?"

무한이 다시 물었다.

"한 번 들은 말은 되묻지 마라. 귀찮으니까."

"그럼 어르신이……?"

"내가 빛의 술사냐고? 젠장… 그랬으면 얼마나 좋겠느냐? 하지만 난 빛의 술사가 아니다. 빛의 신전을 지키는 문지기지."

노인이 화가 난 목소리로 말했다. 왜 자신이 빛의 술사가 아니라 빛의 술사의 신전을 지키는 문지기인지 스스로도 납득이 되지 않는 듯 보였다.

"그럼 빛의 술사님은……?"

"없다."

"예?"

"빛의 술사는 이 세상에 없단 말이다."

"이곳이 그의 신전이라고 하지 않으셨습니까?"

무한이 되물었다.

"맞아. 이곳은 빛의 술사의 서역 신전이다. 하지만 빛의 술사는 이미 수백 년 전에 그 맥이 끊겼다. 그래서 우리는 새로운 빛의 술사가 나타날 때까지 이 신전을 지키고 있는 것이다. 평생 동안! 어때? 이 정도면 분노할 만하지?"

노인이 물었다.

"…그렇기는 한데. 전 도대체 이해가 되질 않는군요."

"그렇겠지. 당사자인 우리도 이해가 안 되는 일인데. 그런데 더 화가 나는 일이 뭔지 아느냐?"

"……"

노인의 물음에 무한이 대답을 하지 않았다.

그러자 노인이 짜증이 섞인 목소리로 말했다.

"풍룡이 너같이 어쭙잖은 녀석을 빛의 술사의 후인이 될 재목으로 선택했다는 거다. 이게… 말이 된다고 생각하느냐? 평생이 신전을 지켜온 우리가 아니라 너 같은 애송이를 말이다!"

'이거… 미친 노인 아닐까? 맞아. 이 사막의 돌무더기 아래 너무 오래 살아서 미친 걸 거야. 그렇지 않고서야 이런 허무맹랑한 소리를 지껄일 수 없지.'

검을 든 손에 힘이 빠졌다. 미친 노인을 상대로 말씨름하고 있던 자신이 한심하게 느껴질 지경이었다.

그의 눈에서 흘러나오는 서슬 퍼런 안광은 아마도 오랜 세월 이곳에서 홀로 살아온 자의 고독한 빛일 것이다.

그렇게 생각하니 오히려 마음이 편해졌다.

이곳에서 기운을 추스르고 물주머니에 물을 채운 후 열화산을 돌아가면 된다.

설혹 길을 모르더라도 노인이 이곳에서 생존해 있다는 것은 양식 또한 얻을 수 있다는 의미. 양식과 물이 충분하다면 열화산까지의 여행이 불가능한 것은 아니다.

"너 지금 무슨 생각을 하고 있는 거냐?"

무한의 표정을 읽은 듯 노인이 물었다.

"얼마나 사셨어요? 여기서?"

무한이 되물었다.

"평생."

노인이 대답했다.

"여기서 태어나셨다는 말인가요?"

"그건 아니고. 독한 노인 한 사람을 만나서 그의 제자가 된 것이 아홉 살 때였다. 그때부터 줄곧 이곳을 지켰다."

"그럼 이해할 수 있어요."

무한이 고개를 끄떡였다.

"뭘 이해한다는 거냐?"

"…사람이 한곳에 고립되어 오래 살다 보면 뭐… 옛 전설이 진실처럼 느껴질 수도 있고, 환상을 실제처럼 보기도 하고……."

"놈!"

한순간 노인의 입에서 쩌렁한 욕설이 터져 나왔다. 당연히 무한의 말문이 막혔다.

"너 지금 내가 미친 늙은이라고 생각하는 거냐?"

"미쳤다는 것은 아니고……."

"됐다. 결국 내가 한 말을 못 믿는다는 거지? 허무맹랑한 이야기로 들리고."

"……."

무한이 침묵했다. 노인의 말이 맞았기 때문이다.

"빛의 술사는 믿고?"

노인이 다시 물었다.

"그야……."

"너 오면서 소요산장에 들렀지?"

"그런데요?"

"그곳의 산장지기가 이 성전을 지키는 첫 번째 문지기다. 그리고 대협곡 황벽을 지나면서 풍룡의 동굴을 지났지?"

"…예."

"그 풍룡의 동굴 안에 두 번째 문지기가 산다. 또한 그 동굴 속에는 정말 용이 살고 있기도 하지. 풍룡의 동굴에서 나는 용의 울음소리는 바람이 만들어내는 소리가 아니라 실제 풍룡이 내는 소리란 거다. 그리고!"

노인이 잠시 말을 끊고 무한을 죽일 듯이 노려봤다.

"…그리고요."

무한이 침을 꿀꺽 삼키며 물었다.

아무리 노망난 노인네의 허무맹랑한 이야기라고 치부하려 해도 노인이 하는 이야기는 모두 사실에 기반하고 있었다.

노인은 무한이 이곳까지 온 길을 모두 동행한 사람처럼 그가 걸어온 모든 길을 알고 있었다. 그런 사람의 말을 누가 무시할 수 있을까.

"그리고… 그 풍룡은 이 신전에 남아 있는 빛의 술사의 힘을 얻을 자를 가려낸다. 아니, 그렇게 전해진다. 그건… 솔직히 나도 의심스러운 면이 있어. 제깟 놈이 아무리 신령스러운 용이라도 결국 짐승인데 어떻게 빛의 술사의 후계자를 판별할 능력이 있겠어. 안 그래?"

노인이 이번에는 무한의 동의를 구하듯 물었다. 제발 그렇기를 바라는 사람의 모습이다.

"그, 그렇죠."

"그래. 네가 생각해도 그렇지? 그러니까… 가볍게 생각하고 네 운을 시험해 봐. 그렇다고 너무 열심히 하지는 말고. 네 몫이 아닌 것 같은데 고집부리다가 죽는 수가 있어."

"…그게 무슨 말씀이시죠?"

"풍룡의 선택을 받은 자만이 이 신전의 가장 비밀스러운 영역, 빛의 정원에 들어갈 수 있다. 그곳에서 삼 일을 견디면… 정식으로 빛의 술사의 후예가 되는 거지."

"뭘 견뎌요?"

"그야 나도 모르지. 빛의 정원에 들어가 본 적이 없으니까. 하지만 전해지는 이야기로는 인간이 겪을 수 없는 고통을 견뎌야 한다고 하더구나. 그 삼 일이 삼천 년 같다고도 하고……."

겁을 주려는 듯 노인이 목소리를 낮추며 무한을 바라봤다.

"흥미롭군요."

"뭐? 흥미로워?"

"정원이라는 곳은 꽃도 있고 나무도 있어서 사람이 편히 쉴 수 있는 곳 아닌가요?"

"그렇지."

"그러니까요. 그런 곳이 정원인데. 이 사막 한가운데, 물론 우물 하나가 있기는 하지만, 무너진 돌무더기 속에 무슨 정원이 있다는 겁니까?"

무한이 불신 가득한 표정으로 물었다.

그러자 노인이 갑자기 좌대에서 일어나더니 계단 아래로 내려와 무한이 있는 우물 쪽으로 다가왔다.

무한은 노인이 다가온 만큼 뒤로 물러났다.

"믿지 못하겠지. 사람인 이상."

노인이 중얼거렸다. 화가 난 것 같지는 않았다. 무한이 믿지 못하는 것을 이해하는 표정이다.

"사람은 어리석은 존재다. 아니, 단순한 존재라고 해야 할까? 자신이 본 것만 믿으니까. 그래서 백 마디 말보다 한 번 직접 보는 것이 더 효과적이지."

말을 하면서 노인이 우물에 물을 떨어뜨리고 있는 사자상의 머리에 손을 댔다.

그그긍!

한순간 사자상이 옆으로 움직였다. 마치 사자상의 목이 가로로 잘리는 듯한 모습이다.

그런데 사자상이 움직이자 석실 역시 요동치기 시작했다.

구르릉!

석탑이 내는 소리와는 차원이 다른 굉음이 석실 전체를 뒤흔들었다.

무한이 두려운 눈으로 조금 더 뒤로 물러났다. 놀란 말(馬)은 석실에서 벗어나고 싶은지 거친 울음을 울었다.

하지만 노인만은 태연했다. 석실 전체가 요동치고 있음에도 그는 미동 없이 한곳에 시선을 고정하고 있었다.

자연스럽게 무한의 눈도 노인의 시선을 따라갔다.

그르릌!

벽이 좌우로 열리고 있었다. 그리고 그 뒤쪽에서 태양이 떠오르듯 강렬한 빛이 흘러들어 왔다. 빛이 너무 강렬해서 무한이 손을 들어 눈을 가릴 정도였다.

그 속에서 노인의 목소리가 들렸다.

"봐라."

퉁명스럽지만 한편으로는 자부심이 느껴지는 노인의 목소리다.

노인의 말에 무한이 손가락 틈 사이로 갈라진 벽의 뒤쪽을 바라봤다.

여전히 강렬한 빛이 쏟아져 나오고 있었다. 그런데 그 빛 속에서 뭔가 다른 색들이 보였다. 언뜻 보면 무지개가 뜬 것처럼 보이기도 했다.

그러나 무한은 잠시 후 그 색들이 공기가 아닌 물체가 만들어 내는 것이란 걸 알아챘다.

"아!"

무한이 자신도 모르게 탄성을 흘렸다.

"이젠 믿겠냐?"

"저게 뭐죠? 대체……?"

무한이 혼이 빠진 사람처럼 물었다.

"빛의 정원……."

노인 역시 빛 속에 보이는 광경에 현혹된 듯 중얼거렸다.

"그럼 정말……."

"난 거짓말쟁이가 아니다. 노망이 든 노인은 더더욱 아니고."

노인이 무겁게 말했다. 다른 어느 때보다 진지한 표정인 노인이었다.

"어떻게 저런 것이 가능합니까?"

무한이 물었다.

폭사하는 눈부신 광채 저편에는 아름다운 정원이 보이고 있었다.

나무와 꽃, 그리고 작은 개울까지 존재하는 정원이었다. 정원 먼 쪽에는 사람이 쉴 수 있는 작은 정자도 보이는 듯했다.

하지만 갈라진 벽을 통해 흘러나오는 빛이 워낙 강해서 정원의 실체를 정확하게 파악할 수는 없었다.

"위대한 자들의 마지막 피조물이지."

노인이 대답했다.

"빛의 술사… 말씀이군요."

"그래."

노인이 고개를 끄떡였다.

"정말… 있었군요."

"전설이라는 것은 언제나 사실에 기반을 둔다. 그 사실의 정도가 전설의 크기와 다를 뿐. 하지만, 적어도 빛의 술사에 대한 전설은 사실과 전설의 크기가 거의 같다고 할 수 있다."

"그런데 왜 지금까지……?"

"그 위대한 빛의 술사의 맥이 이어지지 않았느냐고?"

"예."

"위대한 자가 자신의 유적은 남겨놓았어도, 후인은 남기지 않았으니까."

"…혈통으로 이어졌던 겁니까?"

어느 순간 맥이 끊겼다는 것은 보통 혈통으로 이어지는 가문이나 무종의 경우다. 그렇지 않다면 제자를 들이지 못할 이유가 없기 때문이다.

하지만 노인의 대답은 무한의 생각과 달랐다.

"빛의 술사는 혈통으로 이어지지 않는다. 하지만……."

노인이 대답하는 순간에 조금 의기소침한 표정을 지었다.

"빛의 술사가 되기 위해서 특별한 조건이 필요한가 보군요."

"그래. 빛의 술사의 맥을 잇기 위해선 특별한 자질을 가진 사람이 필요하다. 마지막 술사께선 그런 제자를 찾지 못했던 거지. 그래서… 이 세상의 많은 일들이 변하게 되었다. 세상은 혼란스러워졌고, 교활한 자들이 신이라도 된 듯 사람들 위에 군림하고 있지."

노인은 지금의 세상에 대해 강한 불만을 가지고 있는 듯 보였다. 그가 한평생 이 돌무더기의 신전을 지키고 있었다는 사실을 생각하면 우스운 일이기도 했다.

은거한 자가 세상사에 분노를 드러내다니.

"그 특별한 자질을 지닌 사람이 저라는 건가요?"

무한이 세상에 대해 불만을 토해내는 노인에게 물었다.

그러자 노인이 허를 찔린 것 같은 표정을 지으며 묘한 눈으로 무한을 바라봤다. 그러다 고개를 끄떡이며 말했다.

"역시 조금 이상한 놈인 것은 확실하군. 그래, 맞다. 네가 바로 빛의 술사의 후계자가 될 자질이 있다고 하는구나."

"그 동굴 속에 있다는 풍룡의 판단에 의해서요?"

무한이 다시 물었다.

"그래. 그러니까 넌 저 빛의 정원 속으로 들어가야 한다. 들어 가서 삼 일을 버텨. 버티면 빛의 술사의 후계자가 되는 거지."

"그렇지 못하면요?"

"그때는 두 가지 선택권이 있다. 하나는 이곳에서의 모든 기억 을 지워 버리고 세상 어딘가로 나가는 것, 뭐, 묵룡대선에 데려 다줄 수도 있지. 그들이라면 그들이 알고 있는 너의 기억은 말해 줄 수 있을 테니까."

"두 번째 선택은요?"

첫 번째 상태가 되는 것은 곤란했다. 왜냐하면 정말 모든 기 억이 지워진다면 묵룡대선에 타기 전, 철사자 무곤의 아들로서 살았던 시절의 기억까지 지워지기 때문이다.

"두 번째 선택은 나처럼 이곳에 머무는 것이지. 신전을 지키는 문지기로서 말이다. 평생 그 업에서 벗어나지 못한다는 조건이 붙겠지만."

노인이 담담하게 말했다. 어쩌면 그걸 바라는 듯도 보였다.

"애초에 저 속으로 들어가지 않으면요?"

무한이 다시 물었다.

"역시 마찬가지. 네게 지금 말한 두 가지 조건이 적용된다. 왜냐하면 너는 이미 빛의 술사와 그 비밀에 대해 너무 많은 것을 들었으니까. 그러니 이제… 선택해라."

노인이 정색을 하며 선택을 요구했다.

그러자 무한이 망설이지 않고 대답했다.

"들어가지 않아도 결과가 마찬가지라면 안 들어갈 이유가 없죠."

"어떤 고통이 기다리고 있을지 모르는데?"

"또는 어떤 선물이 기다리고 있을지도 모르지요. 어르신도 저 안에 들어가 보지는 못하셨잖아요?"

무한이 물었다.

"그… 렇긴 하지."

한순간 노인이 기가 죽은 표정으로 말했다. 빛의 술사의 유적을 지키고 있지만 정작 빛의 정원에 어떤 것이 있는지는 노인 역시 모르고 있는 것이다.

그리고 그건 한 가지 사실을 알려준다. 찬란한 빛 속에 보이는 정원이 사람의 돌봄 없이 스스로 몇백 년 동안 그 모습을 유지해 왔다는 것. 그것이야말로 기적 같은 일이었다. 그런 정원에 들어가 보고 싶지 않은 사람이 있을까. 그곳에 어떤 위험이 있다고 해도.

"지금 들어가나요?"

무한이 물었다.

그러자 노인이 당황한 표정으로 되물었다.

"지금?"

"안 되나요?"

"안 될 것은 없지만 아무런 준비도 없이 들어가겠다는 말이냐?"

"무슨 준비가 필요하죠?"

"그건… 그야 좀 쉬면서 체력도 회복하고… 에잇, 하긴 내가 걱정할 일은 아니지. 좋다. 지금 들어가거라."

노인이 자신이 쓸데없는 걱정을 하고 있다는 듯 신경질적으로 말했다.

"그렇게 하죠."

무한이 망설이지 않고 대답했다. 그러고는 강렬한 빛이 흘러나오는 석벽을 향해 걸어가기 시작했다.

그런데 그가 석벽의 입구에 이르렀을 때 노인이 급히 무한을 불렀다.

"잠깐!"

"……?"

무한이 노인을 돌아봤다.

"조심해라."

노인이 지금까지의 태도와 어울리지 않는 말을 던졌다.

"나와서 뵙죠."

무한이 빙그레 미소를 지었다.

"좀 전에도 한 말이지만 이런 말이 전해진다. 빛의 정원에서의 삼 일은 수천 년의 시간과 같다. 그 말의 의미는 곧 그 안에 수많은 환영들이 존재한다는 의미일 것이다. 결국 사람이 만든 곳이기에 강력한 진법이나 술법의 힘이 작용하는 곳이란 뜻이지. 그 사실을 명심하거라."

노인이 마치 스승이라도 된 듯 말했다.

"알겠어요. 조심하죠."

무한이 노인의 심각한 충고와 달리 가볍게 대답을 하고는 쑥 빛의 정원 속으로 들어갔다.

그그궁!

무한이 빛의 정원으로 들어가자마자 석실이 지진이라도 난 듯 흔들리기 시작했다. 그리고 다음 순간 순식간에 벽이 닫혔다.

"후우!"

빛이 사라진 석실, 다른 어느 때보다 짙은 어둠이 석실을 채웠다. 그 속에서 노인의 한숨 소리가 흘러나왔다.

히히힝!

노인의 옆에서 역시 갑자기 사라진 빛에 당황한 말의 울음소리가 들렸다.

"조용히 해라, 이놈아. 나도 지금 정신이 없으니까."

노인이 말의 머리를 툭 치며 말했다. 그러자 말이 이내 잠잠해졌다.

"아무래도 두 아우에게 큰 원망을 듣겠어. 몇백 년 만에 나타난 후계자 재목인데 이렇게 급하게 빛의 정원에 들여보냈다고. 가르칠 것은 가르치고, 몸과 무공도 강하게 키운 후에 들여보내어야 했는데… 망할 놈, 무슨 놈의 성격이 그리 급한지. 미처 말

릴 사이도 없이… 하긴, 운명이라면 준비란 게 다 무슨 소용인
가! 후우…….”

노인이 나직하게 탄식을 흘리며 중얼거렸다.

“헛!”

한순간이었다. 어떤 대처도 할 수 없었다. 정신을 차린 순간,
무한은 갑자기 높은 낭떠러지 아래로 추락하고 있었다.

빛의 정원으로 이어지는 석벽의 눈부신 빛 속으로 들어서자
마자 일어난 일이었다. 겨우 서너 걸음 걸은 뒤에 일어난 일이라
무한으로서는 속수무책의 상황이었다.

설마 벽 뒤에 이런 낭떠러지가 있을 거라고는 전혀 생각지 못
했던 무한이었다. 무한이 애써 몸의 중심을 잡으며 두 눈을 부릅
뜨고 주위를 돌아봤다.

여전히 빛은 그의 주위를 휘감고 있었다. 너무 밝아서 십여
장 앞쪽의 상황조차 볼 수 없을 정도였다. 더군다나 떨어지는 속
도가 너무 빨라서 주변의 상황을 도저히 살필 수 없었다.

그럼에도 불구하고 무한은 눈에 힘을 주고 어떻게든 주변을
살펴보려고 했다. 하지만 여전히 그의 눈에 보이는 것은 빠르게
흘러가는 빛밖에 없었다.

‘대체 뭐지?’

무한의 머릿속이 혼란으로 가득 찼다. 다행인지 불행인지 한
참을 떨어진 것 같은데도 여전히 무한은 바닥에 닿지 않았다.

만약에 아무런 준비 없이 맨바닥과 충돌했다면 떨어지는 속
도로 보아 몸속 뼈들이 산산조각 났을 것이다.

'속도를 줄여야 해!'

가장 급한 것이 떨어지는 속도를 줄여야 하는 일이란 걸 깨달은 무한이 급히 검을 휘둘렀다. 그러나 그의 검은 어디에도 닿지 않았다. 그저 허무하게 허공만 가를 뿐이었다.

그럴수록 무한은 다급해지고 정신은 혼란스러워졌다. 그런데 그 순간, 갑자기 아래쪽에서 예상치 못한 소리가 들려왔다.

"뭐야? 대체!"

무한이 도저히 믿을 수 없는 상황에 버럭 소리를 내질렀다.

철썩!

분명 물소리다. 그의 발밑에서 바다에서나 나는 파도 소리가 들렸던 것이다.

당연히 시선이 발아래로 향했다. 그리고 무한이 경악했다.

"정말 바다……?"

풍덩!

무한이 의구심을 품는 순간 그의 몸이 푸른 바닷속으로 빠져들어갔다.

"흡!"

무한이 급히 숨을 들이쉬며 입을 다물었다.

콰아아!

순식간에 물속으로 빠져든 무한이 재빨리 고개를 들었다. 그러자 수면 위쪽에 떠 있는 뗏목의 아랫 부분이 보였다.

무한이 급히 손발을 움직여 뗏목을 향해 떠오르기 시작했다.

"푸흣!"

무한이 입안에 가득 고인 물을 뱉어내며 뗏목에 손을 얹었다. 입안에서 짭조름한 소금기가 느껴진다. 정말 바닷물에 빠진 것이다.

"대체 뭐가 어떻게 된 거지?"

무한이 힘을 쥐 뗏목으로 올라타며 중얼거렸다. 도저히 이해할 수 없는 일이 벌어지고 있었다.

빛의 술사가 남긴 빛의 정원으로 들어왔을 뿐인데 그는 한순간에 수만 리를 이동해 거대한 바다에 와 있는 것이다.

철썩철썩!

당연히 환영이라는 의심도 할 수 있었다. 그러나 그가 입에 머금은 바닷물, 그리고 온몸을 적시고 뗏목까지 떠 있는 바다는 결코 환영이 아니었다.

무한은 혼란스러운 상황에서도 힘겹게 뗏목에 올랐다. 그리고 지친 몸을 벌렁 누인 채 하늘을 바라봤다. 작렬하는 태양과 몇 개의 구름이 눈에 들어온다.

"태양과 구름을 환영으로 만들어내는 사람은 없어."

무한이 중얼거렸다.

그 스스로 지금 그에게 일어나고 있는 일이 환영이 아니라 현실이라고 인정하고 있었다.

"그럼 대체 여긴 어디지?"

사막 한가운데에 바다가 나타날 수는 없다. 결국 그 자신이 석실의 벽을 통과하는 순간 새로운 공간으로 이동했다는 의미다. 도저히 믿을 수 없는 일이지만 세상에는 또 종종 믿기 힘든 일이 일어나기도 하지 않던가.

술사라거나 법사라는 자들에 대해 사람들은 대부분 사기꾼이라고 생각하지만, 개중에는 정말 전설적인 경지에 이른 자들의 이야기도 전해지고 있었다.

그리고 그런 자들 중 일부는 공간을 자유롭게 이동할 수 있는 능력이 있다고 전해진다.

"빛의 술사… 이름부터가 그런 부류 같잖아?"

무한이 중얼거렸다.

그래서 결국 그로서는 한 가지 사실을 인정할 수밖에 없었다. 그래야 다음 행보를 결정할 수 있었다.

그가 빛의 술사가 빛의 정원 안에 남겨놓은 강력한 술법에 의해 뜨거운 사막 한열지의 돌무더기 안에서 어딘지 모를 망망대해로 이동했다는 사실이다.

그걸 인정하는 순간 다음 할 일이 정해졌다.

"어떻게든 육지로 나가야 해."

무한이 다시 하늘을 바라봤다. 그의 머리 정중앙에 해가 떠 있었다.

해를 보고 방향을 가늠할 생각을 하던 무한이 갑자기 고개를 저었다.

"멍청하긴. 육지가 어느 쪽에 있는지 모르는데 방향을 가늠해서 뭐 해. 일단 아무 쪽으로든 저어갈 수밖에."

무한이 투덜거리면서 뗏목에서 나무 하나를 떼어내 노를 젓기 시작했다.

할 수 있는 것이 어디에 있을지 모르는 육지를 찾아 바다를 부유하는 것이라면, 보통 때보다 훨씬 쉽게 지치고 탈진할 수밖에 없다.

무한 역시 마찬가지였다. 무한은 다섯 번 해가 지고 뜬 이후부터는 거의 비몽사몽간에 무의식적으로 노를 저었다.

석실 안에서 마신 물이 마지막 수분 섭취여서 내장까지 타들어가는 듯한 갈증의 고통을 느낀 것이 이틀 전이다.

그리고 지금은 그 고통조차도 무감각하게 느껴질 만큼 의식을 잃어가고 있었다.

그가 하는 일이라고는 거의 본능적으로 움직이는 팔 동작뿐이었다.

그러나 어느 순간 그조차도 멈추게 되었다. 천천히 무한의 눈이 감겼다.

잠이 든 것인지, 혹은 정신을 잃은 것인지 모를 무의식 속에서 무한은 꿈을 꿨다.

흑라를 죽이기 위해 떠나던 아버지 철사자 무곤의 마지막 모습, 이후 이어진 팔 년 동안의 고독과 외로움, 그리고 새로운 인생을 위해 사자림의 절벽에서 망망대해로 몸을 날리던 날의 기억이 다시 그 인생을 사는 것처럼 생생하게 되살아났다.

하나하나의 기억들이 아프게 무한의 심장을 찔렀다. 사자림 앞바다에 몸을 던진 이후 표류하던 그 지루하던 시간도 어김없이 이어졌다.

그러다 한순간 무한이 잠에서 깨어났다.

철썩철썩!

여전히 들려오는 파도 소리, 하지만 그 파도 소리의 느낌이 달랐다.

무한이 뗏목에 누운 채로 주위를 살폈다. 그러자 그의 눈에 아스라이 검은 점 하나가 보였다.

'뭐지?'

무한이 엎드린 채로 겨우 고개만 들어 검은 점을 바라봤다. 그러자 검은 점 위로 솟아 있는 돛의 형상이 흐릿하게 보였다.

"돛! 배다."

무한이 힘겹게 몸을 일으켰다. 그러고는 검은 점을 향해 노를 젓기 시작했다.

배가 확실했다. 검은 점은 가까워질수록 점점 명확하게 배의 형상을 갖춰갔다.

그런데 무한을 당황스럽게 만드는 일이 일어났다. 배와 어느 정도 가까워진 이후에는 뗏목과 배의 거리가 좀처럼 좁혀지지 않았던 것이다.

그렇다고 멀어지는 것도 아니었다. 무한과 배는 마치 평행선을 달리듯 그렇게 일정한 거리를 두고 움직였다.

그렇게 한참 동안 노를 젓던 무한이 갑자기 노 젓기를 멈췄다. 그러고는 눈을 가늘게 뜨고 먼 거리의 배를 유심히 살피기 시작했다.

그렇게 무한은 이각 가까이 배를 노려봤다. 그러다 갑자기 무한이 엉뚱한 행동을 했다.

무한은 뗏목 위에서 눈을 감고 명상을 하는 듯한 자세를 취했다.

만약 지금까지 무한이 겪은 일을 모두 본 사람이라면 드디어 이 어린 친구가 미쳤구나 하는 생각을 할 만한 행동이었다.

그런데 무한은 명상을 하면서 점점 편안한 표정으로 변해갔다. 어떤 때는 입가에 미소조차 떠올랐다.

마치 모든 운명을 받아들이기로 결정하고 시간에 자신을 맡긴 사람처럼, 혹은 자신에게 일어나는 모든 일을 충분히 통제할 수 있는 자의 여유 같기도 했다.

그러다가 무한이 갑자기 또 한 번 엉뚱한 행동을 했다. 갑자기 뗏목 위에서 벗어나 출렁이는 바닷속으로 걸어 들어간 것이다.

그런데 그 순간 놀라운 일이 벌어졌다.

무한이 바다를 걷기 시작한 것이다.

무공이 극에 달하면 온몸의 체중을 분산시켜 물 위에서도 자유롭게 걸을 수 있는 경지가 있다고들 한다. 그러나 역사상 그런 경지에 이른 자로 기록된 전사는 없었다.

근 백 년 이래 최고의 전사라는 철사자 무곤조차도 그런 일은 하지 못했다.

혹자는 십이신무종에 은거한 노고수 중에는 그런 인물이 있을지도 모른다고 하지만, 적어도 사람들 앞에서 물 위를 걷는 무공을 선보인 사람은 없었다. 그런데 무한이 바로 그 일을 하고 있었다.

무한이 거침없이 바다 위를 걸었다. 눈은 여전히 감은 상태였다.

그리고 또 하나 특이한 것은 무한의 움직임에는 명확한 목표가 있는 것 같다는 것이었다.

무한은 좌우로 움직이지 않고 한곳을 향해 일직선으로 걸어 갔다. 눈을 감은 상태에선 쉽지 않은 일이다.

철벅철벅!

무한의 발밑에서 발끝을 채는 물소리가 쉬지 않고 일어났다. 대양의 파도 소리 역시 계속 들려왔다.

그런데 어느 순간, 무한의 발밑에서 밟히는 물소리가 변했다.

저벅저벅!

이제는 더 이상 발을 채는 물소리가 아니다. 발밑에서 나는 소리가 어느새 마른 바닥을 걷고 있을 때 나는 소리로 변해 있었다.

그리고 실제로 무한은 마른 바닥 위에 서 있었다. 무한은 그 상태로 좀 더 앞으로 걸어갔다. 여전히 눈은 감은 상태였다.

그렇게 걸어간 무한의 눈앞에 갑자기 하나의 벽이 나타났다. 그 순간 무한이 걸음을 멈췄다.

"또 다른 뭐가 있을까?"

문득 무한이 중얼거렸다. 그의 입가에 가벼운 미소가 지어졌다. 그리고 눈을 떴다.

쏴아악!

바람에 모래가 밀리는 소리가 사방에서 들려왔다.

무한은 어느새 끝없이 펼쳐진 모래사막 위에 있었다. 다시 한 열지의 그 뜨거운 사막 위로 나온 것 같았다.

더군다나 설상가상으로 멀리서 사풍이 밀려오고 있었다. 사풍에 밀려온 모래 알갱이들이 무한의 얼굴을 따갑게 때려댔다.

"재미있군. 정말… 하지만 이제는 속지 않아."

무한이 자신을 향해 덮치듯 밀려오는 사풍 속에서 미소를 지었다. 그리고 다시 눈을 감았다.

무한이 눈을 감는 순간 모든 것이 사라졌다.

무한은 다시 하얀 벽 앞에 서 있었고, 사막도 모래바람도 더 이상 불지 않았다.

무한이 눈을 감은 채로 석벽 앞으로 다가가 한 손을 들어 천천히 석벽을 밀었다. 그러자 석벽이 미끄러지듯 뒤로 밀려 나갔다.

석벽이 밀려난 공간 속에서, 빛의 신전의 문지기를 자처한 노인이 보여주었던 그 찬란하고 눈부신 빛의 정원이 모습을 드러냈다.

제2장

천년밀교

화려한 방이었다.

빛은 하늘로부터도 들어오고 땅에서도 솟아올랐다. 영롱한 옥이 깔린 바닥은 그 아래쪽에 박아 넣은 진귀한 석재와 보석들로 인해 각양각색의 빛들을 뿜어냈다.

그럼에도 불구하고 가장 눈부신 빛은 역시 태양빛이었다.

빛의 술사의 서역 신전이라 불리는 이 거대한 돌무더기를 지키는 노인이 빛의 정원이라고 부른 신비로운 공간에 만들어지는 신비로운 빛의 칠 할은 태양에 의해 만들어진 것이었다.

그렇다고 석실 위쪽에 거대하게 뚫린 공간이 있는 것도 아니었다. 오히려 생각보다 좁은 공간만이 하늘을 향해 열려 있었다.

그럼에도 불구하고 빛의 정원이 눈부신 태양빛으로 가득 찰 수 있는 이유는 하늘을 향해 뚫린 공간을 통해 들어온 태양빛이 석실의 천장 벽면을 구성한 아름답고 눈부신 석재들에 의해 반사되고 증폭되기 때문이었다.

그렇게 증폭된 태양빛은 석실 내부에 구석구석 빛을 뿌렸다.

뿌려진 빛들은 다시 바닥에서 올라오는 아름다운 빛들과 뒤엉켜 세상에서 볼 수 없는 강렬하고 신비로운 빛의 정원을 만들어내고 있었던 것이다.

그 놀라운 빛의 향연에 무한은 넋을 잃고 한동안 서 있었다. 그 강렬한 충격은 빛의 폭우가 그의 몸을 때리는 것 같은 느낌이 들 정도였다.

그럼에도 불구하고 그 공간은 뜨겁지 않았다. 아니, 오히려 서늘한 바람이 무한의 옷깃을 스쳤다.

물론 그 이유도 금세 알 수 있었다.

빛의 정원이라 불리는 거대한 석실 중심부를 가로지르며 흐르는 물줄기가 석실의 온도가 낮은 이유였다.

물이 새지 않도록 석재를 매끄럽게 연마해 단단히 끼워 맞춘 수로를 따라 지하에서 올라온 물줄기가 작은 계곡처럼 빠르게 석실을 관통하고 있었다.

차가운 수온에, 빠른 유속을 가진 물줄기는 눈부시게 쏟아져 들어오는 태양빛의 열기를 식히고도 남아 가까이 다가가면 살갗에 소름이 돋을 정도의 냉기를 뿜어냈다.

"후우……!

한동안 눈을 감고 있던 무한이 길게 숨을 내쉬며 눈을 떴다.

여전히 아름다운 빛들, 그리고 정교하게 만들어진 거대한 석실의 구조물들이 눈에 들어왔다.

그러나 한 가지 실망스러운 것도 있었다.

빛의 정원으로 출발하기 전 눈부신 광채 속에서 보았던 아름다운 꽃과 푸른 나무들은 실제로는 석실 안에 존재하지 않았다.

대신 꽃과 나무의 형상을 한 조각품들이 곳곳에 놓여 있었다.

그 조각품들이 사방에서 흘러들어 오는 빛을 받아 마치 살아 있는 것 같은 생기 넘치는 정원의 풍경을 만들어내고 있었던 것이다.

"모든 것이 다 거짓은 아니지만, 그렇다고 모두가 진실은 아니었어. 사람의 마음처럼."

어린 나이에 이미 사람에 대한 실망을 충분히 경험한 무한이 중얼거렸다.

그리고 느리게 몸을 돌려 그가 지나온 통로를 바라봤다.

가장 나중에 연 석벽 뒤쪽으로 같은 모양의 석벽과 빛의 공간이 길게 이어져 있었다.

물론 그 끝에는 아스라이 그가 처음 출발했던 석실과 이어지는 석문이 있었는데, 석문은 여전히 굳게 닫혀 있었다.

"놀라운 환상이었어. 정말 여러 날이 지난 것 같은… 만약 환상에서 깨어나지 못했다면 난 환상 속에서 영원히 살았을지도 모르지. 그런데 정말 시간은 얼마나 지난 것일까?"

무한이 고개를 갸웃했다.

거대한 바다에 빠져 표류하는 환상에 빠져 지낸 것이 실제로 얼마의 시간이었는지 짐작하기 어려웠다.

확실한 것은 환상 속에서 흐른 시간이 실제의 시간과 일치하지는 않을 것이란 사실이었다. 아마도 훨씬 짧은 시간이었을 것이다.

"묵룡대선이 아니었다면 여전히 저 속에서 허우적거리고 있었겠지."

무한이 그가 지나온 통로를 보며 중얼거렸다.

무한이 자신에게 일어난 일이 환상이라는 사실을 알아챌 수 있었던 것은 환상 속에서 그가 쫓던 배가 묵룡대선의 모습을 하고 있다는 걸 알게 된 순간이었다.

처음 생각처럼 공간을 이동하는 신비한 법술에 의해 묵룡대선이 항해하고 있는 바다에 갔을 수도 있다.

하지만 그 경우에는 묵룡대선이 현재의 것이어야 했다. 그런데 무한이 본 것은 과거, 그가 사자림의 앞바다로 뛰어든 후 구조되었던 바로 그 당시의 묵룡대선 모습이었다.

그때와 지금의 묵룡대선이 같을 수는 없었다. 봉섬까지 항해하는 동안 변화된 것만도 적지 않았다.

당장 수호자들의 섬 인근에서 괴선의 공격으로 손상된 부분을 수리한 것만 해도 눈에 띄는 변화였다.

그래서 처음 보았던 묵룡대선과 같은 모습의 배라면 공간뿐 아니라 시간까지 변화시키는 법술이어야 가능했다.

그리고 적어도 무한의 기준에서 이 세상에 시간을 거슬러 오를 수 있는 법술은 없다. 그런 게 있다면 그건 법술이 아니라 마법일 것이다.

그래서 그 순간, 무한은 그가 겪은 모든 일들이 환상이라고 확신했다.

그리고 노인의 말이 다시 떠올랐다.

빛의 정원에서의 삼 일은 수천 년과 같을 수 있다는, 그건 빛의 정원이 만들어내는 환영에서 벗어나지 못하면 끝없는 환상에서 벗어날 수 없다는 의미였던 것이다.

"자! 그래서 난 이제 지금부터 또 뭘 증명해야 하는 거지?"

무한이 신비로운 빛과 사람이 만들었다고 믿기 힘든 정교한 조각들로 가득한 빛의 정원을 둘러보며 중얼거렸다.

그 시선은 눈부신 빛 안쪽 그늘진 곳에 만들어진 작은 정자에서 멈췄다.

빛의 정원을 흐르는 수로 위쪽에 위치한 정자였다. 출발하기 전 노인이 있던 석실에서도 환영처럼 보였던 바로 그 정자다.

무한이 본능적으로 정자 쪽으로 걸음을 옮겼다. 정원이라면 사람이 머물 곳은 정자이기 때문이었다.

하나의 석탁과 돌의자, 그리고 그 석탁 위에 놓인 세월의 흔적으로 푸르스름하게 변한 동판의 책자가 무한을 기다리고 있었다.

"이상한 책이군. 오랫동안 보관하기 위해서 동판으로 만든 것인가."

무한이 석탁 위에 놓인, 동(銅)을 얇게 펴 종잇장처럼 만들어 엮은 책을 바라보며 중얼거렸다. 다른 무엇보다도 정자 위에서 눈길이 가는 물건일 수밖에 없었다.

무한이 돌의자에 엉덩이를 대고 앉았다. 오랫동안 비어 있었음이 분명한데도 돌의자나 석탁에는 먼지 하나 없었다.

지하임에도 불구하고 신선한 공기가 흐르도록 설계해 자연스럽게 불게 되는 바람이 빛의 정원을 스스로 청소하고 있는 듯했다.

(풍룡이 선택한 자라면 빛의 흐름을 좇을 수 있을 것이다.)

동판으로 만든 책자의 첫 장에 외롭게 쓰여 있는 한 줄의 글귀가 눈에 들어온다.

"정말 그 동굴에 용이 있긴 있는 건가?"

구리책에서도 풍룡을 언급한 것을 보고 무한이 고개를 갸웃하며 중얼거렸다.

이 책은 석실에서 만났던 노인이 태어나기 훨씬 전에 만들어진 것이다. 그 책에서도 풍룡을 언급한다는 것은 그 존재가 실재한다는 의미일 수밖에 없었다. 그것도 어쩌면 족히 수백 년을 살 수 있는 신비로운 용이.

하지만 여전히 믿기 힘든 일이다. 용에 대한 전설은 세상에 가장 많이 퍼져 있는 전설이지만, 모두 고대의 역사에 근거하고 있었다. 근래에 들어 실재하는 용을 보았다는 사람은 없었다.

그래서 지금 세상에서 용이란 존재는 결국 사람들의 상상이 만들어낸 허구의 동물이라는 것이 보통 사람들의 생각이었다.

그러니 무한도 그런 용이 실재한다는 것은 눈으로 직접 보기 전에는 확신할 수 없는 일이었다.

탁!

풍룡의 존재에 대한 의구심을 뒤로하고 무한이 구리책의 첫

장을 넘겼다.

종이처럼 얇게 폈다고 하지만 동판은 동판이어서, 책장이 넘어가는 소리가 제법 묵직하게 일어났다.

〈빛의 연대기〉

두 번째 장의 머리글이다.

그리고 그 아래로 사람들의 이름이 길게 새겨져 있었다.

"역대 빛의 술사들의 이름인 모양이군."

무한이 중얼거리며 동판을 넘겼다. 이름은 다음 장까지 이어져 있었다.

"모두 열두 명. 생각보다 많지 않네. 기록으로 보면 육주의 연대로… 대략 삼백 년 전이 마지막이었군. 마지막 빛의 술사가 언제 죽었는지 모르니까 정확한 끝은 모르겠고."

무한이 다시 동판 한 장을 넘겼다. 그러자 그곳에는 다른 동판과 달리 작은 글씨들이 깨알처럼 새겨져 있었다.

"이게 바로 빛의 술사의 역사구나."

무한이 깨알처럼 새겨진 글씨들에 흥미를 보이며 고개를 앞으로 숙였다. 워낙 작은 글씨들이라서 글을 읽으려면 고개를 숙일 수밖에 없었다.

빛의 술사에 대한 기록은 무한이 들었던 전설들과 큰 차이가 없었다.

빛의 술사가 초기 무종들의 탄생 시기에 세상의 균형자 역할을 했다는 것, 그로 인해 천록의 섬이라 불리던 육주에서 무종과 세속의 성주들 간의 균형 잡힌 관계를 확립한 일들이 기록되어 있었다.

또, 그로 인해 천록의 섬이 세상에서 가장 발전한 문명의 땅으로 성장하게 된 역사가 차분한 글귀로 기록되어 있었다.

그 화려한 전설의 시대 이후 빛의 술사들은 세상에 나서는 대신 보이지 않는 중재자, 혼란의 불씨를 조용히 해결하는 숨은 실력자로서 역사를 이어갔다.

그리고 역사를 기록한 글귀의 마지막 구절에, 빛의 술사가 왜 사람들의 역사에서 사라져 전설의 영역으로 들어가게 되었는지 기록되어 있었다.

"결국, 모두의 예상처럼 십이신무종과 육주의 권력자들이 어느 순간부터 빛의 술사가 힘의 균형자 역할을 하는 것을 받아들이지 않은 것이구나. 그렇다고 그들을 상대로 싸움을 벌일 수도 없는 일이고, 그건 애초에 빛의 술사의 역할에 맞지 않는 행동이니까."

무한이 씁쓸하게 중얼거렸다.

그리고 가장 마지막 글귀를 씁쓸한 음성으로 소리 내어 읽었다.

"현자는 세상이 만든다. 세상이 현자의 지혜를 거부하면 현자는 은거하고 세상을 등진다. 그렇게 현자를 잃은 세상은 혼란의 시대를 맞게 될 것이다. 그리고 어느 순간 그들은 자신들에게 현명한 조언자가 있었음을 기억하고, 다시 현자를 찾게 될 것이다. 그때, 어떤 원망도 하지 않고 다시 세상을 위해 빛의 능력을 쓸 수 있는 자. 그가 바로 빛의 후예일 것이다."

마지막 글귀를 읽은 무한의 표정이 우울해졌다.

빛의 술사로서의 숙명은 세상을 평온케 하는 것, 그 세상이 자신을 배신한 세상일지라도 흔쾌히 자신의 힘을 세상을 위해 쓸 수 있는 사람만이 빛의 후예가 될 수 있다는 것이었다.

"나하고는 맞지 않는데⋯⋯."

무한이 중얼거렸다.

자신은 빛의 술사의 후계자에게 요구되는 성품을 가진 사람이 아니었다. 세상을 위해 맹목적인 헌신을 할 만큼 무조건적으로 선한 사람은 아니었다.

그래서 무한은 이 구리책을 계속 봐야 하는지에 대해 망설임이 생겼다.

빛의 술사의 후계자가 될 생각이 없는 사람이라면, 이 책을 볼 자격이 없다는 생각이 들었기 때문이다.

그러나 사람의 호기심은 그런 거리낌을 사소한 문제로 만들게 마련이다.

"나중에 생각할 문제지."

무한이 다시 책장을 넘겼다.

다음 장에는 하나의 무공이 새겨져 있었다.

"풍신보⋯ 바람 신의 걸음이라⋯ 풋!"

갑자기 무한이 실소를 흘렸다. 바람 신의 걸음이란 무공을 설명한 말이 너무 허무맹랑하기 때문이었다.

(극에 이르면 빛의 빠름을 얻을 수 있다. 빛의 빠름을 얻는다면 공간의 제약에서 벗어날 수 있을 것이다.)

한마디로 거리를 무의미하게 만들 수 있는 무공이란 뜻이다.

"자부심이 너무 강한 사람들이었군. 아니면 허풍쟁이들이든지……"

무한이 빙그레 미소를 지었다.

빛의 술사라는 대현자들도 자신들의 무공에 대해선 이렇게 과장된 표현을 쓴다는 것이 재미있게 느껴지기도 했다.

"뭐… 현자도 사람이니까. 아무튼 무척 빠른 속도를 얻을 수 있는 무공이란 뜻이지? 배워두면 여러모로 쓸모가 있겠어. 무공 설명은 나중에 읽도록 하고, 다음 장에는 무슨 무공이 있을라나?"

무한이 흥미로운 무공을 알게 된 것이 즐거운지 재빨리 다음 장을 넘겼다.

그러자 뜬금없이 한 줄의 경고가 동판에 새겨져 무한을 기다리고 있었다.

(빛의 술사의 운명에 뜻이 없는 사람이라면 이쯤에서 책을 덮으라. 인연의 선물로 바람 신의 걸음(風神步)이면 충분하리. 다음 글을 보게 된다면, 그대는 빛의 후예로 평생의 업을 안고 살아가야 할 것이다. 거역하지 못할 운명으로서.)

무한의 표정이 딱딱하게 굳었다.

짧고 단순한 경고지만, 그 어떤 경고보다 무서운 느낌이 들었다.

그리고 고민이 시작됐다.

누가 앞에 있는 것도 아니어서 책을 모두 읽고 빛의 술사의 업(業)을 잇지 않아도 그만이다. 그런데 그럼에도 불구하고, 그저 구리책에 새겨진 경고 한 문구가 무한을 깊은 고민에 빠뜨린 것이다.

$$* \qquad * \qquad *$$

무한은 적지 않은 시간 동안 고민했다.

보는 사람도 없고 강요하는 사람도 없었지만, 이상하게 구리책에 새겨진 경고의 글씨가 그의 행동을 제약했다. 마치 보이지 않는 존재가 그의 모든 행동을 보고 있는 듯한 느낌이 들었다.

아니, 그런 느낌이 아니어도, 적어도 무한은 사람의 눈이 있건 없건 자신의 행동에 대해 책임을 질 줄 아는 사람이었다.

그러다가 결국 구리책을 덮으면서 중얼거렸다.

"지키지 않을 약속은 하는 게 아니지. 빛의 술사로서 세상 따위나 구하려고 평생 동분서주하면서 살기는 싫어. 그것도 무조건적인 희생을 하면서는 더더욱. 그런다고 누가 알아줄 것도 아니고. 모함당해 죽지나 않으면 다행이지."

누군가가 보면 정말 멍청한 선택이라고 할 것이다.

수백 년 전의 사람이 남긴, 그것도 글로 남긴 약속을 지키지 않으면 어떤가. 빛의 술사의 모든 힘을 얻고 난 후 살고 싶은 대로 살아도 뭐라 할 사람은 없었다.

하지만 무한은 비록 죽은 사람이지만 옛 빛의 술사들과 정당한 거래를 하고 싶었다.

빛의 술사의 업에 얽매여 살 생각이 없으니 그들이 남긴 힘을 얻지 않기로 한 것이다.

탁!

무한의 손에 의해 무거운 구리책의 책장이 다시 본래 있던 모습으로 돌아갔다.

그런데 그 순간, 갑자기 옥빛의 석탁 중심부가 구리책의 무게를 이기지 못하는 것처럼 아래도 쑥 내려갔다. 구리책 역시 구멍 난 석탁 속으로 순식간에 사라져 버렸다.

"정말 누가 보고 있는 건가? 내 결정을 어떻게 알고 책을 감추는 거지?"

갑자기 구리책이 사라지자 황당한 표정을 지으며 무한이 중얼거렸다.

그런데 다시 놀라운 변화가 일어났다.

쿠오오!

무한이 앉아 있던 석탁 주변에서 강렬한 빛이 올라오더니 유형의 그물처럼 무한의 몸을 옥죄기 시작했다.

"뭐야?"

무한이 깜짝 놀라서 급히 자리에서 일어나려 했지만, 빛의 그물은 쉽게 그를 놓아주지 않았다.

"설마 죽이겠다는 건가?"

무한이 모든 내공을 끌어 올려 빛의 그물에 대항하며 화를 냈다.

분명 누군가 자신을 보고 있다가 자신이 빛의 술사의 후예가 되지 않겠다는 결정을 내리자 자신을 죽이려 한다고 생각한 것이다.

충분히 가능성이 있는 일이다. 이미 무한은 세상에 알려지면 안 되는 빛의 술사의 역사와 비밀에 대해 너무 많은 것을 알고 있었다.

더군다나 빛의 술사가 되는 것을 거부한 그가 신전의 문지기로 살 가능성도 없었다.

"이대로 죽을 수는 없어."

무한이 소리치며 내공을 손에 집중했다. 그리고 그 힘으로 검을 빼 들려고 했으나, 이젠 그의 손조차 그의 의지대로 움직이지 않았다.

쿵!

조금이나마 돌의자에서 일어났던 무한의 몸도 다시 억눌리듯 돌의자에 주저앉았다.

그 순간 또 다른 변화가 찾아왔다.

스스스!

갑자기 주변 풍경이 변하기 시작했다. 마치 처음 빛의 정원에 들어왔을 때 빠져들었던 그 환영의 세계처럼 무한 주변 풍경이 변하기 시작한 것이다.

물론 여전히 그의 몸은 빛의 그물에 의해 돌의자에 묶여 있는 상태였다. 무한은 그 상태로 변하고 있는 정원의 풍경을 지켜볼 수밖에 없었다.

"뭐지? 이건……?"

무한의 입에서 당혹스러운 음성이 흘러나왔다. 아름다운 빛의 정원이 모두 사라지고, 어느 순간 그는 석실 같은 어두운 공간에 들어와 있었다.

빛의 정원이라는 말이 무색할 정도의 짙은 어둠, 그럼에도 사물들이 또렷하게 보이는 것은 아마도 이 상황 역시 환영이기 때문일 것이다.

하지만 자신이 보고 있는 것이 환영이라는 것을 알면서도 무한은 그 환영을 무시할 수가 없었다.

그리고 그의 눈에, 어느새 북쪽 벽면에 떠오른 어둠보다 더 짙고 검은 글자가 보였다.

〈밀천(密天)〉

들어보지 못한 이름이다.

'신비로운 하늘이라는 뜻인가?'

무한이 고개를 갸웃했다. 말대로 해석하면 그렇다.

그런데 그 순간, 정말로 검은 석실이 한순간에 밤하늘로 변하기 시작했다. 밀천이라는 글을 중심으로 크고 작은 글씨들이 별처럼 떠오르기 시작한 것이다.

처음에는 셀 수 있을 만큼의 글씨들이 떠올랐지만, 금세 셀수 없을 만큼 많은 밤하늘의 별처럼 무수한 글들이 검은 석실을 가득 메웠다.

"후우……!

무한이 길게 한숨을 내쉬었다. 그리고 차분하게 밀천이라는 글씨 주변의 글에 집중했다.

그러자 몇 개의 글이 도드라지게 빛나기 시작했다.

"이건 마치… 무공의 구결 같구나."

무한은 눈앞에서 빛나는 글씨들이 그가 독안룡 탑살에게서 배운 천년구공처럼 운기를 통해 내공을 키울 수 있는 신공의 구결과 비슷하다는 것을 깨달았다.

그리고 자신도 모르게 그 글들을 읽어나가기 시작했다.

그러자 신기하게도 그 글들이 새겨지듯 뇌리에 박히기 시작했다. 그리고 무한의 호흡이 자신도 모르는 사이에 글이 말하는 대로 자연스럽게 흐르기 시작했다.

'편안해……'

무한은 글들이 일러주는 대로 흐르기 시작한 호흡과 몸속 기운들의 움직임을 굳이 거부하지 않았다.

왜냐하면 그 호흡과 기운의 흐름이 그의 몸과 마음을 어느 때보다 평온하게 만들어주었기 때문이다.

그런데 그러던 어느 순간, 별처럼 떠 있던 글씨들이 미세하게 움직이기 시작했다.

그렇게 움직인 글씨들이 서로 어우러지면서 여러 개의 문장을 형성해 나갔다. 만들어진 문장들이 셀 수 없을 만큼 많아졌을 때, 다시 변화가 일어났다.

'뭐지?'

갑자기 허공에 만들어진 무수한 문장들이 그의 눈으로 파고

들기 시작했다.

"읏!"

무한이 급히 눈을 감으려 했으나 그의 몸은 더 이상 그의 통제를 받지 않았다.

'이런!'

감당할 수 없이 밀려들어 오는 반짝이는 글들을 보며 무한이 당황하는 순간, 갑자기 그의 의식이 아득해지기 시작했다.

무한은 강한 정신력으로 정신을 차리려 했지만, 그의 정신은 점점 더 모든 의식으로부터 멀어졌다. 그리고 무한은 눈을 뜬 채 정신을 잃었다.

*　　　　　*　　　　　*

이족을 몰아내고 새로운 왕조를 세운 황제는 그를 도운 무림인들을 배신했다.

자신들의 모든 것을 쏟아내 왕을 도왔던 무림인들은 황제가 보낸 토벌대를 피해 천산의 한 골짜기로 최후의 도주를 했다.

하지만 무림인들은 그곳까지 추격해 온 황제의 토벌대의 손에 전멸당할 위기에 처했다. 그때 천년밀교의 대법승 마후가 하늘의 법을 어기고 무림인들에게 또 다른 세상으로 통하는 시공의 문을 열어주었다.

그렇게 무종의 원주인들이 이 세상으로 왔다.

시간은 사람들이 더 이상 대법승 마후의 은혜를 기억하지 않을 만큼 흘렀다.

그럼에도 빛의 술사의 존재감이 미약하게나마 살아 있던 것은, 오직 그의 곁에 절대적 무인이었던 천무황 무극의 후인이 머물렀기 때문이었다.

그러나 그들의 인연도 결국 끝이 찾아왔다. 빛의 역사가 파국을 향해 치닫던 어느 날, 천무황 무극의 후인이 홀연히 빛의 술사를 떠난 것이다.

그 파국은… 빛의 술사의 업(業)이 한 명이 아닌 두 명에게 전해지는 순간 예정된 운명이라고 할 수 있었다.

천년밀교의 고귀한 밀법들은 어둠과 빛의 양면을 지니고 있었다. 그래서 빛의 술사 마곡은 자신의 두 쌍둥이 아들들에게 어둠과 빛의 밀법을 각각 나누어 전수하려 했다.

천무황 무극의 후인 무홀은 그런 빛의 술사의 결정을 걱정했다.

밀교의 법이 둘로 나뉘면 빛과 어둠의 힘이 어우러져 균형을 이루는 대신, 밀법의 힘이 어둠과 빛, 양 극단으로 흐를 가능성이 있었기 때문이다.

그럴 경우 이 놀랍고 신비한 천년밀교의 밀법이 오히려 세상을 혼란에 빠뜨릴 수도 있었다.

그래서 천무황 무극의 후인 무홀은 외인임에도 불구하고 진심으로 빛의 술사에게 한 명의 아들을 정해 온전한 밀교의 법을 전하라고 충고했다.

빛의 술사 마곡 역시 그 위험성을 모르지는 않았다. 그러나 그는 그의 두 아이를 너무 사랑했기에, 그의 법을 한 아이에게만 전할 수는 없다고 말하며 무홀의 충고를 거부했다.

빛의 술사의 대답을 들은 무홀은 초연히 빛의 술사를 떠났다.

빛의 술사를 떠난 천무황의 후예 무홀이 어디로 갔는지는 알 수 없었다. 그 이후 천무황의 무종은 세상에서 사라졌다.

무홀의 충고는 옳았다.

빛과 어둠의 법술을 전수받은 두 아들의 공존은 그의 아버지 빛의 술사 마곡이 살아 있을 때까지만 가능했다.

마곡이 죽자 그들은 세상을 향한 다른 의지 때문에 서로를 공격했다.

그건 승패 없는 싸움이었다. 빛과 어둠의 싸움에 승패가 있을 수 없었다. 오직 공멸이 있을 뿐이었다.

두 형제는 모두 쉽게 회복할 수 없는 치명적인 부상을 입었다. 그리고 각자의 생명과 법술을 지키기 위해 오랜 밀교의 성지를 떠났다.

빛의 술사가 세상에서 자취를 감추자 최초의 빛의 술사 대법승 마후가 정립했던 무종의 규칙들은 하나둘 흩어졌다. 세상은 법이 없는 혼란 속으로 빠져들었다.

어느 순간부터 빛의 술사가 자신들의 일에 간섭할 수 없게 되었다는 것을 깨달은 무종들, 특히 십이신무종은 그들 자신을 신격화시키기 시작했다.

존귀하던 빛의 위대한 업적은 허무한 전설로 치부되었다. 그럼에도 어둠과 빛으로 나뉜 밀교의 힘은 더 이상 세상에 나타나지 않았다.

아니, 나타날 수 없었다. 빛과 어둠으로 나뉜 밀교의 법술은 예전과 같은 절대적 힘을 가질 수 없었기 때문이다.

그뿐 아니라 밀교의 대법술에 사특한 인간의 이기심이 끼어든 업보 때문인지, 밀교의 업을 이어받을 자질을 지닌 후인조차 더 이상 나타나지 않았다. 그렇게 위대한 천년밀교의 정화, 빛의 술사의 역사는 세상에서 소멸되어 가고 있다.

아마도 내가 이 세상에 존재하는 마지막 빛의 술사일 것이다. 비록 반쪽짜리이기는 하지만.

만약 훗날 어느 시대, 누군가 나의 전언(傳言)을 만나고 있다면! 그대는 밀법으로 탄생한 영생의 영물, 풍룡(風龍)이 선택한 자일 것이다!

그건 곧 그대에게서 새롭게 빛의 역사가 시작된다는 것을 의미한다.

그러니 그대! 운명을 받아들이라. 운명을 거스르는 자의 운명은 어둠일 테니.

꿈속에서 글이 말을 하는 것 같았다.

무한은 분명 글을 보고 있었지만, 그 글들이 말로 전해지는 느낌이었다.

마치 아주 어린 시절 아버지 무곤이 잠자리에 든 무한에게 조곤조곤 말해주던 옛이야기 같았다.

그래서인지 거부감은 없었다. 빛의 술사의 역사에 대한 이야기가 끝나고, 알 수 없는 밀교의 법술들이 뇌리에 박힐 때도 이상하게 거부감이 들지 않았다.

오히려 아주 편안하게 잠을 자고 있는 듯한 느낌까지 들었다.

아니, 무한은 실제 잠들어 있었다. 옆에서 보기에 무한은 석좌에 앉은 채, 황홀한 빛의 그물에 감싸여 잠들어 있었다.

그의 머릿속에서 일어나는 모든 일들은 사실 무의식의 세계에서 일어나고 있었다.그는 여전히 빛의 정원에 있었으며, 황홀한 빛이 온통 그가 올라가 있는 정자를 감싸고 있었다.

그의 머릿속에는 이해할 수 있는 글들과, 이해할 수 없는 글들이 새겨지듯 기억되고 있었다.

그 일들이 고통이었다면, 무한은 금세 잠에서 깼을 것이다. 그러나 그 일들은 무한에게는 고통보다 부드러운 어루만짐 같았다.

그래서 무한은 아주 길게, 혹은 세상의 시간으로는 그리 길지 않게, 깊은 잠 혹은 깊은 휴식 속에 있었다.

그리고 세상의 시간으로 그가 석실에 들어온 지 삼 일째 되던 날, 문득 무한은 빛의 그물이 사라진 정자 위 돌의자에서 천천히 눈을 떴다.

*　　　　*　　　　*

톡톡톡…….

무한이 한 손으로 턱을 괸 채 다른 한 손으로 석탁을 규칙적으로 두드렸다. 뭔가 깊은 고민에 빠진 모습이다.

그렇다고 표정이 심각하지는 않았다. 다만 약간의 고민이 있는 듯한 모습이다.

지난 삼 일 동안 그를 감싸고 있던 빛의 그물은 더 이상 없었다. 정자 위 풍경도 그대로였다.

수천 개의 글씨가 밤하늘 별처럼 떠돌던 풍경도 사라졌다. 어둠은 더 이상 빛의 정원에 존재하지 않았다.

그래서 확실해진 것이 있었다.

빛의 정원으로 들어오고 난 이후 수많은 환영과 환상에 시달렸지만, 적어도 지금의 모습은 환영이 아니라는 사실이었다.

"어쩌지?"

무한이 중얼거렸다. 고민이 도통 풀리지 않는 모습이다.

그러다가 불쑥 자리에서 일어났다. 그러자 그의 키가 빛의 정원에 들어올 때보다 조금 더 큰 듯 보였다.

체구 역시 변한 것 같았다. 이상하게도 예전과 같은 모습이기는 하지만 이제 그의 얼굴과 몸에서 소년의 모습을 찾아보기 힘들었다.

무한이 천천히 걸음을 옮겨 정자 아래로 내려왔다. 그러고는 빛의 정원 중앙을 관통하는 수로에 다가가 적당한 곳에 쪼그리고 앉아 얼굴을 씻었다.

푸후!

시원하게 얼굴을 씻은 무한이 입에 머금었던 물을 뿜어내고는 다시 손에 물을 담아 한 모금 마셨다.

꿀꺽!

한동안 물을 마시지 않은 무한이다. 갈증이 나는 것은 당연했다.

수분이 내장을 통과한 후 빠르게 머리까지 닿았다. 그러자 한순간 정신이 맑아지는 느낌이 들었다.

"뭐! 어떻게 하겠어. 일이 이렇게 된 걸. 빛의 술사가 돼야지. 포기하는 것이 곧 그가 원하던 빛의 술사의 자격이었음을 누가 알았겠어. 하지만 나 이전의 빛의 술사들과 같을 수는 없지. 원래 시간이 지나고 사람이 바뀌면 법도 바뀌는 게 당연한 거 아니겠어? 오면서 만났던 문지기 노인들도 그렇게 착하기만 한 사람 같지도 않고."

무한이 어깨를 으쓱했다.

사실 무한이 빛의 술사로 살기 위해서 가장 문제가 되는 것은 세상에 대한 무조건적인 희생이었다.

자신을 희생해 세상의 밝음을 지켜주는 것이 빛의 술사의 업이고 운명이었다.

그런데 무한은 그런 빛의 술사의 운명에 수긍할 생각이 전혀 없었다. 자신을 희생해서 세상을 구하는 일은 아버지 철사자 무곤만으로 족하다. 대를 이어 그런 삶을 살 이유는 없었다.

더군다나 빛의 술사의 경우 이미 그 전통은 깨진 상태였다.

온전한 모습으로 존재했던 마지막 빛의 술사, 마곡의 대에서 이미 세상을 향한 무조건적인 선행은 끝이 났다.

그의 두 아들 중 어둠의 법술을 전수받은 자는 세상을 힘과 공포로 지배해야 한다는 생각이 강했고, 빛의 법술을 배운 자는 인내와 설득으로 세상을 지켜야 한다고 주장했다.

문제는 서로가 어느 정도 타협을 하면 중도를 걸을 수도 있건만, 둘은 물과 기름처럼 서로의 생각을 인정하지 않았다.

그 덕에 위대한 천년밀교의 법이 깨져 버린 것이다.

법이 깨졌으니 전통도 사라졌다. 이제 와서 굳이 다시 빛의 술사에게 요구되던 옛 전통을 고집하는 것도 부자연스러운 일이다. 그러니 빛의 법도 새로 세워야 하는 것이 당연한 일이었다.

"그리고 솔직히 빛의 술사들도 무조건적인 선행만을 하며 살지는 않았을 것 같아. 다만 이곳을 만든 사람이 두 아들 중 빛의 법술을 이어받은 마연이란 사람이니까 무조건적인 희생을 빛의 술사의 업이라고 말했을 거야. 그 이전의 빛의 술사들은 빛과 어둠 양면을 가지고 있었으니까 마연 술사와는 다른 생각들 아니었을까?"

무한이 스스로 자신의 결정에 정당성을 부여하려는 듯 중얼거렸다.

사실은 알 수 없었다. 환영으로 전해진 말들과 무한의 추측이 뒤섞인 판단이기 때문이다.

하지만 아무튼 상관없었다. 과거야 어쨌든 무한 자신이 원한 일은 아니지만 결국 빛의 술사가 되었고, 이제 그만의 빛의 역사를 새로 만들어갈 생각이었다.

목을 축이고 잠시 앞으로의 일에 대해 생각한 무한이 다시 정자 위로 올라갔다. 빛의 정원에서 그나마 편히 쉴 수 있는 곳이 정자 위였기 때문이다.

"또 다른 건 더 이상 없겠지."

무한이 돌의자에 앉기 전에 정자를 둘러보았다. 그러나 더 이상 특별한 무엇도 보이지 않았다. 구리로 만든 책 역시 더 이상 보이지 않았다.

그렇다고 사라진 것은 아니라는 걸 무한은 이제 알고 있었다.

이 정자는 마지막 빛의 술사, 정확하게 말하면 빛과 어둠의 균형이 깨진 반쪽짜리 빛의 술사 마연이 심혈을 기울여 만든 마지막 유물이었다.

무한이 빛의 술사의 업을 포기하면서 구리책을 덮은 행동은 오히려 그를 빛의 술사로 만들었다.

마연이 만든 정자의 기관은 무척 정교해서 무한이 중간에 구리책을 더 이상 읽지 않고 덮은 것을 책의 무게 변화로 인식할 수 있었다.

그리고 그건 책을 읽던 자가 빛의 술사의 인연을 포기하고 구리책 나머지 부분에 있을지도 모르는 어떤 무공이나 법술에 욕심내지 않은 것으로 해석되어, 빛의 술사가 안배한 기관이 작동한 것이다.

마지막 빛의 술사 마연은 아무도 보지 않는 곳에서 스스로 탐욕을 억제하고 구리책을 덮을 수 있는 선한 의지를 업을 이어받을 수 있는 자격이라고 생각했었던 것이다.

그런 마연의 삼백 년 전 판단이 빛의 술사의 업을 거부했던 무한을 빛의 술사로 만든 이유였다.

"후우⋯⋯."

무한이 돌의자에 등을 기대고 앉아 한숨을 쉬었다.

"어쨌든 골치 아픈 일을 하게 생겼어."

앞으로 그에게 다가올 일들이 새삼스레 번잡하게 느껴졌다.

가장 먼저 해결해야 할 일은 이 서역 신전을 지키고 있던 세 문지기들을 상대하는 일이었다.

세 문지기는 무한이 지나온 소요산장과 대협곡 황벽 속에 있는 풍룡의 동굴, 그리고 돌무더기 아래에서 신전을 지키고 있던 노인들이었다. 그들이 과연 자신을 당대의 빛의 술사로 인정할지 확신할 수 없었다.

그들은 마지막 빛의 술사 마연이 거둔 사람들은 아니었다. 마연은 후계자를 정하지 못하고 죽으면서 이 서역의 빛의 신전을 지키는 사명을 세 명의 수하에게 맡겼다.

그들은 스스로 빛의 술사의 충실한 추종자임을 자처하며 신전을 지키고 새로운 후인을 기다릴 것을 맹세했다. 그 맹세가 삼백 년이 지난 지금까지도 이어지고 있었다.

당연히 현재 그 맹세를 지키는 사람들은 그들 자신이 아니라 그들의 후예들이었다.

그러므로 세 문지기에게 마연 당시의 선조들과 같은 충성심을 기대하는 것은 어려웠다. 사실 그들이 지금까지 이 신전의 문지기로 남아 있는 것 자체도 놀라운 일이었다.

그들이 한 약속이 아닌, 얼굴도 보지 못한 삼백 년 전 선대가 한 약속을 지키는 사람이 몇이나 될까.

"거의 없지. 나조차도 빛의 술사의 전통을 깨려 하는데……."

무한이 중얼거렸다.

세 문지기에게 충성을 요구하기가 무리라는 생각이 드는 것이다.

"대체 왜 그들은 떠나지 않았을까?"

갑자기 의구심이 떠올랐다.

떠나려면 충분히 떠날 수 있는 능력을 지닌 사람들이다. 아마도 그들이 세상에 나가면 적수를 찾기 힘들 것이다.

그럼에도 그들은 이 척박한 오지에서 선대의 약속을 지키고 있었다. 그게 단순히 약속을 지키려는 순수한 마음만으로 가능한 일일까. 어쩌면 그 이유가 따로 있을 수도 있었다.

"물어보면 알겠지. 그나저나 사형들과 묵룡대선은 어떻게 하지? 지금 당장 빛의 술사로서 세상에 나갈 수는 없는데… 밀법을 아는 것과 구현하는 것은 다르니까. 머릿속에 강제로 기억된 모든 비법들을 실제로 완벽하게 사용하려면 평생이 걸릴지도 모르고……."

마지막 빛의 술사 마연이 빛의 정원 정자에 만들어놓은 놀라운 기관과 환영술은 천년밀교의 신비로운 밀법들과 감춰진 역사의 비밀들을 온전하게 무한의 머리로 주입했다.

하지만 지식이 전해진다고 그것들을 모두 사용할 수 있는 것은 아니다. 무한이 환각 속에서 강제로 전해 받은 술법들 중 지금 당장 무한이 시전할 수 있는 것은 거의 없었다.

가장 처음 구리책을 통해 전수받은 풍신보만 해도 당장은 그 본래 위력의 십분지 일도 구현하기 힘들 것이다.

물론 그럼에도 불구하고 무한이 생각하기엔 극쾌의 무공이라고 생각되었지만.

어쨌든 무한에게는 시간이 필요했다.

천년밀교의 무공과 법술들을 자신의 것으로 만들 시간, 그 시간 동안은 빛의 술사의 업(業)을 이었다는 사실을 누구에게도 밝히기 어려웠다.

"여전히 묵룡대선의 선원으로 살아가야겠지. 하지만 독안룡님까지 속여야 할까?"

적어도 독안룡에게는 오늘 있었던 일을 이야기해야 한다는 생각이 드는 무한이다.

"한 명 정도… 믿는 것도 나쁜 것은 아니지."

무한이 중얼거렸다.

어린 시절, 철사자 무곤이 죽은 이후 그가 겪은 일들은 무한에게 사람에 대한 불신을 갖게 만들었다. 물론 그 불신은 묵룡대선을 탄 이후 많이 옅어졌지만, 그래도 완전히 사라진 것은 아니었다.

그러나 그럼에도 불구하고 독안룡 탑살은 믿을 수 있을 것 같았다.

"어쨌든 묵룡대선을 떠날 수는 없으니까. 지금은 묵룡대선이 내 집이지. 그나저나 모두 무사할까?"

사막에서 만난 사풍으로 인해 일행으로부터 홀로 떨어져 나온 무한이다. 다른 사람들의 안위가 걱정될 수밖에 없었다.

"알고 있겠지?"

무한이 고개를 갸웃하면서 빛의 정원으로 이어지는 통로를 바라봤다. 그가 빛의 정원으로 들어온 통로다. 그 너머 석실에서 문지기 노인이 기다리고 있을 것이다. 그리고 그는 아마도 하연 등 소룡오대의 안위를 알고 있을 것이다.

이 사막의 신전 사방 백 리가 문지기 노인의 눈에 들어와 있다는 것을 알고 있는 무한이었다.

"나가보자. 그들과 할 이야기가 있으니까."

무한이 돌의자에서 일어났다. 그러고는 정자 중앙의 석탁 한 부분을 누른 후 정자에서 내려왔다.

그그긍!

무한이 내려오자 정자 위의 석탁과 돌의자가 밑으로 내려갔다. 그리고 정자 위에는 어떤 것도 남아 있지 않았다.

하지만 무한은 이제 그런 변화에 놀라지 않았다. 이 빛의 정원에 대한 모든 비밀 역시 그의 머릿속에 화인처럼 각인되었기 때문이다.

무한이 문지기 노인이 있는 석실로 이어진 통로 입구로 다가갔다. 그리고 크게 호흡을 하면서 내공을 끌어 올렸다.

정신을 차리지 않으면 다시 온갖 환영과 환상에 시달려야 하는 통로다. 제대로 길을 찾지 못하면 그 안에서 고사할 수도 있었다.

그러나 역시 이제는 무한에게 어떤 위협도 되지 않은 환영들이기도 했다. 그 위험하고 신비로운 통로에서 무한이 시험하고 싶은 것은 다른 것이었다.

궁극에 이르면 빛의 빠름을 능가한다고 하는 바람 신의 걸음, 풍신보를 처음으로 시험해 보려는 무한이었다.

그 빠름이 사실이라면, 비록 처음 시도하는 풍신보지만 아마도 통로의 환영진들이 미처 발동하기도 전에 반대편 출구에 도착할 것이다. 첫 시도에서조차.

"알게 된 모든 것이 진실인지도 확인되겠지."

무한이 중얼거렸다.

그리고 망설임 없이 환영이 가득한 통로로 뛰어들었다.

제3장

문지기들

쿵!

그르릉!

묵직한 충돌음에 뒤를 이어 석문이 밀렸다. 그리고 눈부신 빛이 어두운 석실 안으로 퍼져 들어왔다.

히히힝!

마른 여물을 먹고 있던 말이 놀라서 투레질을 하며 울음을 터뜨렸다.

그러나 석실에 있던 사람들은 말을 진정시킬 생각을 하지 않고, 대신 열린 석문에서 나오는 한 청년의 모습에 시선을 고정시켰다.

무한은 자신을 바라보는 사람들을 지나쳐 마른 여물을 마시고 있는 말에게 다가갔다. 그러고는 말의 갈기를 쓰다듬으며 말했다.

"잘 지냈어?"

푸르륵푸르륵!

말이 무한을 알아보고 울음을 멈추고 무한의 몸에 머리를 문질렀다.

"힘이 생긴 것을 보니 잘 지낸 모양이구나. 다행이다. 그런데…이곳에 말에게 먹일 여물이 있었나요?"

무한이 이 신전을 지키고 있던 문지기 노인에게 물었다.

그러자 문지기 노인이 당황한 표정으로 무한을 바라보다가 질문을 던졌다.

"어떻게… 되었소?"

들어갈 때는 분명 무한에게 퉁명스러운 반말을 지껄여 댔던 노인이다. 그런데 다시 만난 그는 더 이상 무한을 함부로 대하지 못했다.

"뭐가 어떻게 돼요?"

"저 안에서……."

노인이 손으로 무한이 나온 빛의 정원을 가리켰다.

"알잖아요? 저기가 뭐 하는 곳인지."

"그거야 알지만……."

"밖에서는 볼 수 없었던 건가요?"

무한이 되물었다.

마음 한편으로 무한은 문지기가 빛의 정원에서 일어나는 일을 모두 보고 있을지도 모른다고 생각하고 있었다.

아무래 대단한 기관진식과 법술이라도 수백 년 동안 조금의 손상도 없이 유지될 수 있는 구조물이 있을까 하는 의문 때문에 가진 생각이었다.

신전의 문지기들이 어떤 식으로든 빛의 정원 안을 살펴볼 방법을 찾지 않았을까 하는 생각을 한 것이다.

하지만 노인은 고개를 저었다.

"우린… 볼 수 없소. 그게 율법이오. 감히 문지기가 어떻게……."

노인의 말에서 진심이 묻어난다. 그의 말투에서 자신들의 처지에 대한 자괴감 같은 것도 느껴졌다.

자신들은 볼 수도 없는, 말로만 전해 들은 위대한 정원을 지키는 자들의 마음이란 것이 어떨지 생각해 보면 당연한 반응이다.

"그렇군요. 그런데 참 고약한 양반이네. 자길 따르는 사람들에게 수백 년 동안 대를 이어야 하는 막막한 일을 시켜놓고, 정작 중요한 것들을 보지 못하게 했으니."

무한이 혀를 찼다.

그러자 노인이 다시 물었다.

"그래서… 빛의 술사가 되셨소?"

"…어르신이 원하는 건 뭡니까? 내가 빛의 술사가 되길 바랍니까? 아니면……."

무한이 되물었다.

장난 같은 질문이지만 절대 장난이 아니다. 노인의 대답 여하에 따라 앞으로의 일이 복잡해질 수도 있었다.

문지기 노인들이 빛의 술사의 출현을 원치 않는다면 이들과의 인연을 끊을 수도 있었다. 모든 것을 새로 시작하는 것도 나쁘지 않다는 것이 무한의 생각이었다.

그런 무한의 속마음을 모르는 노인이 모호한 시선으로 무한을 보며 답을 미뤘다. 그러자 노인과 함께 석실이 있던 검은 옷차림의 다른 노인이 입을 열었다.

"우리의 스승들을 언급할 필요도 없이, 우린 거의 수십 년 동안 한 자리를 지키고 살아왔소. 약속의 굴레라고… 우리가 스승들의 제자가 될 때 한 약속을 지키기 위해서 말이오. 우리에게 떠날 자유가 없었던 것은 아니오. 누가 강제로 잡고 있는 것은 아니었으니까. 하지만 우리 스승들은 참 영악한 사람들이었소. 절대 떠나지 않을 사람들을 골라 제자로 들였으니까. 우린 고지식한 사람들이오. 스스로 한 약속은 어떤 상황이 되어도 지키는, 그런 알량하고 쓸모없는 자존심이 우릴 평생 이곳에 있게 한 것이오. 그래서… 그 일의 끝을 볼 수 있다면 우리 인생에 약간의 보답은 될 것 같소."

검은 옷의 노인이 침착하게 자신의 마음을 설명했다.

그런 노인을 보며 무한이 물었다.

"누구……?"

무한으로서는 처음 보는 노인이기에 당연한 질문이다.

노인이 갑작스러운 무한의 질문에 머쓱한 표정을 짓다가 이내 대답했다.

"난 풍룡의 동굴을 지키는 용노(龍老)라고 하오."

"용노… 그렇군요. 그런데 이곳에는 어떻게?"

"……?"

"내가 알기로 용노는 새로운 빛의 술사가 탄생할 때까지는 풍룡의 동굴, 넓게 잡아도 대협곡 황벽을 삼 일 이상 비우지 못하는 것으로 알고 있는데. 이곳에 있다는 것은 삼 일 이상 자리를 비운 것 아니오?"

"그야……."

"풍룡은 누가 돌보고 있습니까?"

무한이 다시 물었다.

"풍룡의 동굴에는 나 말고도 두어 명이 더 머물고 있소."

용노가 대답했다.

"광전사들 말이군요."

"그렇소."

노인이 대답했다.

"그래도 삼 일 이상 자리를 비우는 것은……."

무한이 질책하듯 말했다.

그러자 용노가 변명하듯 대답했다.

"새로운 빛의 술사가 탄생하면 풍룡의 동굴에 머물러야 하는 제약은 사라지게 되오. 비록 시간의 차이는 있을지언정 난 빛의 술사가 탄생하는 순간을 직접 보길 원했소. 풍룡의 동굴에서 그 소식을 기다리고 있기는 정말 싫었소."

그럴 자격 정도는 있지 않냐는 듯한 말투다.

"하긴, 어르신들이라면 그럴 만한 자격은 있으시죠. 아무튼 이젠 제가 대답해야 할 때인가요?"

무한이 두 사람을 보며 물었다.

그러자 두 문지기 노인이 대답을 하지 않고 침을 꿀꺽 삼켰다.

"이제 두 분은 더 이상 과거의 약속에 잡혀 살지 않아도 됩니다."

"아!"

"그럼……!"

두 사람이 동시에 탄성을 흘렸다.

"뭐, 어쩌다 보니 새로운 빛의 술사가 탄생했군요. 칸이라고 합니다. 앞으로 잘 부탁드립니다."

무한이 빙그레 미소를 지으며 두 사람에게 새삼스럽게 자신을 소개했다.

그러자 두 노인이 그 자리에 엎드렸다.

"용노가 빛의 술사님을 뵙습니다."

"신전의 문지기 사곤입니다. 지난 시간의 무례는 용서하시길!"

급변한 두 사람의 태도에 오히려 무한이 당황했다.

"이, 이러지들 마세요. 서로 불편하게."

"아닙니다. 누가 뭐래도 우린 빛의 술사를 모시는 사람들입니다. 수백 년간 우린 대를 이어 이 자리에서 빛의 술사를 기다리고 있었습니다. 그 삶은… 이해하실지 모르겠지만, 그건 명예이면서도 굴욕적인 삶이었습니다. 그런데 술사께서 우리를 그 고단한 삶의 굴욕에서 벗어나게 해주셨습니다. 이제 우리에게서 굴욕은 사라지고 수백 년 동안 하나의 약속을 지켜낸 명예가 남겠지요. 그래서 감사드립니다. 그리고… 앞으로 모든 것을 다해 술사님을 모시겠습니다."

신전의 문지기 사곤이 감격스러운 표정으로 말했다.

무한이 뭔가 대꾸를 하려다가 그들의 표정을 보고는 입을 닫았다. 평생 한 곳을 지키며 과거의 약속에 묶여 살아야 했던 이들에게 자신이 어떤 존재인지 알 수 있었기 때문이다.

그 자신은 아버지 무곤이 죽은 이후 사자림에서의 고립된 삶을 십 년도 버티지 못해 바다에 몸을 던졌다.

그에 비하면 이들의 인내심과 약속에 대한 신념은 존경스러울 정도였다.

하지만 이들의 삶을 존경하면서도 한편으로는 부담스럽게 느껴지기도 했다.

무한은 과거의 빛의 술사들과는 다른 삶을 살 것이기 때문이었다. 어쩌면 그건 그들이 기대하는 삶이 아닐 수도 있었다.

하지만 일단 오늘은 그런 이야기를 할 시간이 아니었다.

"그분도 이곳을 아시나요?"

무한이 물었다.

"그분이라시면?"

"소요산장에 계시는 분이요."

"아, 이공 말이군요. 당연히 알고 있지요."

"그럼 부르세요."

"예?"

"더 이상 소요산장을 지킬 필요가 없지 않나요?"

"그야… 그렇지만."

"상의할 일들이 있어요. 그분이 오시는 것이 좋겠군요."

무한이 자신의 의사를 분명하게 말했다.

그러자 사곤이 얼른 대답했다.

"알겠습니다."

"얼마나 걸리죠?"

"보통 사람이라면 한 달이 넘을 길이지만, 이공은 열흘이면 족할 길입니다. 지금 열화산 인근에 와 있으니까요. 이공 아우 역시 빛의 술사님이 탄생할 수도 있다는 걸 알고는 산장에만 머물수는 없었던 모양입니다."

"열흘. 그래도 제법 시간이 걸리는군요. 제가 빛의 정원에서 알게 된 지름길이라면 좀 더 빨리 올 수 있을 텐데요."

"대협곡 황벽 지하의 미로를 말씀하시는 것이군요."

용노가 말했다.

"알고 계시는군요."

빛의 정원에서 천년밀교와 빛의 술사에 대한 모든 지식들을 밀교의 신비로운 법술인 전언(傳言)의 술(術)로 전해 받을 때, 이곳 서역 신전이 만들어진 이유와 그 구조에 대해서도 알게 된 무한이다.

그래서 소요산장에서 한열지 빛의 신전에 이르는 비밀스러운 지름길이 있다는 것을 알고 있었다. 그의 생각에 소요산장주가 열화산 근처에 있다면, 그 길을 달려 오륙 일이면 신전으로 올 수 있었다.

"대황벽를 지나는 것까지는 과거의 길 그대로인데 한열지는 조금 변했습니다. 아무래도 사막이라 겉으로 보기에는 천 년이 가도 변하지 않는 것처럼 보이지만, 사실은 다른 지형보다 세월의 흐름에 민감한 곳이지요."

사곤이 대답했다.

"사풍 때문인가요?"

"그게 가장 큰 이유입니다."

"사풍 이야기가 나와서 그런데, 혹시 날 이곳으로 데려온 사풍 그게 우연히 일어난 건가요? 배운 바로는… 배웠다고 해야 할지 모르지만. 어쨌든 한열지에 작은 사풍을 일으킬 수 있는 진법들이 서역 신전 주변에 펼쳐져 있던데……."

"반반입니다."

"반반이라면……?"

"당시 술사님의 일행을 덮친 사풍은 자연적으로 일어난 것입니다. 다만 그 사풍이 마침 서역 신전의 권역에서 일어났기에 술사님을 이 신전으로 모실 수 있었습니다."

"역시 그럼 그때……?"

무한이 사곤을 바라봤다.

"그렇습니다. 이미 그때는 저도 술사님 일행을 주시하고 있었습니다. 그리고 술사님만 따로 이 신전으로 모실 기회를 기다리고 있었습니다. 마침 그때 사풍이 불었고… 그렇게 된 것입니다."

사곤이 담담하게 대답했다.

"다른 사람들은 어떻게 됐죠?"

"묵룡대선의 소룡들 말이시군요."

"예. 무사한가요?"

"모두 무사합니다."

사곤이 대답했다. 순간 무한이 안도의 한숨을 내쉬며 물었다.

"그들은 어디 있죠?"

"그들은 사막의 녹지에 있는 작은 고성에 있습니다. 그곳을… 빛의 술사의 유적이라고 믿고 있을 겁니다. 물론 거의 아무것도 없는 곳이지만."

"녹야원을 말하는 것인가요?"

"그곳도 알고 계시는군요."

사곤이 조금 놀란 표정으로 말했다.

"빛의 신전에 관련된 것이라면 거의 모든 것을 알고 있죠. 마지막 술사께서 남기신 것들이라면."

무한이 대답했다.

"그렇군요. 역시 밀법의 힘은 놀랍기 이를 데 없습니다."

사곤이 진심으로 감탄한 듯 말했다.

"언제 그곳에 들어갔죠?"

"어제입니다."

"어제… 그럼 그동안 고생 좀 했겠네요."

"아무래도 그렇지요. 하지만 죽은 사람은 없습니다."

"그들을 인도했나요?"

무한이 물었다.

"술사님의 동료들을 죽게 놓아둘 수는 없으니까요."

사곤이 가볍게 미소를 지으며 대답했다.

"고마워요."

"아닙니다. 솔직히 말하자면 선의를 가지고 빛의 신전을 찾으려는 여행객 중 죽은 사람은 없습니다. 저희가 어떻게든 살길을 열어주었지요. 물론 악의를 지닌 자들이야 자기들 운명대로 명이 정해졌지만. 물론 그런 대처는 저희가 처음이고, 이전의 문지기들께서는 그런 자들조차 살려 보내셨다고 합니다."

"역시 빛의 술사의 사람들이란 건가요?"

무한이 미소를 지었다.

그러자 사곤이 조금 허탈한 미소를 지으며 대답했다.

"그러게 말입니다. 선함을 행함에 망설이지 마라. 그게 빛의 술사를 따르는 자들의 첫 번째 계율이니까요. 운명을 원망하는 와중에도 그 가르침을 지키셨더군요. 선조들께서는… 하지만 저희는 그렇게까지는……."

사곤이 말꼬리를 흐렸다.

그러자 무한이 의미심장한 표정으로 말했다.

"그래서 말인데 그 가르침들 말입니다. 제가 좀 바꿔볼까 하는데……."

빛의 술사로 대변되는 천년밀교의 가르침을 따르는 사람들에게는 빛의 계율이란 것이 존재한다.

선함을 행함에 망설이지 마라!

첫 번째 계율이다.

그런데 무한은 바로 그 첫 번째 계율부터 바꾸겠다고 했다. 사곤과 용노가 놀라지 않을 수 없는 일이었다.

"그 이유가……?"

이제 겨우 빛의 술사로서의 운명을 시작한 무한이다. 처음부터 천년밀교 전통을 이어온 사람도 아니다. 그런데 시작부터 계율에 손을 댄다고 하니 두 사람은 두려운 듯했다.

"역대 빛의 술사들처럼 세상의 안정을 위해 헌신하다 모욕당

하고 존재가 부정되어 세상 밖으로 밀려나는 꼴은 당하기 싫기 때문이지요."

"그럼 세상으로 나가 권력을 잡으시겠다는 겁니까?"

"아닙니다. 전 권력 같은 것에는 관심이 없습니다."

"그럼……?"

"빛의 역사에 대한 진실한 존경심을 갖고, 우리의 도움을 마음으로 고마워하는 사람에게만 빛의 도움이 있을 겁니다. 그러니 선함을 행함에 망설이지 말라는 첫 번째 계율은 지켜지지 않을 겁니다."

"그야… 솔직히 저희도 바라던 바입니다만……."

사곤이 무한의 생각에 동의하면서도 계율을 어기는 것이 과연 옳은 일인지 확신하지 못하는 모양이었다.

"부담이 좀 되지요?"

"그렇습니다."

사곤이 마음을 숨기지 않고 대답했다.

"그래서 제가 그 부담을 덜어드리려고 하는 겁니다."

"어떻게 말입니까?"

"앞서 말했듯이 계율을 어기는 것이 아니라 아예 계율을 고치려는 겁니다. 계율이라는 것이 절대적인 것은 아니죠. 세월이 흐르면 시대의 상황에 맞게 바뀌는 것이 오히려 자연스러운 것이지요. 또한 빛의 술사는 곧 천년밀교 그 자체입니다. 다시 말해 저에게는 계율을 고칠 수 있는 권한이 있다는 뜻이지요. 그렇죠?"

무한이 두 사람에게 동의를 구했다.

"물론 그렇긴 하… 지요."

빛의 술사가 곧 천년밀교라는 말은 부인할 수 없었다.

밀교의 위대하고 신비로운 법술은 오직 빛의 술사 한 명에게 만 전수되는 것으로, 그 전수자가 없어 지난 수백 년 동안 빛의 역사가 멈춰 있었던 것만 보아도 알 수 있는 일이다.

빛의 술사가 없다면 그 누구도 천년밀교의 이름으로 활동할 수 없었다. 그러니 빛의 술사가 곧 천년밀교이고, 계율을 수정할 권한도 있었다.

"빛의 정원에서 빛의 술사의 업을 받을까 말까 고민한 순간이 있었습니다. 사실은 포기했었죠. 그 이유는 세상에 대한 무조건 적인 희생을 전제로 하는 빛의 계율을 지킬 자신이 없었기 때문 입니다. 그런데 그런 제 선택이 오히려 빛의 술사로 선택받은 이 유가 되더군요. 그건 결국 빛이 정원을 만드신 마연 술사께서도 이런 일을 예상하고 있었다는 말이 아닐까요?"

"그런 일이 있었습니까?"

사곤이 물었다.

용노나 사곤은 빛의 정원에서 일어난 일에 대해서는 함부로 물어볼 수 없었다. 그래서 질문 역시 조심스러웠다.

"아무튼 저로서는 제가 빛의 계율을 수정하는 것에 대해 과거 의 술사들께 동의를 얻었다고 생각하고 있습니다. 그래서 죄책 감 같은 것도 없지요."

사실이었다. 무한은 자신이 이 시대에 맞는 빛의 계율을 만드 는 것에 대해 전혀 거리낌이 없었다.

어쩌면 사자림에서 새로운 삶을 위해 목숨을 건 도박을 했던 것처럼 무한은 과감한 성격은 타고난 것일 수도 있었다.

"그렇다면 저희도 따르겠습니다. 말씀드렸듯이 솔직히 바라던 바이기도 합니다."

이번에는 용노가 대답했다.

"고맙습니다."

"무슨 말씀을! 저희들은 오직 술사님의 뜻에 따를 뿐입니다. 그런데……."

용노가 빙그레 미소를 지으며 말꼬리를 흐렸다.

"무슨 하실 말씀이라도?"

"어째 새로운 술사님을 모신 이후의 삶은 지금까지와 달리 무척 분주해질 것 같습니다만……."

"싫으세요?"

"아닙니다. 아주아주… 몹시 기다리던 삶이지요. 아니 그렇습니까?"

용노가 사곤을 보며 물었다.

그러자 사곤이 고개를 끄떡였다.

"용노 아우의 말이 맞아. 나야말로 기다리던 삶이지. 자네들이야 그래도 사막을 벗어나 있었지만 난 꼬박 여길 지키고 있었으니까."

"그렇군요. 사형에 비하면 저희들은 그나마 운이 좋았던 거군요."

용노가 가볍게 웃음을 흘리며 말했다.

"그런데 말입니다."

무한이 기분이 좋아진 두 사람을 보며 말했다.

"무슨 하실 말씀이라도?"

사곤이 무한을 보며 되물었다.

"일단 뭐 먹을 거 없습니까?"

*   *   *

거대한 돌무더기를 만든 이유는 당연히 뜨거운 태양과 혹한의 추위를 막기 위해서였다. 돌무더기 아래 공간은 사막임에도 불구하고 일정한 기온을 유지했다.

낮에는 시원하고 밤에는 온화한 기온은 모두 산처럼 쌓아 놓은 돌무더기 때문이었다.

무한은 소요산장주 이공이 올 때까지 사곤과 용노 두 사람에게 세 사람이 지켜온 빛의 신전에 대해 배워 나갔다.

비록 그가 신비로운 전언(傳言)의 술(術)로 천년밀교와 빛의 술사들의 역사에 대한 모든 것을 알게 되었다 해도, 그 지식들은 삼백 년 전의 것들이었다.

삼백 년의 시간은 많을 것을 변화시킨다. 그래서 현재의 빛의 신전은 삼백 년 전의 그것과는 어쨌든 차이가 있었다.

그래서 무한이 지금의 신전과 신전을 지키는 문지기들에 대해서 들어야 할 것들도 적지 않았다.

그렇게 문지기들로부터 이야기를 듣다가 지루하거나 시간이 나면, 무한은 돌무더기들 사이로 난 길을 따라 돌무더기 산의 정상에 올랐다.

정상에 오르면 이곳이 사막이라는 사실, 작렬하는 열기와 극한의 추위를 낮밤으로 만들어내는 사막이라는 사실을 온몸으로 느낄 수 있었다.

낮에는 피부를 태울 듯한 태양광이 내리꽂혔고, 밤에는 살을 얼릴 듯한 추위가 찾아왔다. 그 한열의 교차는 오히려 모래사막보다도 더 심한 듯했다.

그러나 그럼에도 불구하고 돌무더기 산의 정상은 오를 만한 가치가 있었다.

정상에 서면 어느 때라도 무한한 자유를 느낄 수 있었다. 빛의 술사로서 살기로 결심한 이후, 비록 과거의 계율을 바꾸기로 했지만 무한은 적지 않은 부담을 느끼고 있었다.

그런데 신전을 덮고 있는 돌무더기의 정상에 서면 인간이 얼마나 작은 존재인지 즉시 깨달을 수 있었다.

낮에는 끝이 보이지 않는 광활한 모래사막이, 밤에는 무한한 우주의 세계가 열렸다.

그 안에서 무한과 빛의 신전은 작은 점에 불과했다. 아니, 어느 때는 점도 아닌 무의미한 존재로 느껴졌다. 그 무한대의 세계 속에서는 빛의 계율 역시 아무런 의미가 없어 보였다. 그럴 때는 그 계율로 인한 부담감도 사라졌다.

해가 뜨거나 해가 질 때의 느낌은 또 달랐다.

일출과 석양이 만들어내는 신비한 풍경 속에서 무한은 삶의 강렬한 열망을 느끼곤 했다.

붉은 태양이 대지를 물들일 때의 생동감은 당장 말을 타고 광활한 사막을 질주하고 싶은 욕망을 만들 정도였다.

무한은 그런 대사막과의 교감을 통해 성장하고 있었다.

세상을 짊어져야 할 것 같은 빛의 술사의 책임감도, 어린 시절 그에게 일어난 가혹했던 경험들도, 그리고 그로 인해 자신도 모르게 마음 깊이 품게 된 세상에 대한 원망도 대자연의 광대함 속에서 서서히 용해되는 것 같았다.

그렇게 빛의 술사의 운명과 가혹한 세상이라는 괴물에 대해 담담해져 가고 있을 때, 세 번째 문지기인 소요산장주 이공이 도착했다.

*   *   *

"빛의 술사를 뵙습니다."

이공 역시 무한을 보는 시선과 행동이 소요산장에서와 달랐다. 그때의 조금은 흐트러지고 탈속한 듯한 느낌은 찾아볼 수 없었다.

그리고 정중했다. 마치 오래전부터 그가 무한을 주군으로 모셔온 사람처럼.

"어서 오세요. 고생하셨습니다."

무한은 사곤의 석실에서 이공을 맞았다.

그들이 머물고 있는 빛의 신전은 그 규모가 작지 않아서 사람이 기거하거나 접대할 장소가 부족하지 않았다.

그럼에도 무한과 서역 신전에 머무는 사람들은 대부분 사곤의 거처에 머물렀다.

수많은 석실들이 있지만, 모두 오랫동안 비워놓았던 곳들이라 사람의 온기를 느낄 수 있는 곳은 사곤의 석실뿐이기 때문이었다.

"고생은요. 기쁜 마음으로 한달음에 달려왔습니다."

이공이 가볍게 미소를 지었다.

그 역시 삼백 년 만에 신전의 먼 입구를 지키는 굴레에서 벗어나게 된 것이 무척 기쁜 모양이었다.

"이야기는 들으셨습니까?"

무한은 이공이 도착할 때 돌무더기 산 정상에 있었다. 그래서 이공은 무한이 석실로 돌아올 때까지 사곤과 용노를 먼저 만나 이야기를 나눈 후였다.

"그렇습니다."

"어떻게 생각하십니까?"

"기대하던 바입니다."

이공이 정색을 하며 대답했다.

"기대하던 바라… 산장주께서는 그동안 밀교의 계율에 불만이 많으셨군요?"

"그렇습니다. 사람이 할 짓이 못 되지요."

"그렇게까지……."

무한이 생각보다 격한 이공의 반응에 놀란 표정을 지었다.

"사람에게 두 다리가 있는 것은 세상을 구경하라는 뜻이고, 사람에게 두 팔이 있는 것은 자신을 지키라는 뜻입니다. 그런데 빛의 술사와 인연을 맺은 사람들은 지금까지 그 두 가지의 당연한 권리를 누리지 못했지요. 삼백 년 동안 신전을 지키고 있었고, 그 이전 과거의 사람들은 세상을 평온하게 하기 위해 무조건 자신을 희생했습니다. 저로서는 마음에 들지 않는 일들입니다."

이공이 담담하지만 단호하게 대답했다.

그러자 옆에서 사곤이 입을 열었다.

"본래 셋째 사제가 우리 중에 가장 과격한 편입니다."

"그리고 가장 강하지요."

용노가 덧붙였다.

"사형들이 절 가지고 노는군요. 믿지 마십시오. 제가 제일 선하고, 제일 약합니다."

이공이 손을 저으며 무한에게 말했다.

그러자 무한이 한차례 웃음을 터뜨리고는 다시 입을 열었다.

"아무튼 산장주께서도 찬성하시는 겁니까?"

"물론입니다."

이공이 고개를 끄떡이며 대답했다.

"그럼 이제 떠날 준비를 해야겠군요."

"떠나시다니요?"

사곤이 놀란 표정으로 물었다.

"모두 이곳을 떠나길 원하고 있었던 것 아닙니까?"

무한이 오히려 사곤의 반응이 이상한 듯 물었다.

"그렇긴 합니다만, 그건 술사께서 천년밀교의 법술을 어느 정도 수련하신 후의 일로 생각했습니다만……."

"그럼 십 년이 지나도 떠날 수 없습니다."

"그게 무슨……?"

"밀교의 법술은 단시간에 완성할 성질의 것이 아니라는 뜻입니다. 완성되기를 기다리는 것은 다시 수십 년 동안 신전이나 지키며 살아야 한다는 뜻인데 그걸 원하세요?"

무한이 웃으며 물었다.

"물론 그렇진 않습니다만… 빛의 술사의 재출현은 세상 모든 사람들의 이목을 끌 겁니다. 그렇게 되면……."

사곤이 걱정스럽게 말했다.

수백 년 만에 재출현한 빛의 술사가 밀교의 법술에 능하지 못하면 자칫 전설적인 빛의 술사의 권위가 한순간에 떨어질 수도 있기 때문이다.

그래서 사곤은 무한이 충분히 천년밀교의 밀법을 수련해 빛의 술사로서의 힘을 갖춘 이후 세상에 나가기를 원하고 있었다.

그는 빛의 술사의 출현이 단번에 세상을 변화시킬 만큼 강력하고 충격적이어야 한다고 생각하고 있었다.

"당분간은 빛의 술사로 살지 않을 생각입니다."

"그럼……?"

"당연히 묵룡대선의 소룡으로 살아야죠."

"하지만 그건……."

"걱정 마세요. 의심받을 일 없을 테니. 그리고 빛의 술사가 세상에 등장하기 위해선 어느 정도 준비가 필요한 건 저도 압니다. 그 준비는 저뿐만 아니라 세 분도 해주셔야 합니다."

"어떤 준비를 하면 되겠습니까?"

용노가 물었다.

"일단 빛의 업(業)을 행하려면 세상의 모든 소식을 알아야겠지요. 세 분도 그동안은 신전을 지키느라 풍문으로 들려오는 소문만 들으셨을 테지요?"

"그렇긴 합니다."

용노가 고개를 끄떡였다.

"그러니까 얼마간 직접 세상을 여행하세요. 파나류는 물론 육주와 무산열도까지……."

"알겠습니다. 저희들이야 즐거운 임무군요."

이공이 미소를 지으며 대답했다.

"아, 그나저나 떠나기 전에 꼭 해야 할 일이 있군요."

"……?"

무한의 말에 사곤 등이 무슨 일이냐는 듯 무한을 바라봤다.

"풍룡, 그 녀석을 한번 만나 봐야겠어요. 아니, 그 녀석이라고 해도 되나? 나이가 나보다 훨씬 많은데……."

무한이 고개를 갸웃하며 중얼거렸다.

사막 여행이 즐거울 수도 있다는 것을 무한은 처음 깨달았다. 사막은 더 이상 무한에게 죽음의 땅이 아니었다.

용노는 문지기들만이 알고 있는 사막의 길을 통해 무한을 대협곡 황벽으로 안내했다.

길은 보이지 않는 지하 수맥을 따라 이어져 있었다. 그래서 수맥과 지면이 가까워지는 곳에는 어김없이 작은 녹지가 나타났다.

샘과 그늘이 있는 녹지는 사막 여행자에겐 아름다운 휴식처였다. 그런 곳에서는 작렬하는 태양도, 살 에는 추위도 즐거움의 한 부분이었다.

다만 아쉬운 것은 그 여행의 즐거움을 만끽할 충분한 시간이 무한에게는 없다는 것이었다.

아름다운 녹지 세 곳을 지나자 드디어 무한과 세 명의 문지기는 대협곡 황벽에 도착했다.

보통 여행객들의 걸음이라면 십여 일이 넘게 걸릴 길을 단 삼일 만에 주파한 것이다.

"그런데 내 존재를 다른 사람들도 알고 있나요?"

붉은 기운이 흘러나오는 대협곡 황벽 앞에서 문득 무한이 물었다.

"광전사들을 말하시는 겁니까?"

이공이 물었다.

"그들도 그들이지만 산장주께는 두 제자가 있지 않습니까?"

"그 아이들이라면 빛의 역사에 뭔가 특별한 일이 벌어지고 있다는 것 정도는 알고 있습니다. 다만 새로운 빛의 술사께서 나타나셨고, 또 그 주인공이 술사님이라는 것은 아직 모릅니다."

"광전사들 역시 마찬가지입니다. 뭔가 일이 생겼다는 것은 다들 눈치채고 있겠지요. 다만……."

이공의 뒤를 이어 용노가 말을 하다가 말꼬리를 흐렸다.

"…이 일을 아는 사람도 있다는 거군요?"

무한이 물었다.

"요골을 기억하시는지요?"

"요… 골… 아, 그 마적 두목!"

무한이 조금 놀란 표정을 지었다.

"그 친구는 짐작하고 있을 겁니다."

"그 사람도 광전사였나요?"

"그렇습니다. 검은 마종 흑라의 무리에 속해 있다가 열화산으로 도주한 것을 제가 거뒀습니다."

"믿을 만한가요?"

"출신을 따지자면 그런 친구를 빛의 신전에 들이면 안 되지요. 하지만 요골 그 친구는 조금 다른 면이 있습니다."

"어떻게 말입니까?"

"적어도 신뢰할 수 있는 친구입니다. 배신과는 거리가 멀지요. 일단 약속을 하면. 물론 그렇다고 선한 친구는 아닌데……."

"거친 사람이지만 약속에 관해서는 믿을 수 있다는 뜻이군요?"

"그렇습니다. 그래서 그를 광전사로 거둔 것입니다. 신전을 지키는 일에는 그런 사람도 필요하니까요."

"후후, 설마 광전사가 마적 두목을 하고 있을 줄은 몰랐군요."

"뭐… 청류산에서부터 한열지 서역 신전까지는 어떻게든 우리 눈 안에 있어야 하니까요. 위험한 자들의 접근을 우리 세 사람이 때마다 나서서 막을 수도 없고 해서……."

용노가 변명하듯 말했다.

"탓하는 것은 아니에요. 재밌다는 말이죠. 아무튼 광전사들에게는 내 정체를 말하지 마세요."

"알겠습니다. 저희도 그럴 생각이었습니다. 술사께서 정식으로 세상에 나오시기 전에는 술사님의 정체를 비밀로 하겠습니다."

용노가 대답했다.

"그런데 그럼 풍룡의 동굴에 있던 친구들은?"

사곤이 용노에게 물었다.

"잠시 동굴을 떠나 있으라 했습니다."

"그럼 풍룡은 누가 돌보나?"

"이삼 일 정도야 혼자 놓아둔들 무슨 일이 있겠습니까?"

"좀 까탈스러워야지."

"그래도 어쩔 수 없지요."

용노가 귀찮다는 듯 대답했다.

"풍룡을 돌보는 일이 어려운가 보죠?"

두 사람의 대화를 듣고 있던 무한이 물었다.

"말도 마십시오. 상전도 그런 상전이 없습니다. 매일 신선한 풀과 과일을 들이지 않으면 아예 굶어버립니다. 조용히 굶기만 하면 다행인데 동굴을 부술 듯이 난리를 쳐대니 참……"

"풀과 과일이요?"

무한이 놀란 표정으로 되물었다.

"그렇습니다. 그게 풍룡의 주식입니다."

"풍룡에 대해서는 선대 술사께서 남긴 지식들로 대충 알고 있지만, 그래도 용이라면 당연히 육식을 할 거라고 생각했는데……"

무한 역시 풍룡에 대해서는 충분한 지식을 가지고 있었다. 마지막 빛의 술사 마연이 전언의 술로 전한 밀교의 지식 중 풍룡에 대한 것도 있었기 때문이다.

하지만 풍룡이 어떤 존재고, 어떻게 수백 년을 살아가며, 어떻게 후예를 남기는지는 전해졌지만, 풍룡의 정확한 모습이나 습성에 대해서는 언급이 없었다.

"보시면 알겠지만 풍룡은 용이라고 부르기는 하지만 또 용이라고 말하기에는 좀……."

용노가 말꼬리를 흐렸다.

"그렇게 말씀하시니 더 궁금합니다."

"아무튼 말로는 설명드리기 힘듭니다. 일단 보시면 아실 겁니다. 그런데 한 가지 주의할 점도 있습니다."

"뭔가요?"

무한이 물었다.

"풍룡의 지능이 사람에 버금간다는 사실입니다."

"그건 알고 있습니다. 그 부분에 대해서는 아마도 제가 더 많이 알고 있을지도 모릅니다."

무한이 담담하게 대답했다.

"전수받으신 것들 중 풍룡에 대한 것이 있으시군요."

용노가 물었다.

"그렇습니다. 여러모로 쓸모가 많은 녀석이지요. 이것 참 계속 녀석, 녀석 하네. 나이가 나보다 훨씬 많아서 내가 그렇게 부르는 것을 알면 싫어할 테데."

무한이 머쓱한 표정을 지으며 말했다.

"저희들은 처음 풍룡을 보았을 때, 조금 지능이 뛰어난 동물 정도로 생각했었습니다. 그러다가 아주 곤욕을 치르곤 했지요. 보통 고약한 성격을 가진 것이 아니어서. 풍룡은… 동물 이상의 존재라는 사실을 그때 깨닫게 되었습니다. 그런 존재라서 빛의 술사의 재목을 알아보는 것이겠지만……."

용노가 말했다.

"난 아직 잘 모르겠습니다. 어떻게 풍룡이 빛의 술사의 후계자를 알아보는 것인지……."

소요산장주 이공이 중얼거렸다.

사실 문지기들은 풍룡이 빛의 술사의 후인을 어떻게 지목하는지 자세한 근거를 알지 못했다. 그건 오직 빛의 술사에게만 전해지는 비밀이기 때문이다.

특정한 동물을 신성시해 그 동물의 행동으로 미래를 점치거나 일의 길흉을 알아보는 종족은 적지 않다.

그러나 풍룡처럼 누군가를 특정해 한 무종의 후예를 지목하는 것은 좀처럼 일어나기 어려운 일이다. 우연을 필연으로 믿는 사람들이 아니라면.

"기운을 느끼는 겁니다."

무한이 말했다.

한 번도 보지 못한 풍룡이지만 풍룡이 빛의 역사에서 어떤 역할을 하고, 어떻게 그 후계자를 지목할 수 있는지는 오직 무한만이 알고 있었다.

"기운이라면… 어떤?"

"빛의 술사는 밀교의 무공과 밀법을 전대 술사의 전언의 술에 의해 아주 짧은 시간 안에 전수받습니다. 그때 그 대상자는 육체적으로나 정신적으로 엄청난 충격을 받지요. 그런데 사람들 중 그런 충격을 무리 없이 감당할 기운을 지닌 사람들이 있습니다. 풍룡은 그런 사람의 기운을 읽어내는 겁니다."

"그런… 기운이 따로 있었군요. 그래서 우리는 안 되는 것이었군요."

사곤이 이제야 그들이 빛의 술사의 후계자가 아닌 문지기로 살아야 했던 이유를 알았다는 듯 고개를 끄떡였다.

"그럼 그건 혈통으로 이어지는 겁니까? 역대의 빛의 술사는 많은 경우 혈통으로 이어진 것으로 알고 있습니다만……."

용노가 물었다.

"아무래도 그렇지요. 선천적인 특별한 기운은 사람의 혈통으로 전해질 가능성이 가장 높으니까요. 하지만 그렇지 않은 경우도 가끔 있었더군요. 물론 저 역시……."

무한이 대답했다.

"아, 그러고 보니 술사님의 과거에 대해선 아직 듣지 못했습니다만. 묵룡대선의 소룡이라는 것 말고는… 처음부터 묵룡대선에서 태어나신 겁니까?"

용노가 궁금한 표정으로 물었다.

그러자 무한이 고개를 저으며 말했다.

"전 육주의 바다 한가운데서 묵룡대선에 구해졌습니다. 조난자였던 거죠. 그래서 전 그 이전은 아무것도 기억하지 못하는 사람이 되었습니다. 묵룡대선에 오르기 이전의 기억은……."

무한이 말꼬리를 흐렸다.

그러자 이공이 눈빛을 반짝이며 물었다.

"기억을 못 하시는 겁니까. 안 하시는 겁니까?"

이공의 물음에 무한이 놀란 눈빛으로 이공을 바라봤다.

"답변하시기 곤란한 질문을 제가 했나 보군요."

이공이 미소를 지으며 말했다.

"어떻게 알았습니까?"

무한이 되물었다.

그 자신이 과거의 기억을 잃어버린 것이 아니라 일부러 기억하지 않으려 한다는 것을 어떻게 알아챘는지 궁금한 무한이다.

"문지기를 하려면 눈치가 빨라야지요. 더군다나 한 군데서 수십 년 동안 머물면서 길을 오가는 자들을 상대하다 보면 자연스럽게 얻어지는 능력이 있습니다. 사람의 속마음을 읽는 것이 그중 하나지요."

"티가 나나요?"

"의심을 하지 않으면 모르고 지나치겠지만, 일단 의심을 하고 보면 걸리는 것이 있지요. 예를 들어 과거 이야기가 나왔을 때 술사님의 동공이 미세하게 흔들린다거나, 혹은 살짝 손에 힘이 들어가는 것 같은……."

"눈매가 매서우시군요."

무한이 씁쓸하게 미소를 지었다. 아무리 감추려 해도 감추지 못하는 것이 있다는 것을 새삼스레 깨달은 것이다.

그런데 그때 이공이 더 놀라운 말을 했다.

"아마도 독안룡 역시 알고 있을 겁니다."

"그분도요?"

무한이 되물었다.

"저 같은 문지기도 눈치챘는데 하물며 그와 같은 사람이 모르겠습니까. 다만 그걸 문제라고 생각지 않은 거지요. 만난 적은 없지만 그런 면에서 독안룡은 사람의 과거나 명성보다 자신의 눈으로 보고 느낀 상대의 성정을 더 중시하는 사람일 것 같습니다."

"그런 면이 있으시죠."

무한이 고개를 끄떡였다.

"아무튼 그래서 저희들에게도 술사님의 과거는 비밀인 겁니까?"

이공이 미소를 지으며 물었다.

"당분간은요."

"음… 서운하지만 어쩔 수 없는 일이지요. 술사님께도 사정이 있으실 테니. 하지만 조금이라도 빨리 알고 싶군요. 술사님의 과거가 어떤 것인지."

이공이 정말 궁금한 표정으로 말했다.

그러자 갑자기 무한이 이공에게 물었다.

"그렇다면 절 좀 도와주시겠습니까?"

"……?"

"절 도와주시면 제 과거를 좀 더 빨리 아실 수 있을 겁니다."

"그야 당연히… 도와드리는 것이 아니라 명령만 하십시오."

이공이 얼른 대답했다.

"한 사람을 찾아주세요."

"누굴 말입니까?"

"타무즈라는 이름을 가진 사람입니다. 육주에 있을 테고요. 시작은 송강하구 사해상가의 안방에서 해야 할 겁니다. 타무즈는 본명이고, 육주에서 상인으로 살 때는 마골이라는 이름을 쓴다고 하더군요."

"대체 그가 누굽니까?"

"저도 자세히는 모릅니다. 다만 당부할 것은 그를 찾아도 절대 그를 만나지는 말라는 것입니다. 그저 제게 그가 있는 곳만 알려주시면 됩니다."

"후우… 술사님도 빛의 전설처럼 사연이 많은 분이셨군요. 그나저나 육주라… 먼 여행이 되겠군."

이공이 대협곡 황벽 위쪽으로 솟은 열화산을 보며 중얼거렸다.

제4장

풍룡

당연하게 풍룡의 동굴로 가는 비밀스러운 길이 있었다.

용노는 무한을 황벽 입구로부터 십여 리 떨어진 절벽 밑으로 데려가 사람 크기의 바위를 옆으로 밀어 풍룡의 동굴로 이어진 비밀 통로의 문을 열었다.

무한은 비밀 통로를 통해 대협곡 황벽의 유황 냄새를 맡지 않고, 신선한 공기로 숨을 쉬면서 풍룡의 동굴로 향했다.

풍룡의 동굴까지 걸리는 시간도 훨씬 빨랐다. 대협곡 황벽을 따라 걸으면 풍룡의 동굴 입구에서 서쪽 출구까지는 이삼 일 걸리는 거리였지만, 지하 통로를 이용하면 풍룡의 동굴에 하루면 닿았다.

크르릉!

희미한 빛을 흘려내 동굴을 밝히는 명주(明珠)들을 따라 걷던 어느 순간, 갑자기 앞쪽에서 괴수가 울음소리가 들렸다.

"다 온 건가요?"

소리가 풍룡이 내는 소리임을 짐작한 무한이 용노에게 물었다.

"그렇습니다. 아마 녀석이 화가 난 모양입니다. 먹이를 가져다 주던 사람들이 모두 사라지고 없어서 말입니다."

"하루도 못 참는다는 거군요."

무한이 미소를 지었다.

"말씀드렸듯이 워낙 괴팍한 녀석이라."

용노 역시 가볍게 웃음을 흘리며 말했다.

"이제 만나 보죠."

"절 따라오십시오."

용노가 다시 걸음을 옮겼다.

무한과 다른 두 문지기들이 호기심과 기대가 뒤섞인 표정으로 용노의 뒤를 따라갔다.

갑자기 동굴이 넓어졌다.

아니, 동굴이 넓어졌다는 것보다 아예 동굴이 사라졌다고 해야 할 것 같았다. 거대한 어둠의 공간, 만약 이곳이 지하가 아니라면 밤하늘을 보고 있다고 생각할 정도였다.

그런 어둠이 지하에 있었다. 그 어둠의 공간을 풍룡의 울음소리가 흔들고 있었다.

"여기가 바로 그곳이군요."

무한이 다시 걸음을 멈추며 말했다.

"맞습니다. 저 위쪽에 대협곡 황벽으로 나가는 출구가 있습니다. 뭐, 황벽을 지나는 사람들 입장에서 보면 그곳이 이 풍룡의 동굴 입구가 되겠습니다만……."

용노가 대답했다.

무한 역시 위쪽 출구에서 이 동굴을 들여다보았었다. 그때 끝없는 무저갱 같은 어둠의 동굴을 보고 약간의 공포감을 느꼈었다.

그런데 그 공포감이 지금도 느껴졌다.

"이 아래에는 뭐가 있나요?"

무한이 어둠의 공간 아래쪽을 보며 물었다.

"완전하게 파악하지는 못했습니다. 바닥까지 내려가면 미로처럼 얽힌 동굴들이 거미줄처럼 나타나지요. 하지만 아래쪽으로 더 뚫린 공간도 있어서 바닥이라고 해야 할지……."

용노가 말꼬리를 흐렸다.

"끝을 보지 못하셨다는 거군요?"

"동굴에 끝이 있을 수 있나요. 이곳에서 대협곡 황벽의 유황 냄새를 밀어내는 신선한 공기가 유입되는 것은 사실 외부와 연결된 동굴이 생각보다 많다는 의미지요. 그중 큰 것들은 대부분 지형을 파악하고 있지만, 사람이 드나들 수 없는 작은 동굴들은 특별히 조사하지 않았습니다."

"그렇군요. 그런데 혹시 지난 세월 풍룡과 같은 용들을 보거나 만난 적은 없습니까? 빛의 전언에 의하면 용들이 완전히 멸종한 것은 아니라고 하던데… 하지만 저는 용을 보았다는 사람을 만난 적이 없거든요."

무한이 물었다. 용노라면 혹시 더 많은 용의 존재에 대해 알고 있을지도 모른다는 생각에서였다.

"글쎄요. 저 역시 그건… 용의 멸종은 공인된 사실 아닙니까? 풍룡의 경우는 빛의 힘에 의해 무한대의 생명력을 얻었다고 알고 있습니다만……."

오히려 용노가 반문했다.

"그건 그렇지요. 그래도 혹시나 해서요. 용노시라면 용들에 대해 좀 더 많을 것을 알고 계시지 않을까 해서. 어쨌든 용노께서도 모르신다면 결국 이곳에 있는 풍룡이 세상에 존재하는 마지막 용이겠군요?"

무한이 물었다.

"그럴 가능성이 클 것 같습니다만."

용노가 대답했다.

"음… 일단은 그렇군요. 하지만 풍룡을 자유롭게 해주면 혹시 생존해 있는 제 종족을 찾을 수도 있을지도 모르지요."

"그럴 수도 있지요. 그런데 선대 술사께서 전하신 것 빛의 역사에 풍룡에 대한 특별한 가르침은 없었는지요?"

용노가 조심스럽게 물었다.

"풍룡이 특별한 존재가 된 이유와 놈과 교감하는 방법은 있었지요. 하지만 놈의 습성에 대해선 용노 님이 가장 잘 알고 계실 겁니다."

"그렇군요. 그런데 혹시 그 지식들 중에 풍룡의 대를 이을 수 있는 방법이 있는지요? 수백 년을 산 녀석이라지만 어떻게 종족

을 이어가는지 알 수가 없더군요. 듣기로는 자웅동체의 특성을
가졌다고 배우긴 했는데……."

용노가 물었다.

"때가 되면 녀석 스스로 자신의 알을 낳을 겁니다."

"짝이 없어도 말입니까?"

용노가 신기한 듯 물었다.

"말 그대로 자웅동체의 특성을 가지고 있으니까요. 물론 그때
가 되면 밀교의 신비로운 밀법이 필요하긴 하지요. 풍룡이 특별
한 존재가 된 것은 녀석의 타고난 특성보다는 밀교의 밀법에 의
해서니까요."

"그렇군요. 그렇다면 그나마 다행입니다."

용노가 풍룡의 대가 끊기지 않을 수 있다는 말에 안도한 표정
으로 대답했다.

"가세."

그때 사곤이 지체된 걸음을 재촉했다. 그러자 용노가 풍룡이
사는 동굴을 향해 걸음을 옮겼다.

크르릉! 크르릉!

소리가 강해질수록 열기도 강해졌다. 마치 용암이 들끓는 지
하 세계로 향하는 느낌이었다.

그러나 습도가 많지 않아서인지 기분 나쁜 열기는 아니었다.
땀이 나도 바로 증발해 버리고 마는 건조한 열기여서 불쾌한 느
낌이 들지는 않았다.

"여깁니다."

용노가 걸음을 멈췄다. 그리고 철문으로 막힌 동굴 하나를 가리켰다.

"생각보다 작군요. 용이 사는 장소치고는."

철문의 크기가 작은 것이 예상 밖인지 무한이 말했다. 용이 머물고 있는 동굴이라면 거대한 크기의 철문이 막고 있을 거라 생각했기 때문이다.

"후후, 술사님도 녀석에 대해 모르는 것이 있으시군요. 그렇게 물어보시는 것을 보면. 보시면 왜 그런지 아실 겁니다."

용노가 가볍게 미소를 짓고는 철문을 밀었다.

그그긍!

철문 안쪽에서 들려오던 울음과는 다른 거대한 소음이 일어나면서 철문이 안쪽으로 밀려 들어갔다. 그러자 그 안에 동물이 사는 곳이라고는 말할 수 없을 만큼 깨끗한 석실이 나타났다.

석실은 마치 사람이 사는 곳 같았다. 먼지도 없었고, 동물의 배설물 냄새는 더더욱 없었다.

석실 한쪽에는 우물도 있었다. 화산의 지하에 이런 시원한 우물이 있다는 것이 믿기 어려웠지만, 일정한 양의 차가운 지하수가 끊임없이 솟아오르는 우물이 석실 내부의 뜨거운 열기를 그나마 식혀주고 있었다.

하지만 그 모든 환경들은 무한의 관심을 크게 끌지 못했다.

그의 신경은 석실 안쪽에 놓인 부드러운 모피 위에 웅크리고 있는 큰 고양이 정도 덩치의 기이하고 작은 동물에게 향해 있었다.

"그러니까 저게……."

무한이 당황한 듯 중얼거렸다. 묻는 말이기도 해서 용노가 대답을 하지 않을 수 없었다.

"그렇습니다. 풍룡입니다."

"혹시… 아직 다 자라지 않은 겁니까?"

무한이 혹시나 하는 표정으로 용노를 보며 물었다.

"그럴 리가요. 나이가 수백 살인데… 다 자란 겁니다."

"…당황스럽군요."

무한이 고개를 갸웃했다. 그가 생각했던 풍룡과는 너무 다른 모습이기 때문이었다.

특히 풍룡의 크기는 완전히 그의 예상을 벗어나 있었다. 동굴을 뒤흔드는 울음소리, 그리고 전언의 술로 전해 받은 능력을 지닌 풍룡이라면, 고양이만 한 크기의 풍룡은 전혀 예상 밖이었다.

"풍룡의 크기에 대해서도 모르셨던 모양이군요?"

"성체가 되면 사람과 함께 날 수도 있다고 했는데……"

물론 풍룡에게는 날개가 있었다. 마른 몸에 네 개의 다리가 있었고, 앞다리 위쪽 어깨에서 솟아난 날개가 달라붙듯 등에 깔려 있었다.

"글쎄요. 사람을 태우고 난다는 말은… 저도 믿기지 않는군요. 하지만 날 수는 있습니다. 황벽을 지나는 여행객이 나타나면 풍룡을 조금 전 지나온 거대한 지하 동공에 풀어놓습니다. 그럼 녀석이 동굴 입구까지 날아올라 지나가는 사람들의 기운을 읽지요."

"동굴에 풀어놓아도 도주하지 않을 정도면 굳이 족쇄를 채울 필요가 없었을 텐데요?"

무한이 풍룡의 한쪽 발목에 채워놓은 가는 쇠사슬을 보며 물었다.

"동굴 안에 풀어놓을 때도 고리는 채워놓습니다. 조금 길게 고리를 풀어놓을 뿐이지요."

"사람을 해친 적은 없나요?"

"그렇지는 않습니다. 가끔 들이받기는 하는데 생명을 위협할 정도는 아닙니다."

"그럼 굳이 묶어놓을 필요가 없지 않나요?"

"그렇기는 한데 그래도 혹시 몰라서……."

용노가 말꼬리를 흐렸다.

"후우… 아무튼 알겠습니다. 그럼 일단 제게 시간을 좀 주시죠."

무한이 용노 등 세 명의 문지기를 보며 말했다.

사곤과 이공 역시 풍룡을 잠깐 본 적은 있었지만 이렇게 자세히 본 적은 없어서, 풍룡의 모습에 정신이 팔려 있다가 무한의 말을 듣고는 급히 대답했다.

"알겠습니다. 그럼 저희는 물러나 있겠습니다."

사곤이 대답을 하고 다른 두 명과 함께 풍룡의 석실을 벗어났다.

쿵!

철문이 큰 소리를 내며 완벽하게 닫히자 무한이 잠시 풍룡을 바라보다가 녀석에게로 다가갔다.

처음 보는 동물이고 거칠게 울던 사나운 녀석이지만 무한의 행동에는 망설임이 없었다.

"사람들이 너에 대해 잘 몰라서 피곤했겠구나."

풍룡에게 다가간 무한이 그 앞에 쪼그리고 앉으며 말을 걸었다.

"카릉!"

풍룡이 무한의 말을 알아들은 듯 낮게 울음소리를 냈다.

사람들을 공포에 떨게 하는 그 강렬한 울음소리와는 너무 다른 울음소리다. 어찌 들으면 작은 새의 울음소리 같기도 했다.

"너무 오래 기다렸지? 이젠 자유다. 잘 지내보자. 응?"

무한이 손을 뻗어 풍룡의 목덜미를 쓰다듬었다.

"카르릉 카르릉!"

여전히 날카롭기는 하지만 그렇다고 공격적이지도 않은 울음을 풍룡이 연속해서 흘렸다. 그러면서도 자신의 머리로 발목에 묶인 쇠사슬을 문질렀다.

"그렇구나. 일단 널 자유롭게 해줘야겠지."

무한이 몸을 일으켜 석실 한쪽에 걸어놓은 열쇠를 가져와 풍룡의 발목에 묶인 쇠사슬을 풀었다.

"카릉!"

쇠사슬이 풀리는 순간, 풍룡이 맑은 울음소리를 내며 그 자리에서 날아올랐다.

그러고는 장난치는 아이처럼 석실을 날아다니기 시작했다. 날개를 펴면 고양이에서 여우 정도 크기로 변하는 풍룡이 날아다니기에는 좁은 공간이었다.

그러나 무한은 그런 풍룡을 그대로 놓아두었다. 대신 그는 걸음을 옮겨 석실 한쪽에 있는 석탁 앞 의자에 앉았다.

무한은 풍룡에게 충분히 자유를 만끽할 시간을 줄 생각이었다. 그렇게 풍룡에게 자신에 대한 경계심을 풀게 한 후 할 일이 있었다.

카르릉 카르릉!

풍룡이 지치지 않고 석실을 날아다녔다. 그러다가 문득 문 앞에 내려서서 무한을 바라봤다.

문을 열어달라는 뜻이다.

그러자 무한이 미소를 지으며 고개를 저었다.

"나가기 전에 나와 할 말이 있잖아? 이리 와봐."

무한이 손짓을 하자 풍룡이 순순히 한 번의 날갯짓으로 무한 앞에 놓인 석탁 위로 날아왔다.

"네가 날 선택했으니 내가 살아 있는 동안 네가 나의 수호령이 되는 데 불만 없지?"

무한이 물었다.

그러자 풍룡이 마치 사람의 말을 알아들었다는 듯 고개를 끄떡였다.

"역시 알아듣는구나. 사실 반신반의했는데… 사람의 지능을 가지고 있고, 사람의 말을 알아듣는다더니. 참 신기한 녀석이구나. 너는."

무한이 손을 뻗어 다시 풍룡의 목덜미를 쓰다듬으며 말했다.

카르릉!

풍룡이 다시 울음을 울었다. 그리고 무한을 보며 연신 고개를 주억거렸다.

"빨리하자고? 이제 보니 빨리 밖에 나가고 싶은 모양이구나. 좋아, 그럼 시작하자. 하지만 잘될지 모르겠다. 사실 나도 처음 해보는 거니까. 조금 미숙해도 이해하지?"

무한이 풍룡에게 물었다.

풍룡이 역시 알아들었다는 듯 고개를 끄떡였다.

"좋아. 그럼 시작해 보자."

무한이 자리에서 일어났다. 그러자 풍룡이 석탁 위에서 무한 앞에 네 다리를 꿇고 엎드렸다. 그런 풍룡의 머리 위 작은 뿔에 무한이 가볍게 한 손을 올렸다.

두 개의 우주를 잇는 은하수처럼, 무한과 풍룡 사이에 반짝이는 빛의 조각들이 은하수처럼 흘렀다.

한쪽으로만 흐르는 것이 아니었다. 빛의 흐름은 무한에게서 풍룡에게로, 다시 풍룡에게서 무한에게로 흘렀다. 그리고 그 속에 담긴 셀 수 없이 많은 빛의 조각들만큼이나 많은 의미들이 둘 사이를 오고 갔다.

(천년밀교에는 만 가지 법술이 있다고들 한다. 하지만 그 모든 것은 하나의 가르침으로 통한다. 세상에 존재하는 모든 생명체와의 교감, 그 것이 천년밀교의 만 가지 법술을 관통하는 단 하나의 원리다. 그 교감을 통해 우리는 세상이 하나로 연결되어 있음을 깨닫게 된다. 그리고 우주가 하나라면 나의 희생이 곧 희생이 아니라 우주를 살찌우는 일임을 알게 될 것이다. 온 세계가 꽃 한 송이와 같다는 부처님의 가르침이 바로

천년밀교 밀법의 시작인 것이다.)

전언의 술을 통해 천년밀교의 법술들을 전해 받을 때 전대 빛의 술사 마연이 가장 중요하게 전한 말이다. 빛의 술사가 천년밀교의 전수자이고, 천년밀교는 불법의 위대한 한 종파였다.

육주에도 불법을 따르는 종파들이 존재했다. 종교로서의 불법 승들도 있고, 십이신무종의 일파를 이루는 무종으로서의 종파도 있다.

육주 남쪽 불산에 똬리를 틀고 있는 불산소림은 십이신무종 중에서도 가장 강한 영향력을 지닌 종파 중 하나였다.

그런데 천년밀교의 불법은 육주의 불법 종파들과 조금 다른 성격을 가지고 있었다.

천년밀교는 언어가 끊어진 세계, 마음과 마음으로 불법의 깨달음을 전하는 신비로운 법의 전수 방식을 가지고 있었다.

그런 이유로 사람과 사람, 혹은 이렇게 영물들과도 정신적으로 교감할 수 있는 법술이 발달해 있었다.

무한은 바로 그 법술을 이용해 풍룡과 교감을 하려 하고 있었다.

풍룡은 사람들, 특히 빛의 문지기들이 생각하는 것 이상의 신비로운 존재였다.

풍룡의 지능은 사람만큼, 아니, 사람보다 뛰어난 면도 있었다. 단지 언어를 사용하지 못할 뿐 풍룡은 빛의 역사에 대해 세 명의 문지기 누구보다도 더 많은 지식을 가지고 있을 정도였다.

풍룡이 이런 영물이 된 것은 당연히 밀교의 법술에 의해서였다. 그래서 풍룡은 특별한 밀어(密語)를 통해 빛의 술사들과 의사소통도 할 수 있었다.

그것이 완벽한 언어가 아닐지라도, 적어도 술사의 말을 알아듣고 자신의 의사를 전달하는 데 아무런 어려움이 없었다.

물론 그 밀어는 천년밀교의 법술을 통해 풍룡과 정신적인 교감을 한 빛의 술사만이 알아들을 수 있었다.

마치 시간의 흐름이 멈춘 듯했다. 석실의 철문은 여전히 굳게 닫혀 있었다.

그 멈춘 시간 속에서 한 사람과 동물 이상의 신비로운 존재인 풍룡이 교감의 사슬을 만들었다.

그 교감의 사슬을 통해 무한은 빛의 정원에서 미처 알지 못했던 빛의 역사, 풍룡의 머릿속에 기억된 빛의 역사와 빛의 술사의 맥이 끊겼던 지난 삼백 년 사이 일어난 일들을 전해 들었다.

그리고 그 영원할 것 같던 시간도 결국 끝이 났다.

스르륵!

무한과 풍룡 사이를 잇고 있던 빛의 은하수가 한순간 갈라지면서 무한의 몸과 풍룡의 몸에 흡수됐다. 그 순간 사람과 영물이 동시에 눈을 떴다.

"카릉!"

풍룡이 소리를 냈다.

"그래, 나도 배가 고파."

무한이 대답했다. 이제 거의 완벽하게 풍룡의 말을 알아들을 수 있는 무한이다.

"카르릉."

"걱정 마. 이제 족쇄를 차는 일은 없을 거야. 하지만 너도 한 가지 약속은 해야 해. 사람들에게 함부로 굴지 마. 장난도 심하게 치지 말고. 약속하지?"

무한이 묻자 풍룡이 시무룩한 표정을 지으면서도 머리를 끄떡였다.

"좋아. 그럼 나가 보자."

무한이 자리에서 일어났다. 그리고 굳게 닫힌 철문으로 다가가 철문을 당겼다.

그그긍!

철문이 무거운 소리를 내며 열렸다. 그러자 문밖에서 세 문지기가 무한을 바라봤다.

"뭣들 하세요?"

무한이 사곤 등을 보며 물었다. 설마 무한이 풍룡과 있는 동안 내내 이곳에 서 있었느냐는 물음이다.

"그게 너무 오래 걸리셔서……."

"얼마나 지났죠?"

시간의 흐름을 잠깐 놓치고 있었던 무한이 물었다.

"한 시진이 넘었습니다."

"그렇게 오래 있었나요?"

무한이 놀란 표정으로 되물었다.

"그렇습니다. 그런데 무슨 문제라도……?"

용노가 걱정스럽게 물었다.

"아니에요. 모두 잘됐어요. 풍룡! 이리 와봐."

무한이 풍룡을 불렀다.

그러자 풍룡이 한 번의 날갯짓으로 순식간에 무한의 옆으로 다가왔다.

"이제부터는 족쇄를 차지 않을 겁니다."

"아, 그럼……."

"교감에 성공하셨군요?"

용노 등이 놀란 표정으로 물었다.

"어려울 일도 아니죠. 이미 전대 술사님들과 풍룡의 선조들이 닦아놓은 길이니까."

"놀랍군요. 그런 일이 정말 가능하다니……."

용노가 믿기 힘들다는 표정으로 중얼거리며 풍룡을 바라봤다.

카룽!

순간 풍룡이 용노를 보고 소리를 냈다.

"그만해. 그래도 널 돌봐주고 먹을 것을 주셨잖아?"

무한이 풍룡을 타박했다.

"뭐라 합니까?"

용노가 물었다.

"자기를 묶어둔 것에 대해 화가 난 모양이에요."

"그야……."

"뭐, 신경 쓰지 마세요. 시간이 지나면 화가 풀리겠죠. 그나저나 우리 둘 다 배가 좀 고프군요."

무한이 용노에게 말했다.

"알겠습니다. 이미 준비해 두고 있었습니다. 신선한 풀과 과일도 있고요. 가시지요."

용노가 무한과 풍룡을 번갈아 보며 말하고는 걸음을 옮기기 시작했다.

문지기 노인들은 무한과 풍룡을 신기하게 바라보고 있었다. 하지만 세 사람의 관심에도 아랑곳없이 무한과 풍룡은 자신들 앞에 놓인 음식을 정신없이 먹고 있었다.

그들은 마치 며칠 굶은 사람들 같았다. 밀법을 펼쳐 정신적 교감을 하는 일에 적지 않은 정력을 소비했기 때문인 듯 보였다.

반면 세 사람의 시선에는 불안감이 담겨 있었다. 족쇄가 풀린 풍룡의 행동을 예측할 수 없었기 때문이다. 평소의 행동을 돌아보면 장난으로 치부하기엔 너무 지나친 행동을 할 수도 있었고, 혹은 갑자기 날아올라 영영 사라져 버릴 것 같기도 했다.

하지만 풍룡은 길들여진 말(馬)처럼 무한의 곁에서 묵묵히 풀과 과일을 먹을 뿐 세 사람이 걱정하는 행동은 하지 않았다.

"우리가 떠나면 풍룡도 이곳을 떠날 겁니다."

얼추 배를 채운 무한이 말했다.

"술사님과 함께 간다는 말입니까?"

용노가 조금 걱정스러운 표정으로 말했다.

"그건 아니고. 제가 시킬 일이 있습니다."

무한이 말했다.

"카룽!"

순간 풍룡이 무슨 말이냐는 듯 낮게 소리를 냈다. 그러자 무한이 자연스럽게 풍룡에게 대답했다.

"나중에 말해줄게. 아무튼 너도 이곳을 떠날 거야."

"카룽!"

풍룡이 기분 좋은 듯 맑은 소리를 냈다.

"하지만 조심해야 해. 파나류에는 사람들이 모르는 기이한 동물이 많다지만 너처럼 특별한 친구는 없으니까. 사람들 눈에 띄지 않게."

"카룽!"

"그래, 그래. 하늘에 떠 있으면 독수리쯤으로 알겠지. 하지만 어쨌든 가능한 사람들 눈에 띄지 않게 조심해."

무한이 다시 당부했다.

그러자 풍룡이 무한의 어깨에 머리를 비벼 댔다. 마치 쓸데없는 걱정하지 말라는 듯.

그 모습을 세 명의 문지기는 신기하게 바라봤다. 예상은 했지만 무한과 풍룡의 대화가 마치 사람 간의 대화처럼 자연스러운 것이 볼수록 신기한 모양이었다.

"그리고… 아직 그 사형들은 녹야원에 계시나요?"

자신과 함께 온 소룡오대를 묻는 것이다.

"아직은 그곳에 있다고 합니다. 하지만 떠날 준비를 하는 것 같다고 하더군요. 사실 더 있는다고 얻을 것도 없는 곳이니."

"출발하면 육칠 일 후에는 열화산에 도착하겠군요."

"뭐 돌아오는 길이라고 천천히 여행을 한다면 열흘이 걸릴 수도 있습니다."

사곤의 말에 무한이 고개를 저었다.

"귀환을 서둘면 서두르지 늦추지는 않을 겁니다. 그리고 한 번 여행한 길이니 갈 때보다는 빨리 올 겁니다. 아무튼 열화산 근처에서 만나면 되겠군요."

"그렇게 빨리 말입니까?"

사곤이 놀란 표정으로 되물었다.

그는 무한이 자신들과 좀 더 오래 같이 있을 줄 알았던 모양이었다.

"청류산 인근에서 합류하시는 것은 어떨까요?"

이공도 아쉬운 듯 조심스럽게 물었다.

몇백 년 만에 탄생한 빛의 술사다.

물론 이공 등에게는 몇십 년이긴 하지만 그래도 평생 기다려온 빛의 술사였다. 당연히 무한과 한동안 같이 지내고 싶은 마음이 들었다.

"열화산을 벗어난 이후라면 제가 둘러댈 말이 마땅치 않아서요. 또 그분들의 상태가 걱정되기도 하고요……."

무한이 솔직하게 대답했다.

비록 빛의 술사가 되기는 했지만, 세 문지기보다는 소룡오대의 동료들이 더 친밀한 무한이었다.

"…알겠습니다. 그럼 저는 미리 소요산장에 가 있겠습니다. 술사께서 일행과 소요산장에서 하루 이틀 쉬시고 떠나시면 그 즉시 저도 육주로 떠나겠습니다."

이공이 아쉬운 표정으로 말했다.

"그렇게 해주시면 고맙지요."

무한이 가볍게 미소를 지었다.

"제가 제일 할 일이 없겠군요."

용노가 어깨를 으쓱하며 말했다.

그의 시선이 풍룡에게로 향해 있다.

용노의 일은 대협곡 황벽 중간에서 협곡을 통과하는 자들을 살피는 것이었다. 개중 풍룡이 감응을 통해 빛의 술사의 후계자가 될 만한 재목을 찾아내는 것이 그가 맡은 가장 중요한 일이었다.

그런데 그 일이 끝난 것이다.

"용노께서는 제 주위에 계시면 좋겠습니다."

"묵룡대선의 사람으로 말입니까?"

무한의 말에 용노가 되물었다.

"아니요. 그건 아니고, 그저 가까이에 머물러 주시면서 풍룡이 절 찾아올 수 없을 때 대신 만나주세요. 제가 묵룡대선에 있을 때는 풍룡을 직접 만날 수가 없으니까요. 그렇지?"

무한이 풍룡에게 물었다.

"카룽!"

풍룡이 즉시 대답했다.

"묵룡대선 근처에 머물면서 연락드릴 방법을 강구해야겠군요."

용노가 말했다.

"부탁드리지요."

무한이 웃으며 말했다.

"알겠습니다. 아무튼 이 지겨운 동굴을 벗어날 수 있다니 다행입니다."

용노가 기분 좋은 얼굴로 말했다.

그러자 사곤이 갑자기 불안한 표정으로 입을 열었다.

"돌아가는 상황이 어째… 저에게는 여전히 서역 신전을 맡기시려는 것 아닙니까?"

사곤의 말에 무한이 미안한 표정으로 고개를 끄떡였다.

"아니, 왜 나만. 우리 모두에게 이곳을 떠날 자유를 주신다고 하지 않으셨습니까?"

사곤이 따지듯 물었다.

"처음에는 그렇게 생각했는데 다시 생각해 보니 서역 신전은 우리의 본거지니 역시 비워놓기는 어려울 것 같습니다."

무한이 미안한 듯 말했다.

그러자 용노가 거들었다.

"서역 신전을 지키는 것이 대형의 임무지 않습니까? 우리야 술사님이 탄생하셨으니 일이 끝난 것이고……."

"그렇지만… 그래도 서역 신전을 당분간 폐쇄하는 것은 어떻습니까?"

사곤이 절대 사막에 남아 있을 수 없다는 듯 물었다.

그러자 무한이 대답했다.

"휴… 정 그러시면 좋을 대로 하세요. 하지만 그래도 서역 신전의 안전은 보장돼야 합니다."

무한의 말에 사곤의 표정이 밝아졌다.

"그야 물론이지요. 아시겠지만 그 돌무더기가 그냥 돌무더기는 아니지 않습니까?"

"그곳을 숨기는 진법이 지금도 기능합니까?"

무한이 놀란 표정으로 물었다.

"물론입니다. 저도 혹시나 해서 이삼 년에 한 번 정도는 진을 발동시켜 보고 있었지요. 진이 발동하면 서역 신전은 그냥 사구의 모습으로 보입니다. 절대 외부인이 침입할 수 없습니다."

"대형께서는 신전을 그리해 두고 어딜 가시렵니까?"

이공이 물었다.

그러자 사곤이 잠시 생각에 잠겼다가 대답했다.

"뭐… 그래도 멀리는 못 가겠지. 하지만 청류산 서쪽 파나류 북동부까지는 여행할 수 있지 않을까? 아니, 요즘 신마성과 육주의 패자들 간의 대전쟁이 벌어지고 있다니까 그 싸움 구경이나 가봐야겠다."

사곤이 수십 년 만의 여행이 기대되는지 들뜬 표정으로 중얼거렸다.

*   *   *

화살처럼 꽂히는 태양을 피해 사람들은 오래된 폐성에 모여 있었다.

성(城)이라고는 하지만 성이라고 부르기 민망한 모습의 건물이다. 일단 크기가 너무 작았고, 오랜 시간 방치되어서 형태도 많이 무너져 있었다.

그래도 이 폐허를 성이라고 부를 수 있는 것은 건물 주변에 남아 있는 성벽의 흔적 때문이었다.

흙이 아니라 튼튼한 돌을 다듬어 쌓아 올린 성벽 부분은 온전히 형태를 유지하고 있었다. 그래서 작지만 이 건물은 성(城)이었다.

특히 지면 위의 건물과 달리 지하에 존재하는 몇 개의 석실은 큰 손실 없이 잘 보존되어 있었다.

일행은 그 석실 안에서 잠을 자고, 그 석실 안에 있는 글과 유적들을 살펴보느라 며칠을 보냈다.

그리고 내린 결론은 이 성이 그들이 찾던 빛의 술사의 서역 유적이 맞다는 것이었다.

하지만 겨우 찾은 유적이 그들에게 준 것은 실망감밖에 없었다. 석실에는 빛의 술사가 벽에 새겨놓은 몇 개의 이야기와 감회 말고는 그 어떤 유산도 남아 있지 않았다.

그 이야기들도 그리 유쾌하지는 않았다.

무종이 이 땅에 뿌리를 내리기 시작한 초기, 빛의 술사가 세상의 균형과 안정을 위해 정립한 규칙들이 시간의 흐름과 함께 허물어져 가는 것에 대한 안타까움, 그리고 그로 인해 혼란해질 세상에 대한 연민 정도가 전부였다.

글의 가장 끝 부분에는 오랜 세월이 흐른 뒤 새로운 빛의 술사가 나타나 혼란에 빠진 세상을 구원하게 될 것이라는 예언, 아니, 예언이라기보다는 자신의 바람을 드러낸 것 같은 글귀가 새겨져 있었다.

그런 글은 소룡오대 일행에게 어떤 도움도 되지 않는 것이었다.

일행은 석실의 글을 본 이후에도 혹시 다른 비밀스러운 공간이 존재하는지, 그들이 미처 발견하지 못한 무엇인가가 있는지 확인하기 위해 며칠을 더 허비했다. 하지만 더 이상 발견된 것은 없었다.

그래서 결국 일행은 이제 이곳을 떠나야 할 때라는 것을 느끼고 있었다.

물론 고성 앞에 자리 잡은 작은 녹지와 호수의 안락함은 쉽게 포기할 수 없는 것들이었다.

하지만 그렇다고 이곳에서 영원히 살아갈 수는 없었다. 그들에게는 돌아가야 할 집이 있었다.

천하에서 가장 강력한 바다의 제왕이 이끄는 배, 묵룡대선이 그들을 기다리고 있었다.

"오늘 저녁에는 떠나야지?"

소룡 왕도문이 무리의 우두머리 노릇을 하고 있는 소독에게 물었다. 녹지에 머무는 동안 사막을 여행하며 소비한 원기를 회복했지만, 이상하게 그의 얼굴에는 지친 기색이 역력했다.

아마도 애써 찾은 빛의 술사의 유적에서 아무것도 건진 것이 없다는 실망감 때문인 듯싶었다. 그리고 이제 길고 긴 귀향의 길이 남아 있었다.

"가야지."

소독이 대답했다.

"후우… 또 저 지랄 같은 사막을 건너야 하는 건가?"

왕도문이 투덜거렸다. 한열지를 여행하는 일은 다시 하고 싶지 않은 모양이었다.

"그렇다고 여기서 살 수는 없잖아?"

하연이 소리쳤다.

"누가 여기서 살자고 했냐? 그냥 돌아갈 길이 걱정이라고 한 거지."

왕도문이 퉁명스럽게 대답했다.

그러자 한쪽 그늘에서 태양을 피하고 있던 석와룡이 말했다.

"그래도 돌아가는 길은 좀 수월할 것이네. 그동안 별자리와 지도를 보고 황벽의 서쪽 출구까지 가는 길을 정리해 보았네. 아마… 육칠 일이면 황벽에 도착할 걸세. 물론 조금 무리를 하면 오 일 안에도 도착할 수 있을 것이고. 하지만 굳이 무리할 필요 없지. 물도 충분히 준비할 수 있을 테니 느리지 않게만 가세."

석와룡의 말에 그나마 일행의 얼굴이 밝아졌다.

"어느새 그런 준비를 하셨습니까?"

왕도문이 돌아갈 길을 미리 준비하고 있었던 석와룡에게 투덜 댄 자신이 미안한지 뭉그적거리며 물었다.

"사막에서 좋은 점은 단 하나지. 제대로 별을 볼 수 있다는 것과 시간이 많다는 것이네. 난 북창의 경비대장을 하기 전에, 젊어서 여행을 많이 다녔네. 그때 내가 타고난 여행가 체질이란 사실을 알게 됐지. 다만 북창의 재건이 더 중요하기에 경비대장을 맡게 된 걸세. 하지만 여행가의 본 성은 어디 가지 않았네. 본래 여행가는 별자리를 살피는 것이 습관이자 재미일세. 고생이라고 할 것도 없는 즐거움이지."

석와룡이 대답했다.

"이번에 아주 원 없이 여행을 즐기셨겠습니다."

왕도문이 웃으며 말했다.

"음, 뭐 이런저런 문제가 없는 것은 아니었지만 나쁘지 않았네. 다만 한 가지 바라는 것은 황벽에 도착했을 때 칸 형제가 그곳에서 우릴 기다리길 바랄 뿐이네. 그럼 빛의 술사의 유산을 얻지 못한 것은 아쉽지도 않을 것 같아."

석와룡의 말에 일행 모두 동쪽 사막을 바라봤다. 그들의 마음도 석와룡과 다르지 않았다. 아무런 소득 없이 돌아가는 길이라도 무한과 함께 돌아갈 수 있다면 이 여행에서 아쉬울 것은 없을 것 같았다.

하지만 그건 단지 그들의 바람일 뿐 열화산에 도착했을 때 무한을 만나리라는 보장은 없었다. 만약 그렇게 되면 그들의 귀환길은 지옥처럼 끔찍할 것이다.

그리고 평생 무한을 잃은 상실감에 깊은 상처를 가슴에 안고 살아가야 할 것이다. 그래서 그들은 무리를 하더라도 사실 하루 빨리 황벽에 도착하고 싶어 했다.

모두 같은 마음이었으므로, 그날 저녁 안락한 녹지, 녹야원을 떠나는 것에 반대하는 사람은 아무도 없었다. 오히려 그들은 떠나기로 결정하자 마치 기다리고 있었다는 듯 서둘러 떠날 준비를 하기 시작했다.

*   *   *

사람 그림자가 사구(砂丘) 위에 길게 이어졌다. 아스라이 열화산 봉우리가 신기루처럼 구름 위에 떠 있는 것이 보였다. 드디어 고통스러웠던 대사막 한열지 여행의 끝이 다가오고 있었다.

열화산이 보이자 한결 힘도 났다. 소룡오대의 소룡들의 걸음이 당연히 조금씩 빨라졌다.

평소에 서두는 것을 싫어하는 두굴 역시 군소리 없이 길을 재촉했다.

바삐 걷는 동안 해가 서쪽으로 사라졌다.

뜨거운 한낮을 피해 저녁 무렵부터 걷기 시작한 길은 어느새 어둠 속으로 이어지고 있었다.

그러나 어둠도 잠시, 기다렸다는 듯 동쪽에서 보름달이 솟아올랐다. 태양만큼 뜨겁지 않으면서 태양처럼 길을 밝혀주는 보름달이 뜨는 날은 사막을 여행하는 여행객들에게 축복과 같은 날이었다.

그런데 그래서일까. 푸른 달빛의 행운을 누리려는 여행객이 소룡들만이 아니었다.

"웬 사람들이지?"

가장 선두에서 길을 가던 석와룡이 걸음을 멈추며 중얼거렸다. 달빛 아래 파도처럼 물결치는 사구들 위에 서 있는 세 사람을 발견했기 때문이다.

"이 지옥 같은 한열지를 여행하는 사람들이 우리 말고도 있었네요."

왕도문이 석와룡 곁으로 다가서며 말했다. 사막 위에서 다른 사람들을 만나니 신기한 모양이었다.

"무인들 같군요."

소독이 경계심을 드러냈다.

"그런 것 같네. 도검을 들고 있어."

달빛이라지만 대낮처럼 환한 보름달이다. 그 달빛에 드리운 도검의 그림자가 명확하게 보였다.

"그런데 왜 길을 가지 않고 서 있는 걸까요? 길을 잃었나?"

하연이 고개를 갸웃했다.

달빛 아래 나타난 삼인은 사구 위에서 움직이지 않고, 소룡오대를 바라보고 있는 것 같았다.

"우리가 누군지 궁금한가 보지."

왕도문이 별일 아니라는 듯 말했다.

"만나 보면 알겠지. 만나기 싫어도 열화산으로 가는 길 위라 피해 갈 수도 없으니까. 아무튼 무인들이라면 경계심을 갖긴 해야 할 것 같네."

석와룡이 소룡들을 보며 말했다.

"알겠습니다."

소독이 소룡들을 대신해 대답했다.

"그들이 맞는 것 같군."

달빛 아래라 그런지 푸른빛이 더 짙어 보이는 옷을 입은 중년 사내가 입을 열었다. 멀리서 다가오는 묵룡대선 소룡오대 일행을 보고 하는 말이었다.

그러자 그 옆에 서 있던 여인이 입을 열었다.

"우리 정체를 밝혀도 될까요?"

"음… 저들과 제대로 대화를 하려면 그게 좋겠지만, 나중에 문제가 될 수도 있소. 아무래도 독안룡 탑살의 명성은 무시할 수 없으니까."

사내가 대답했다.

"하긴 대화로 문제를 풀려면 우리 정체를 밝히는 것이 좋겠지만, 무력을 동원해 추궁하려면 우리 정체를 숨기는 게 좋겠군요."

여인이 품속에서 한 장의 천을 꺼내 얼굴을 가리며 말했다.

"그렇다고 얼굴을 가릴 필요까지 있겠소? 저들이 우리 얼굴을 아는 것도 아니고."

말없이 서 있던 장검을 든 사내가 여인의 행동이 지나치지 않냐는 듯 물었다.

"나중에라도 다른 곳에서 만날 수 있으니까요. 이런 사막에서 얼굴을 마주친 사람은 오랫동안 기억에 남지 않겠어요?"

"음, 그런가? 그렇다면 우리도 얼굴을 가려야겠구려. 그런데 얼굴을 가릴 천이 없는데……."

장검을 든 사내가 난감해하자 여인이 품속에서 두 장의 천을 꺼내 두 사내에게 건넸다.

"지후께서는 이런 일이 있을 거라는 걸 미리 예상하고 있었던 모양이구려."

청색 옷의 사내가 천을 받아 들며 말했다.

"어차피 양쪽 모두 빛의 술사의 흔적을 찾기 위해 온 길이니 결국 마주치리라 생각했었죠."

"하하, 생각해 보면 당연한 일인데 우린 그 간단한 준비를 하지 못했구려."

청색 옷의 사내가 가볍게 웃음을 흘리며 지후라 불린 여인에게 받은 천으로 얼굴을 가렸다.

이들 삼인은 독안룡 탑살의 제자들이 빛의 술사의 흔적을 찾아 움직이기 시작했다는 소식을 듣고 육주를 떠나온 십이신무종, 그중에서도 팔대활무종에 속한 인물들이었다.

세상에서 가장 고귀한 사람들로 여겨지는 십이신무종의 무인들이라 그런지 탈속한 면이 있으면서도, 한편으로는 사람을 아래로 보는 도도한 기운이 자연스럽게 드러나고 있었다.

그런 그들을 향해 어느새 소룡오대가 다가왔다.

"안녕들 하시오!"

석와룡이 사구 위로 올라와 그들을 기다리고 있는 듯한 세 사람을 보며 먼저 인사를 건넸다.

하지만 그 순간 석와룡의 표정이 차갑게 굳었다. 가까이 와서 보니 세 사람이 얼굴을 가리고 있었던 것이다. 얼굴을 가린 사람을 만난다는 것은 대체로 불길한 징조다.

"어디서 오시는 길이오?"

얼굴을 가린 삼인 중 청색 옷을 입은 자가 불쑥 물었다. 무례하기 이를 데 없는 질문이다.

보통이라면 석와룡의 인사에 대한 답을 먼저 하든지, 아니면 자신들의 정체를 밝히고 묻고 싶은 것을 물어야 한다. 그런데 사내는 그런 예절 따위는 신경 쓰지 않는 모습이었다.

그 거칠 것 없는 무례함이 석와룡과 소룡들의 마음을 불편하게 만들었다.

"한열지 먼 곳을 여행하고 돌아가는 길이오. 그런데 당신들은……?"

"대사막 한열지의 먼 곳… 사막을 일부러 여행할 리는 없을 테고. 그래서 찾고자 하는 것은 찾으셨소?"

사내가 다시 물었다.

순간 석와룡과 소룡들이 두어 걸음 뒤로 물러났다. 사내의 말을 통해 그들은 한 가지 사실을 분명히 깨달았다.

이 정체 모를 여행객들은 소룡오대가 파나류 내륙 깊은 곳의 사막, 한열지에 온 이유를 아는 자들이 분명했다.

제5장

사막 위, 칼바람

　한기가 더욱 깊어졌다. 타오르던 사막의 열기를 식힌 밤의 냉기가 청색 옷을 입은 사내의 질문으로 더욱 차가워졌다.

　소룡오대의 여행 목적을 아는 자들의 출현, 위험하다는 신호가 분명했다.

　"당신들… 누구요?"

　석와룡이 긴장한 표정으로 물었다.

　겨우 세 명이다. 그러나 그 세 명이 뿜어대는 기운은 일백 명의 전사를 모아 놓은 것 같다. 물론 그런 자신감이 있기에 겨우 세 명으로 일행을 막아선 것이다.

　"사람을 함부로 해치는 사람들은 아니오."

　청색 옷의 사내가 대답했다.

　묘한 대답이다. 듣기에 따라서는 당신들을 해칠 수도 있다는 의미로 들렸다.

"정체를 밝힐 수 없다면… 선의를 가진 사람들은 아니구려?"

석와룡도 서서히 침착함을 되찾고 있었다. 그도 어느 정도 자신감이 있었다.

혼자 이들 셋을 상대할 자신은 없지만 함께 여행하는 사람들을 생각하면 결코 주눅 들 상대도 아니었다.

"관계라는 것이 대화의 결과에 따라 좋을 수도 나쁠 수도 있지 않겠소? 서로 좋은 쪽으로 결론을 내도록 합시다. 그래서 다시 물어보겠는데 찾으려는 것은 찾았소?"

"우리가 찾으려 한 것이 뭐라고 생각하시오?"

한 번쯤은 상대의 입으로 확인할 필요가 있었다. 짐작으로 모든 일을 결정할 수는 없었다.

"위대한 전설, 빛의 술사의 유적! 그걸 찾아 이 사막까지 온 것 아니오?"

"…어떻게 그걸 알았소?"

석와룡이 다시 물었다.

그들이 소룡오대의 여행 목적을 알고 있을 거라고 짐작하고 있었기에 놀랄 일은 아니었다. 그런데 이들이 그 사실을 어떻게 알았는지는 무척 중요한 문제였다.

상황에 따라서는 묵룡대선 내부에 외부의 첩자가 있을 수도 있다는 말이기 때문이었다.

"세상에 완벽한 비밀이 있겠소? 더군다나 북창의 촌장이 움직인 이후 일어난 일이라면 조금만 생각하면 누구나 짐작할 수 있는 일이지."

"그 말은 북창의 옛 신전이 갖고 있던 비밀을 당신들도 알고 있다는 말이구려?"

"북창이 수백 년 전 마지막 빛의 술사가 머물렀던 곳이라는 것 정도는 알고 있소. 신전에 대해서는 조금 더 관심을 가졌었다면 좋았을걸 하는 후회를 하고 있는 중이고. 아니, 솔직히 말하자면 빛의 술사가 세상에서 사라진 이후 수백 년이 지났기에 그동안 그에 대한 관심은 거의 없었소. 그런데……"

"누군가 빛의 술사의 유적을 찾으려 한다는 사실을 알게 되자 다시 관심이 생겼다는 말이구려."

"그렇소. 만에 하나 뭔가 남겨진 것이 있다면… 그건 무척 위험한 일이니까."

청색 옷의 사내가 부인하지 않고 말했다.

"후우… 당신들은 굳이 얼굴을 가릴 필요는 없을 것 같소."

석와룡이 가볍게 한숨을 쉬며 말했다.

그러자 청색 옷을 입은 사내의 눈빛이 살짝 굳었다.

"그 말은 우리가 누군지 알고 있다는 뜻이오?"

청색 옷의 사내가 물었다.

"짐작할 수 있소."

석와룡이 대답했다.

"…우리가 누군 것 같소?"

청색 옷의 사내가 다시 물었다.

그러자 석와룡이 잠시 침묵을 지키다가 결심을 한 듯 입을 열었다.

"어차피 일이 쉽게 끝나지 않을 것 같으니 모두 말하겠소. 먼저 당신들이 궁금해하는 것에 대해 대답하겠소. 북창의 신전에 남아 있던 유산을 바탕으로 만든 빛의 유적을 찾는 지도는 유용했소. 우린 마지막 빛의 술사의 유적을 찾았소."

"음……."

"역시……."

청색 옷의 사내와 그 동료들이 나직한 탄식을 흘렸다. 마치 올 것이 왔다는 듯한 표정이다.

그런데 석와룡의 말에 놀란 것은 소룡오대의 사람들도 마찬가지였다. 석와룡이 그들이 빛의 술사의 유적에 다녀왔다는 것을 이렇게 쉽게 말할 것이라고는 생각지 못했던 것이다.

"석 대장님, 왜……?"

소독이 급히 석와룡에게 물었다.

그러자 석와룡이 침착하게 대답했다.

"지금 가장 중요한 것은 우리의 안전이네. 만약 저 사람들이 알고 싶은 것을 말해주지 않으면 저들은 분명 우리를 죽여서라도 알아내려 할 것이네. 그런데 사실 우리가 찾은 그것들… 목숨 걸고 지킬 만한 비밀은 아니지 않나?"

석와룡의 말에 소독이 멈칫하다가 조금 허탈한 음성으로 대답했다.

"그… 렇기는 하네요. 뭐, 별게 없었으니까."

"그러니까. 굳이 그걸 비밀로 할 이유는 없다는 거지. 빛의 술사에 대한 전설이야 세상 모든 사람들이 알고 있는 건데. 그 작은 고성에 남아 있는 것은 빛의 술사의 위대한 행적에 대한 몇 줄의 글뿐. 그게 뭐 대단한 비밀은 아니지 않은가?"

석와룡이 자신의 생각을 말하면서 청색 옷을 입은 사내와 그 일행을 바라봤다. 그들도 충분히 자신의 말을 들었을 거라 생각한 것이다.

그러자 청색 옷의 사내가 다시 물었다.

"그러니까. 찾긴 찾았는데 별로 중요한 것은 없었다는 뜻이오?"

"그렇소. 못 믿겠다면 가봐도 좋겠고. 이게 필요하다면 주겠소."

석와룡이 품속에서 북창의 촌장 염호가 기억을 되살려 그린 지도를 꺼내 들며 말했다.

녹야원의 폐성에서 얻은 것이 정말 없었기에 스스럼없이 지도를 내놓을 수 있었다.

"주시오."

그럼에도 청색 옷의 사내는 지도를 거부하지 않았다.

석와룡이 잠깐 눈살을 찌푸린 후 망설임 없이 지도를 사내에게 던졌다.

삭!

석와룡이 던진 지도가 마치 솜털처럼 가볍게 사내의 손에 들어갔다.

그 순간 소룡들이 놀란 눈빛을 떠올렸다. 양피지 지도를 받아드는 사내의 수법에서 정교한 무공 고수의 솜씨를 보았기 때문이다.

지도를 받아 든 청색 옷의 사내가 동료 두 사람과 잠시 지도를 살펴봤다.

그러다가 다시 석와룡에게 물었다.

"얼마나 걸리오?"

당장에라도 갈 것 같은 모습이다.

"보통 걸음으로 칠팔 일이면 갈 것이오."

석와룡이 대답했다.

그러자 청색 옷의 사내가 자신의 동료들과 다시 나직한 목소리로 뭔가 이야기를 나누기 시작했다.

소룡오대의 소룡들은 긴장한 표정으로 세 사람을 응시하고 있었다. 물론 그 와중에도 진기를 끌어올려 만약의 경우에 대비하는 것은 당연했다.

한동안 이어지던 세 사람의 이야기가 끝나자 청색 옷의 사내가 다시 석와룡에게 물었다.

"우리 정체를 짐작할 수 있다고 했소?"

"그렇소."

"말해보시오. 우리가 누구 같소?"

"십이신무종에서 나온 사람들 아니오?"

순간 삼인의 시선이 꽂히듯 석와룡에게로 향했다. 놀란 빛이 역력했다.

석와룡은 날카로운 그들의 시선을 담담하게 받아냈다. 무공은 몰라도 노련함과 담력으로는 누구에게든 뒤질 게 없는 석와룡이다.

"그걸 어떻게 알았소?"

청색 옷의 사내가 물었다.

"첫째, 빛의 술사나 그 유적의 출현을 반기는 것이 아니라 경계하는 듯한 당신들의 태도로 짐작했소. 우리가 찾은 유적에 남아 있는 글에 따르면 육주 역사의 초기, 각 무종 종파가 육주에 정착할 때 빛의 술사는 전설처럼 세상의 규범을 정하고 종파 간의 분쟁을 조절하는 위대한 중재자로서 모든 종파의 존경을 받았다고 했소. 그런데 시간이 흐르면서 빛의 술사에 대한 존경심이 사라졌다고 한탄하고 있더이다. 그렇게 된 이유 중 하나가 이 세상 무종의 중심으로 군림하려는 십이신무종의 의도가 있었다고 하더구려. 물론 그럼에도 불구하고 빛의 술사는 분노하는 대신 자신을 필요치 않는 세상으로부터 떠나는 것을 선택했지만 말이오."

"음……."

"후우……."

석와룡의 말에 세 사람이 나직하게 긴 숨을 내쉬었다. 듣기 거북한 소리였지만 반박할 수도 없었기 때문이다.

"두 번째는 당신들의 모습을 보고 짐작할 수 있었소. 아무리 얼굴을 가린다 한들 그런 옷차림들은……."

석와룡이 말꼬리를 흐렸다.

그러자 청색 옷의 사내가 자신들이 옷차림을 둘러보고는 실소를 흘렸다.

"허! 정말 그렇군. 바보 같은 행동을 한 것 같소. 얼굴을 가릴 거면 옷도 바꿔 입었어야 하는데… 십이신무종에 대해 얼마간 지식이 있는 사람이라면 우리 옷차림에서 정체를 짐작할 수 있을 것이오."

청색 옷의 사내가 동료들을 보며 말했다.

"그렇군요. 파나류 오지로 이동하느라 옷차림에 관심을 두지 않은 게 실수군요."

얼굴을 가린 지후란 여인도 씁쓸한 음성으로 대답했다.

"그럼 이제 결정을 내려야 하겠구려. 저들을 어찌할지."

장검을 든 백색 옷의 사내가 말했다. 말을 하는 그의 눈에서 차가운 한광이 쏟아졌다. 그 눈빛에서 그의 결심이 느껴진다.

그러자 청색 옷을 입은 사내가 문득 석와룡에게 물었다.

"위험하다는 것을 알면서 왜 당신은 우리 정체를 짐작하고 있다는 것을 알려줬소? 우리 정체를 모르는 척했으면 훨씬 덜 위험했을 텐데."

그러자 석와룡이 되물었다.

"만약 그랬다면 당신들은 지금도 우리를 추궁하고 있을 것이오. 우리가 비밀을 숨기고 있다고 의심하면서 말이오. 내가 당신들이 십이신무종에서 나온 사람들이라는 걸 알고 있다고 말했기에 당신들은 내가 빛의 유적에 대해 감추는 게 없을 거라고 생각하는 것 아니오? 감히 십이신무종의 무인들 앞에서 거짓을 말할 사람은 없으니까."

"……."

석와룡의 말에 청색 옷의 사내가 침묵을 지켰다. 틀린 말이 아니었다.

만약 자신들이 십이신무종의 무인이란 사실을 소룡 일행이 모르고 있다고 생각했다면 그들은 아마도 더 강한 압박, 혹은 목숨을 위협해서라도 더 많은 말을 들으려 했을 것이다.

"신뢰를 얻는 방법은 여러 가지지."

청색의 옷의 사내가 중얼거렸다.

"이대로 서로 갈 길을 가는 것에 동의하오?"

석와룡이 물었다. 이 정도면 서로의 신분이 확실하니 괜한 분란을 만들 이유가 없지 않느냐는 말이었다.

청색 옷의 사내가 두 명의 동료를 바라봤다. 그러자 그중 장검을 든 사내가 말했다.

"한 가지 동의를 한다면 보내줍시다."

"……?"

"저들의 짐을 한번 살펴봐야겠소. 그래야 완벽하게 믿을 수 있을 것 같소만."

순간 소룡오대의 소룡들이 분노했다.

"지금 뭐라 하셨소?"

질문을 던진 것은 지금까지 삼인의 십이신무종 무인들을 상대하던 석와룡이 아니라 소독이었다.

어리지만 차갑고 날카롭다. 소독의 분노는 결코 거칠지 않았다. 그는 그 어느 때보다도 침착하게 질문을 던졌다.

소독이 나서자 석와룡이 뒤로 물러났다. 누가 뭐래도 이 무리의 중심은 소독이다. 석와룡은 다만 파나류의 안내자로서 이곳에 온 사람이었다.

소독이 앞으로 나서자 십이신무종의 무인들 눈빛에 이채가 떠올랐다.

설마 소독이 무리의 우두머리라고 생각지 못했던 것이다. 그도 그럴 것이, 청년이라고는 해도 한 무리의 우두머리가 되기에 소독의 나이는 너무 어려 보였다.

"그대가… 이 무리의 우두머리였나?"

"먼저 대답부터 하시오. 조금 전에 뭐라 했소?"

소독이 차갑게 되물었다.

"그대들의 짐을 살펴봐야겠다고 했지."

장검의 사내가 요구할 것을 요구한다는 듯 말했다.

"우리가 묵룡대선의 사람임을 알고 있다고 했소?"

"그야 이미 비밀이 아닌 것 아닌가?"

"그럼에도 불구하고 우리 짐을 뒤지겠다는 것이오?"

"음… 독안룡 탑살은 영웅 중의 영웅이지. 하지만 그렇다고 해도 십이신무종의 이름으로 요구하지 못할 일은 아니라 생각하는데?"

아무리 독안룡 탑살이 대단해도 십이신무종의 권위에 대항할 수는 없다는 의미다.

그러자 소독이 단호하게 말했다.

"그렇소? 그럼 나도 그에 대한 대답을 하겠소. 아무리 십이신무종의 이름이 대단해도 대묵룡대선 소룡들의 짐을 뒤질 수는 없소."

소독의 대답에 장검을 든 사내의 눈살이 찌푸려졌다.

"그게 당신들을 살려주는 조건이래도?"

"대묵룡대선의 전사는 그런 수모에 굴복하지 않소. 설혹 죽더라도!"

소독의 대답에 장검을 든 자가 잠시 소독을 응시했다. 그러다가 냉랭한 목소리로 대답했다.

"실력을 봐야겠군. 과연 그런 자존심을 내세울 만한 능력이 되는지!"

스르릉!

검이 빠져나오는 소리가 짐승이 우는 소리 같다. 그래서인지 백색 옷을 입은 사내가 꺼내 든 검이 마치 살아 있는 것처럼 느껴졌다.

소독은 지금까지 그가 상대했던 무인들과는 전혀 다른 차원의 기운을 접하자 자신도 모르게 서너 걸음 뒤로 물러났다.

물론 소독과 사내의 거리는 십여 장 이상이어서 사내가 단번에 소독을 공격할 거리가 아니었다. 설혹 공격을 한다 해도 소독이 충분히 피할 수 있는 거리다.

그러나 그런 실질적인 거리가 아닌, 느낌의 거리는 훨씬 가까웠다.

사내가 검을 휘두르면 단번에 소독 자신의 심장에 닿을 것 같은 느낌이 들었던 것이다.

하지만 그렇다고 소독이 등을 돌리고 도주할 사람은 아니다. 적어도 그는 자신의 무공과 묵룡대선의 소룡이라는 자부심으로 똘똘 뭉친 사람이었다.

그런 그에게 도주란 있을 수 없다. 설혹 죽는 한이 있어도.

창!

소독도 검을 뽑아 들었다. 날카로운 검광에 달빛이 베어져 내렸다.

"나쁘지 않군."

백색 옷의 사내가 소독의 기세가 예상보다 강하자 뜻밖이라는 듯 중얼거렸다.

"방심하지 마시오. 독안룡의 제자요."

청색 옷의 사내가 뒤쪽에서 말했다.

"걱정 고맙소."

백색 옷의 사내가 설마 자신이 이런 어린 상대를 놓고 걱정하는 소리를 들어야 하냐는 듯 퉁명스럽게 대답했다.

그러자 청색 옷의 사내가 씁쓸한 미소를 지으며 입을 닫았다.

그런데 그때, 소독의 곁에서 말없이 상황을 지켜보던 소룡 이산이 다가와 섰다.

"왜?"

소독이 이산을 보며 물었다.

"좋은 상대 같아서."

"응?"

"석 대장님의 말로는 대검종 검산파 사람인 것 같다고 해. 그래서……"

"양보하라고?"

소독이 눈살을 찌푸리며 물었다.

본래 이산은 소룡들 중에서도 특별히 검에 관심과 재능이 많았다. 그래서 그는 검을 잘 다루는 사람을 보면 어김없이 호승심을 드러내곤 했다.

오늘도 마찬가지다. 대검종 검산파. 검에 미친 자들이 모여 있는 곳이라고 알려진 검산파의 검객들은 다른 무종들과 달리 내공을 기르는 신공보다 검술 그 자체가 더 유명한 무종이었다.

"아니, 나눠 즐기자는 거지. 같이."

"협공?"

"저런 사람을 상대로는 부끄러운 일도 아니고."

이산이 덤덤하게 말했다.

일반적인 비무라면 이런 식의 개입은 당사자에게 무척 불쾌한 일이다. 그러나 이산의 말처럼 지금은 비무의 예의를 차릴 상황이 아니었다. 상대가 자신들에게 적의를 가진 적이기 때문이었다.

물론 백색 옷의 검산파 무사는 비무를 요구하듯 소독의 실력을 보자고 했지만, 누구도 그의 제안을 비무를 하자는 말로 듣지 않았다.

이들은 소룡오대의 길을 막고 검을 뽑아 들어 겁박하는 적이었다. 목숨을 건 싸움터에서 무인의 예법 같은 것은 사치다.

"하긴 비무는 아니지!"

조용한 시작이어서 잠시 이 싸움의 위험성을 간과하고 있던 소독이 고개를 끄떡였다.

그때 두 사람을 지켜보고 있던 검산파 무사가 가벼운 웃음과 함께 입을 열었다.

"후후! 둘이라면 더 좋지. 나도 어린 친구를 상대하는 것이 조금 꺼림칙했으니까. 서로 마음의 부담을 덜게 되었군. 그럼 시작해 볼까?"

탓!

검산파 무사가 가볍게 모래를 찼다. 그러자 그의 몸이 한순간에 소독과 이산 앞으로 다가왔다. 마치 모래를 타고 미끄러지듯 부드럽고 빠른 움직임이다.

순간 재빨리 눈빛을 교환한 소독과 이산이 좌우로 흩어지며 검을 뿌렸다.

촤악!

두 사람이 검이 만들어내는 검풍으로 인해 사풍이 불듯 사막의 모래가 허공으로 날아올랐다.

그러자 모래바람 속에서 검산파 무사의 검이 허공을 갈랐다.

파파팟!

허공에 떠오른 모래 알갱이들이 날카로운 검에 잘려 나갔다. 검산파 검객은 마치 그 작은 모래 알갱이들을 눈으로 보며 잘라내는 것 같았다.

그리고 그의 날카로운 검은 급기야 검기를 뿜어내기 시작했다.

촤아악!

모래 알갱이를 잘라내며 만든 공간으로 뻗어낸 사내의 검기가 소독의 심장을 찔러갔다.

"흡!"

소독이 다급하게 숨을 들이쉬며 급격하게 몸의 방향을 틀었다. 그리고 앉듯이 한쪽 무릎을 꿇으며 검을 들어 올렸다.

쾅!

검산파 무사의 검이 소독의 검을 강하게 치고 지나갔다.

"욱!"

소독이 무릎을 꿇은 채 모래 위에서 이삼 보 뒤로 밀려났다. 단지 비껴 맞은 것만으로도 소독을 밀어버리는 검산파 검객의 무공이 모두를 놀라게 했다.

그러나 그렇다고 겁을 먹을 소독은 아니었다.

"핫!"

소독이 뒤로 밀려나면서도 재빨리 몸을 회전시켜 상대의 하체 뒤쪽으로 검을 찔렀다.

파룽!

검이 주인이 밀어내는 속도를 이기지 못하고 요란하게 파공음을 만들어냈다.

"음!"

검산파 고수도 전광석화 같은 소독의 반격에 놀란 듯 작은 소리를 내며 허공으로 떠올랐다.

팟!

소독의 검이 아슬아슬하게 검산파 무사의 발밑을 지나갔다.

검산파 검객은 소독의 검을 피한 후 허공에서 한 바퀴 회전하고 이삼 장 뒤쪽으로 내려섰다.

그 순간 이산의 검이 그의 머리에 떨어졌다.

콰아!

이산의 공격은 파도와 같았다. 수십 개의 검 그림자가 파도의 산을 이뤄 검산파 무사를 덮쳤다.

막 소독의 공격을 피한 검산파 무사의 얼굴이 딱딱하게 굳었다. 십이신무종의 우월감, 그리고 상대의 나이 어림에 방심했던 마음이 흔들렸다.

소독과 이산의 공격은 결코 그가 얕잡아 볼 것이 아니었다.

그러나 감탄과 당황만 하고 있을 상황은 아니었다.

촤악!

검산파 무사가 미끄러지듯 사구를 파고 내려가며 검을 휘둘렀다. 그러자 그의 몸이 이산이 만드는 검파의 밑을 지나며 검파를 절반으로 갈랐다.

"음!"

이산의 입에서 나직하게 당황한 음성이 흘러나왔다. 자신의 검파를 반으로 가르며 밀려오는 상대의 검을 감히 정면으로 받을 자신이 없었다.

웅!

이산이 적을 향해 뻗어내던 검을 횡으로 휘둘렀다.

그러자 반으로 갈리던 그의 검파가 마치 물이 흐려지듯 어지럽게 섞여들었다.

"핫!"

한순간에 혼란스럽게 뒤섞이는 이산의 검영을 검산파 무사가 다시 한번 강하게 갈라 쳤다.

쩌적!

이산의 검영을 가르는 검산파 무사의 검 주변에서 벼락이 치는 소리가 일어났다.

그러자 이산의 검파가 순식간에 와해됐다. 그 순간 이산의 몸이 거짓말처럼 사라졌다.

퍽!

검산파 무사의 검이 애꿎은 모래 더미를 사방으로 흩어놓았다. 그사이 이산은 그로부터 십여 장 떨어진 곳에 모습을 나타냈다.

"독안룡이 제자를 잘 키웠구나!"

검산파 무사가 검을 내린 후 중얼거렸다. 소독도 이산도 더 이상 반격을 하지는 않았다.

자신들의 실력을 보여주었으니 일단 검산파 무사 등 십이신무종의 무사들이 이 상황을 다시 판단할 기회를 주려는 것이었다.

그런 두 사람을 향해 검산파 무사가 검을 까딱였다.

"다시 오너라."

"더 하겠다는 것이오?"

소독이 눈살을 찌푸리며 물었다.

"아직 난 내 실력의 절반도 보여주지 않았다. 겨우 몸을 풀었을 뿐이야."

"끝내… 이렇게 해야겠소?"

"그나마 살 기회를 준 것도 독안룡 탑살의 이름을 생각해서였다. 그 기회를 거절한 것은 너희들이고."

"사부님의 명예를 생각했다면 우리 짐을 뒤지겠다는 말은 하지 말았어야 했소."

소독이 차갑게 말했다.

"…생각의 차이겠지. 너희들에게는 독안룡이 천하의 대영웅이 겠지. 하지만 우리 십이신무종에게는……."

"그렇지 않다는 거요?"

소독이 싸늘하게 물었다.

"미안하지만 독안룡의 무공 수준에 오른 무인들이 우리 십이 신무종 안에는 적지 않아."

"그렇다면 큰 실망이오."

소독이 냉랭한 표정으로 말했다.

"실망? 어째서?"

검산파 무사가 물었다.

"그런 실력을 가지고 흑라의 시대에 십이신무종은 뭘 했소? 사부께서는 자신의 선단을 이끌고 나가 흑라의 무리들이 육주의 바다를 넘는 것을 막아냈소. 그런데 사부님과 같은 능력을 가진 사람이 적지 않다는 십이신무종은 그때 뭘 하고 있었던 것이오?"

"…세속의 일에 관여치 않는 것이 십이신무종의 법이란 걸 모르느냐?"

"하하하! 그런 궤변을 늘어놓다니… 더더욱 실망스럽소. 잘 들으시오. 사부께서 세상 사람들에게 대영웅으로 칭송받는 것은 무공의 강함 때문이 아니오. 자신이 가장 소중하게 아끼는 사람들까지 희생하면서 흑라와 맞선 그 영웅의 마음을 존경하는 것이오. 그런 사부님의 위대한 행동과 비교할 수 있는 사람들이 십이신무종에 몇이나 있소?"

소독이 물었다.

소독의 물음에 검산파 무사의 얼굴이 딱딱하게 굳었다. 생각해 보면 흑라의 시대에 십이신무종은 자신들의 안위를 지키는 일에 집중했다.

그것이 십이신무종이 팔대활무종과 사대휴무종으로 갈라진 이유기도 했다. 그래서 소독의 추궁에 변명할 말을 찾을 수 없는 검산파 고수였다.

이런 경우 대부분의 사람들이 그렇듯 궁색한 변명보다는 분노를 앞세우는 것이 스스로 강자라 생각하는 자들의 특징이다.

"감히… 너 따위가 십이신무종을 모욕하느냐?"

"그런 당신은 세상을 구한 대영웅을 모독하지 않았소?"

소독이 지지 않고 대꾸했다.

소독의 생각에 아무리 십이신무종이 대단해도 그들에게는 독안룡 탑살의 위대함을 모독할 자격이 없었다.

"아쉽군. 작은 가르침으로 끝내려 했는데……."

"작은 가르침… 결국 당신은 자신의 행동에는 변명으로 일관하는 사람이었구려. 당신이 우리에게 요구한 것은 결코 작은 가르침이 아니었는데."

소독이 실망한 표정으로 중얼거렸다.

상대의 말과 행동이 대십이신무종의 무사의 행동치고는 너무 치졸하다고 느낀 것이다.

그런 소독의 반응에 검산파 무사의 얼굴이 모욕감으로 물들었다. 그리고 모욕감이 일으킨 분노가 소독을 향해 터져 나왔다.

"놈!"

검산파 무사가 독수리처럼 날아올라 소독을 덮쳤다.

팟!

소독이 재빨리 움직여 상대의 공격을 피했다.

"네가 피할 곳은 어디에도 없다."

검산파 무사가 빠르게 움직이는 소독을 향해 소리치며 검으로 큰 원을 그렸다.

쩌저적!

검산파 무사의 검에서 얼음 갈라지는 소리가 만들어졌다. 그리고 다음 순간 수십 개의 검기가 소독을 사방에서 에워쌌다.

"아!"

싸움을 지켜보고 있던 하연의 입에서 자연스럽게 탄식이 흘러나왔다. 한순간에 소독이 절체절명의 위기에 빠진 것이다.

그런데 그 위급한 순간 소독이 한쪽 무릎을 꿇었다. 그리고 재빨리 허리 뒤쪽에 매달려 있던 작은 방패를 한 손으로 꺼내 들고 머리 위를 가렸다.

그런 소독의 방패를 검산파 무사의 검기가 갈기갈기 찢어놓기 시작했다.

단번에 소독을 수 갈래로 조각낼 것 같은 공격을 퍼붓던 검산파 무사의 눈에 어느 순간부터 당황한 기색이 엿보이기 시작했다.

분명히 소독은 위기에 빠져 있었다. 강력한 검산파 무사의 공격에 그가 꺼내 든 작은 방패는 볼품없이 갈라지고 있었다.

어떻게 보면 방패 같지도 않았다. 방패 표면에 가득한 검에 갈라진 자국 외에도, 여기저기가 우그러져 그냥 작은 철판을 하나 들고 있는 것 같았다.

그럼에도 불구하고 소독은 항복을 하거나 죽지 않았다.

그의 두 발이 모래 속으로 깊이 들어가 있었지만, 소독은 우그러진 방패를 교묘하게 움직이며 치명적인 공격은 허용하지 않고 있었던 것이다.

이 견고한 방패술, 묵룡대선을 바다의 제왕으로 만든 방패술 대해벽은 검산파 무사가 미처 예상하지 못한 것이었다.

무종을 전수받은 무인들에게 방패는 익숙지 않은 무기였다.

방패 자체야 흔한 병기지만, 그건 무공이 없는 일반 전사들이 전장에서 쓰는 병기에 지나지 않았다.

무종을 얻어 내공을 축적한 무인들 사이에서는 방패를 이용한 싸움을 거의 찾아보기 힘들었다.

그래서 검산파 무사는 소독의 방패술을 그저 잠깐의 위기를 벗어나기 위한 임시방편 정도로 생각했다.

그런데 그는 그 단순한 무기를 뚫지 못하고 있었다. 그로서는 당황스러울 수밖에 없었다.

물론 그렇다고 소독의 방패술 대해벽이 무한정 검산파 무사의 공격을 막아낼 수 있는 것은 아니었다.

적의 공격을 막아내면서 치명적인 반격을 가해야 이 위기에서 빠져나갈 수 있다.

그런데 검산파 무사의 무공이 워낙 뛰어나서 반격할 틈을 주지 않았다.

그러나 소독에게도 믿는 구석이 있었다. 잠시 검산파 무사의 강력한 공격에 주춤했던 소룡 이산이 다시 움직이기 시작한 것이다.

쐐액!

이산이 검이 이번에는 단 하나의 검기를 만들어 검산파 무사의 등을 찔러갔다.

상대의 강함을 알고 있기 때문에, 최대한 접근을 피하고 원거리에서 공격을 가하기 위해 강하고 날카로운 단 일 초의 공격을 선택한 이산이었다.

검에 미쳐 살던 이산의 전력을 다한 일 초의 공격은 검산파 무사를 흔들기에 충분했다.

"놈!"

검산파 무사가 재빨리 검의 방향을 틀어 자신의 등을 공격하는 이산의 검을 쳐냈다.

캉!

날카로운 검과 검이 충돌하면서 이산이 사구 아래로 주르륵 밀려 내려갔다.

그런데 그 순간 소독이 마치 죽음을 각오한 사람처럼 방패를 내밀며 검산파 고수를 향해 달려들었다.

"핫!"

"이것들이!"

검산파 무사가 자신의 무공에 겁을 먹지 않고 죽기 살기로 달려드는 소독과 이산의 행동에 화가 나는지 살기를 뿜어내며 소독의 방패를 찔러갔다.

쿠오오!

검산파 무사의 검이 공기를 응축하는 소리를 만들었다. 그만큼 강력한 진기가 실렸다는 뜻이다.

"위험하다!"

멀리서 두 사람의 격돌을 지켜보던 석림도 삼공자 두굴의 호위무사 바루호가 오랜 침묵을 깨고 짧게 외쳤다.

드러나지 않았다지만, 일행 중 제일고수는 바루호였다. 그의 무공은 석림도주 두와가 오직 그 한 명에게 셋째 아들 두굴의 안위를 맡길 정도로 뛰어났다.

이미 두굴은 그의 무공이 소룡들 위에 있음을 밝히기도 했다.

그러나 그럼에도 불구하고 바루호는 여행 중 두굴의 호위무사 이상의 역할은 하지 않았다. 어떤 경우에도 그는 두굴의 지키는 것 외에는 관심을 두지 않던 사람이다.

그런데 그런 그의 입에서 경고성이 터져 나왔다.

그만큼 소독의 상황이 위태로웠다.

"도와줘요!"

두굴이 소리쳤다.

그러자 바루호가 지체하지 않고 싸움이 벌어지는 사구의 정상을 향해 달리기 시작했다.

그러나 그런 그의 움직임은 소독의 위험에 비하면 너무 늦은 움직임이었다. 더군다나 거리도 거리지만 소독과 검산파 무인이 어지럽게 사구를 오르내리며 싸우고 있어서 당장 소독을 위험에서 구하는 것이 어려운 상황이었다.

푹!

일검에 모든 진기가 담긴 검산파 무사의 검이 그대로 소독의 방패를 뚫고 들어왔다.

그런데 마치 이 모든 것을 예상하고 있었다는 듯 소독이 갑자기 방패를 놓아버렸다. 그리고 재빨리 모래 위를 굴렀다. 그러면서 빛처럼 빠른 일 초를 검산파 무사의 다리를 향해 뻗었다.

"엇!"

검산파 고수의 입에서 당혹스러운 목소리가 흘러나왔다. 그는 설마 소독이 생명 줄과 같던 방패를 버릴 거라고는 생각지 못했다. 그래서 그의 예상대로라면 방패를 통과한 자신의 검이 소독의 몸 어딘가를 찔렀어야 했다.

그런데 소독은 그의 예상과 달리 방패를 버려 상대의 검을 방패에 묶어둔 후, 그 틈을 이용해 오히려 반격을 했던 것이다.

검산파 고수가 재빨리 손목을 비틀어 검의 방향을 바꿔, 자신의 다리를 찔러오는 소독의 검을 쳐내려 했다.

그런데 순간 그는 자신의 계산이 잘못되었다는 것을 깨달았다. 그의 검이 평소와 같은 속도를 내지 못한 것이다. 원인은 그의 검에 꽂혀 있는 소독의 방패 때문이었다.

걸리적거리는 방패를 단 그의 검은 평소보다 느렸고, 그 찰나의 순간을 소독은 놓치지 않았다.

팟!

퉁!

소독의 검이 검산파 무사의 허벅지를 길게 베어내는 순간, 검산파 고수의 검에 매달린 방패가 소독을 쳐냈다.

"큭!"

소독이 방패에 실린 힘을 이기지 못하고 비틀거리면서 사구 위를 굴러 내려갔다.

촤아악!

소독의 몸무게를 이기지 못한 모래 더미가 폭포수처럼 흘러내려 갔다.

그 위로 검산파 고수의 살기 가득한 목소리가 들렸다.

"감히 나 백검 막사익의 몸에 상처를 냈으니. 그 대가는 죽음밖에 없다."

백검 막사익, 십이신무종의 일파인 대검종 검산파의 차기 종성으로 거론되는 뛰어난 무인이다. 그 실력이 검산파의 노련한 노장로들을 능가한다고 알려진 인물이었다.

그런 인물이 피를 봤다. 그것도 이십 대 중반의 젊은 무사들에게. 그건 그와 검산파의 큰 수치였다. 결코 용서할 수 없는 수치. 그의 분노는 소독에 대한 강력한 살기로 변했다.

좌아악!

막사익이 사구를 미끄러지듯 타고 내려왔다. 사구 아래에서 막사익에게 일검을 가한 소독이 자세를 바로잡고 막사익을 상대하기 위해 준비하고 있었다.

어느새 다가온 이산 역시 소독과 어깨를 나란히 하고 막사익을 기다리고 있었다.

그러나 누가 봐도 위기에 빠진 쪽은 소독와 이산 같았다. 제대로 분노한 막사익을 두 청년 무사가 감당할 수 없을 것 같았다.

하지만 그럼에도 불구하고 소독과 이산은 당당했다. 둘은 일장 정도의 거리를 두고 나란히 서서 검을 들어 막사익이 다가오기를 기다렸다.

팍!

막사익이 두 사람과의 거리가 삼 장 안쪽으로 접어들자 강하게 모래를 찼다. 한순간에 그의 몸이 허공으로 높게 떠올랐다. 그 모습이 두렵기보다는 아름다워 보였다.

그런데 막사익은 아름다운 모습과 전혀 어울리지 않는 강력한 살검을 뿌렸다.

좌아악!

막사익의 검이 뿌연 검망을 형성하며 소독과 이산 두 사람을 사선으로 동시에 벴다.

그러자 소독과 이산이 검을 들어 올려 동시에 앞으로 휘둘렀다. 순간 그들의 검에서 두 개의 검기가 일어나더니 교미를 하는 뱀처럼 묘하게 엉켜들었다.

그렇게 섞인 검기가 하나의 강력한 검파를 만들어냈다. 해왕무맥의 절대검법 파랑십이검의 합격술이 만들어내는 신비한 힘이었다.

쿠웅!

묵직한 충돌음과 함께 세 사람이 뒤엉켰다.

그리고 찰나의 정적 뒤에 벼락이 치는 듯한 소리가 터져 나오면서, 세 사람이 동시에 뒤로 물러났다.

쩌적!

응축된 검파가 그 주인들을 밀어냈다. 그리고 막사익에 비해 내공이 약한 소독과 이산은 큰 충격을 받으며 뒤로 밀려났다.

"욱!"

"제길……!"

소독과 이산이 제각기 신음 소리를 내며 비틀거렸다.

막사익 역시 만만찮은 충격을 받은 모습이었지만, 한번 끌어 올린 살기를 거두지 않았다. 마치 자신의 팔다리를 내줘도 반드시 소독과 이산을 죽이겠다는 듯, 그는 핏기 없는 얼굴을 하고도 다시 공격을 시작했다.

이번에는 두 사람을 동시에 노리는 대신에, 둘 중 좀 더 충격이 커 보이는 이산 한 명을 노리고 검을 뻗었다.

파파팟!

막사익의 거친 공격에 이산이 정신없이 뒤로 물러났다. 그런 이산을 막사익의 검이 잘게 베어냈다.

사삭!

막사익의 검에 닿은 이산의 옷자락이 날카로운 소리를 내며 잘려 나갔다.

그의 피부 역시 옷과 함께 가늘게 갈라졌다.

"좋아! 죽여봐라!"

검에 베인 이산이 분노를 터뜨리며 막사익을 향해 검을 휘둘렀다.

"당연히 죽일 거다."

막사익이 차갑게 대꾸하며 검으로 이산의 검을 후려쳤다.

캉!

날카로운 파열음이 터져 나왔다. 그와 동시에 이산의 검이 반으로 잘려 나갔다.

삭!

상대의 검을 자른 막사익의 검이 그 기세 그대로 이번에는 이산의 팔을 벴다.

"핫!"

이산이 한 팔을 베이면서도 부러진 검을 휘둘러 막사익을 공격했다. 이산의 독함이 여실히 드러나는 순간이었다.

팟!

이산이 휘두른 반 토막 검이 그의 팔을 베고 지나가던 막사익의 등을 아슬아슬하게 벴다.

팟!

막사익의 등에서 적지만 붉은 피가 솟구쳤다.

"이놈이 정말……."

다리와 등에 검상을 입은 막사익이 재빨리 몸을 돌려 붉게 달아오른 눈으로 이산을 노려보며 이를 갈았다. 그리고 여유를 주지 않고 이산을 향해 다시 달려들었다.

이산은 그 순간 마지막이라는 것을 깨달았다. 이제는 도저히 막사익의 검을 막을 힘이 없었다.

그럼에도 그는 검을 들어 올렸다.

"멈춰!"

거리가 벌어져 있던 소독도 이산의 위험을 보고 급히 몸을 날렸다. 그러나 소독이 돕기에는 이산의 심장을 찌르는 막사익의 검이 너무 빨랐다.

급기야 막사익의 검이 이산의 검을 뚫고 들어가 그의 심장에 닿으려는 순간, 한 줄기 청광이 뻗어와 막사익의 검을 강하게 쳐냈다.

쾅!

"욱!"

예상치 못한 충격에 막사익이 신음 소리를 내며 십여 걸음 뒤로 물러났다.

그러자 어느새 나타난 석림도의 노검객 바루호가 이산의 앞을 가로막았다.

제6장

사막의 주인

"감히……."

검산파 무사 백검 막사익의 얼굴이 일그러졌다. 노기가 묻어나는 신음 같은 소리가 그의 입에서 흘러나왔다.

그의 분노는 이산에 대한 최후의 일격이 실패했기 때문이 아니었다. 그것보다는 자신이 누군가에게 힘으로 밀렸다는 당황스러움이 만들어내는 분노였다.

그 분노의 대상은 당연히 바루호였다.

바루호는 얼굴이 붉게 달아오른 막사익을 묵묵히 바라보고만 있었다. 물러난 상대를 재차 공격하거나 혹은 뒤로 물러나지도 않았다. 그런 태연한 그의 모습이 막사익을 더욱 굴욕적으로 만들었다.

"타인의 싸움에 개입하는 것이 무례하다는 것을 모르는가?"

막사익도 바로 반격하지 않고 차갑게 물었다.

그러자 바루호가 태연하게 대답했다.

"어리석은 궤변이군. 이들은 타인이 아니오, 나의 동료들이지. 설마 당신은 당신의 동료들이 죽음의 위기에 처해도 그냥 두고만 볼 거요?"

바루호가 손을 들어 여인 지후와 청색 옷의 사내를 가리켰다. 당연한 반박이었다.

바루호의 반박에 막사익의 말문이 막혔다.

그러자 그 순간, 싸움을 지켜보던 청색 옷의 사내가 앞으로 나오며 입을 열었다.

"당연한 말이오. 동료가 위급하면 돕지 않을 수 없지. 그대가 이 싸움에 관여했으니 나 역시 관여하지 않을 수 없겠소. 그대는 내가 상대하겠소."

청색 옷의 사내가 나서자 막사익의 표정이 차갑게 변했다.

"됐소. 나 혼자도 충분하오. 화무검께서는 관여치 마시오."

막사익의 말에 청색 옷의 사내가 고개를 저었다.

"백검께서는 진정하시오. 지금은 명예를 따질 때가 아닌 것 같소. 설혹 백검께서 이들 세 사람을 상대로 다시 싸워 이긴다 해도, 그렇게 되면 결국 남은 사람들 모두 달려들 것이오. 어차피 이래나 저래나 우리도 모두 이 싸움에 관여할 수밖에 없다는 것이오. 그럴 바에는 쉽게 끝냅시다."

청색 옷의 사내, 화무검이라 불린 자가 냉정하게 말했다.

화무검은 여러 가문의 무종이 하나로 모여 만들어진 악산 천무종이 자랑하는 무인이다. 이름은 남궁악, 세상에는 남궁악이라는 이름보다 화무검이라는 그의 별호가 더 익숙한 인물이었다.

그러자 뒤에서 지켜보던 여인 역시 앞으로 나서며 거들었다.

"화무검의 말씀이 맞는 것 같군요. 언제까지 이곳에서 실랑이를 하고 있을 수는 없지 않나요? 서둘러 끝을 내고 빛의 술사의 유적이 있다는 곳으로 가봐야죠."

지후 신소월까지 나서자 백검 막사익도 더 이상 고집을 부리지 못했다.

자신의 명예도 중요하지만 그 홀로 묵룡대선의 소룡 일행 모두를 상대할 수 없다는 것을 알고 있었기 때문이다.

어쩌면 그들 셋이 함께 나서도 이 싸움이 쉽게 끝나지 않을 수도 있었다. 자신의 앞을 막아선 이 허름해 보이는 노인과 같은 고수가 있었으므로.

"알겠소. 고집 피우지 않겠소. 서둘러 이 자리를 정리합시다."

결국 백검 막사익도 동의했다.

그러자 화무검이라 불린 자가 위로하듯 말했다.

"양보해 주서서 고맙소. 때가 때이니만큼 나도 실례를 할 수밖에 없었소."

"마음에 두지 마시오. 앞뒤 분간 못 하는 사람은 아니니."

백검 막사익이 무심하게 말했다. 하지만 여전히 그의 마음속에는 자신이 굴욕을 당했다는 느낌을 지울 수 없는 모양이었다.

하지만 그의 속마음이야 어찌 되었든 일은 결국 세 명의 십이신무종 무사들과 소룡오대의 일대결전으로 이어질 상황이었다.

"후우… 어렵구나."

석와룡이 나직하게 한숨을 내쉬었다. 도저히 싸움을 피할 수 없는 상황이었다.

하지만 상대는 십이신무종의 무인들. 십이신무종의 이름이 가지는 무게를 생각할 때 극히 어려운 싸움이 될 것이 분명했다.

"어쩔 수 없잖아요. 가요!"

왕도문은 적을 두려워하지 않았다. 오히려 상대가 십이신무종의 무인이라서 투지가 불타오르는 것 같았다.

왕도문이 훌쩍 앞으로 달려 나가자 뒤를 이어 두굴이 석와룡에게 말했다.

"가시죠. 어차피 싸워야 할 거면 망설일 이유가 없잖아요? 자기들이 십이신무종의 사람들이라고 해서 겁이 안 들어가는 것도 아니고."

석림도의 삼공자 두굴도 설렁거리면서 걸어나갔다.

"젊어서인가. 사람들이 겁이 없어……."

석와룡에게는 십이신무종이라는 이름이 바위처럼 단단하게 느껴지는데 두굴이나 왕도문은 그렇지 않은 듯 보였다. 그 모습이 부럽기도 하고 또 걱정되기도 하는 석와룡이다.

"그래도 뭐 싸워야 한다면……."

석와룡도 결국 걸음을 옮기며 중얼거렸다.

소룡 일행 여덟 명과 십이신무종의 무인 세 사람이 달빛을 받아 푸르스름하게 보이는 사구 위에 서로를 마주 보고 늘어섰다.

두 무리 사이에 팽팽한 긴장감이 흐른다. 낮의 열기가 지나가고 밤의 한기가 찾아온 사막이라 더욱더 차고 냉랭한 공기로 느껴졌다.

"꼭 싸워야겠소?"

그 와중에도 석와룡은 마지막까지 타협의 기회를 찾고 있었다.

그러나 십이신무종의 무인들은 완고했다.

"감히 십이신무종의 권위에 도전했으니 그 대가를 치러야 할 것이오."

화무검으로 불린 자가 차갑게 대꾸했다.

"시작이 그쪽인데……."

석와룡이 중얼거렸다.

"빛의 술사에 대한 일은 우리로서도 결코 가벼운 일이 아니라서. 당신들이 우리 제안을 들어줬으면 이런 일이 없었을 것 아니오. 물론… 이제는 늦었지만."

이제 와서 짐 살펴보는 일을 허락해도 싸움을 피할 수 없다는 뜻이다.

화무검 남궁악은 백검 막사익이 부상을 당하고 분노하는 상황에서, 이제는 싸움을 중지할 그 어떤 이유도 찾기 힘들다는 것을 알고 있었다.

"참 융통성이라는 것이 없구려."

석와룡이 혀를 찼다. 고집불통에 막무가내인 십이신무종 무인들의 행동에 화도 나고 어이도 없었다.

"싸우자는데 싸우죠, 뭐……."

왕도문이 투기를 드러내며 말했다.

"이자들과 더 이상 무슨 말이 필요 있겠소. 일단 모두 무릎 꿇리고 나서 다음 일을 생각해 봅시다."

백검 막사익이 분노를 억누른 음성으로 말했다. 싸움이 시작되면 반드시 그의 손에 한두 사람의 목숨이 사라질 것 같은 기세였다.

막사익의 말은 싸움의 신호처럼 작용했다. 그의 말대로 대화가 뚝 끊겼다. 대신 말이 아닌 검이 서로를 향해 겨눠졌다.

일촉즉발. 서로가 서로의 목숨을 노리는 작은 전쟁이 시작되고 있었다.

그런 그 순간, 그 누구도 예상치 못한 일이 벌어졌다.

고오오!

아득한 밤하늘에서 한 줄기 파공음이 들려왔다. 무서운 속도로 공기가 갈라지는 소리가 들리더니, 뒤를 이어 하나의 검은 물체가 사람들 눈에 들어왔다.

"젠장!"

누군가의 입에서 욕설이 터져 나오는 순간, 결전을 위해 서로를 향해서 검을 들이대던 두 무리의 사람들이 사방으로 흩어졌다.

쿵!

무서운 속도로 사람들 사이로 떨어진 물체가 모래사막 깊숙이 박혔다.

창이었다.

창신이 모두 검은색 철로 이뤄진 창은 보통의 창보다도 훨씬 길이가 길었지만, 그 긴 창신(槍身)의 절반 이상이 모래 속으로 들어가 있었다.

창이 박힌 주변에는 마치 운석이 떨어진 것처럼 충격을 이기지 못하고 모래가 파여 나가 큰 웅덩이가 만들어져 있었다.

"대체 누가……?"

모두가 가진 의문이 누군가의 입에서 흘러나왔다.

사람들의 시선이 일제히 창이 날아온 방향으로 향했다. 그러자 어둑한 밤 사막 위에 몇 사람의 그림자가 나타났다.

"누구지?"

왕도문이 창을 피하느라 모래 위를 구르는 통에 옷에 묻은 모래알들을 털어내며 중얼거렸다.

하지만 왕도문의 질문에 대답해 줄 사람은 없었다. 소룡오대의 소룡들이나 십이신무종의 세 무인 모두 멀리서 다가오는 불청객들에게 시선을 집중할 뿐이었다.

사막 끝에 나타나 창을 던진 자들은 모두 네 사람이었다. 그들은 말을 타거나 혹은 낙타를 타고 있었는데, 달빛이 밝다 해도 멀리서는 그 얼굴을 알아볼 수 없었다.

그런데 사람들이 모여 있는 곳으로 다가오던 불청객들이 일정한 거리에 이르자 갑자기 움직임을 멈췄다.

그리고 그중 한 명만이 싸움이 벌어지고 있던 곳으로 조금 더 전진했다.

소룡오대 일행 앞으로 다가온 사람은 낙타를 타고 있었다. 얼굴은 검은 천으로 가리고 있었는데, 설혹 얼굴을 가리지 않았다

사막의 주인 171

고 해도 그가 멈춰 선 거리에선 그의 얼굴을 알아볼 수 없었을 것이다.

"누구냐?"

백검 막사익이 화가 난 표정으로 소리쳤다. 그가 당한 수모를 미처 갚기도 전에 불청객들이 나타난 것이 그를 다시 화나게 한 모양이었다.

"열화산 대황벽의 서쪽 출구를 기점으로 사방 백 리… 그 안은 나의 땅이다. 난 내 땅에서 허락도 없이 피 흘리는 자들을 용납할 수 없다. 그러니 싸우려거든 백 리 밖으로 나가서 싸워라. 신성한 사막에 감히 불결한 사람의 피를 뿌리는 것을 용납하지 않겠다."

낙타를 탄 자가 담담한 목소리로 말했다.

낮고 작은 목소리임에도 불구하고 그의 말은 소룡오대와 십이신무종 세 무인 귀에 명확하게 들렸다. 그만큼 강력한 내공을 가지고 있다는 의미다.

"사막에 주인이 있다는 말은 듣지 못했다!"

막사익이 소리쳤다.

"그건 그 소식을 전할 자들이 없었기 때문이다. 이 사막에 들어온 자들의 운명은 세 가지다. 조용히 사막을 여행하고 돌아가거나, 사막을 헤매다 죽거나, 아니면 너희들처럼 시끄럽게 소란을 피우다 죽거나… 선택하라. 사막의 운명을!"

낙타를 탄 자가 다시 협박했다.

그러자 갑자기 왕도문이 소리쳤다.

"우린 조용히 돌아가겠소. 그러니 우릴 보내주시오. 싸움은 이자들이 시비를 걸어서 일어난 거요!"

갑작스러운 왕도문의 외침에 소룡오대의 일행도 화들짝 놀라 왕도문을 바라봤다.

그러자 왕도문이 낄낄대면서 말했다.

"히히, 재밌잖아? 또 싸우지 않고 이곳을 떠날 수 있으면 더 없이 좋고. 물론 싸우는 게 겁이 나서 하는 말은 아니오. 흐흐 흐!"

왕도문이 놀리듯 십이신무종의 세 무인을 보며 말했다.

"애송이, 설마 저자들이 너희들을 구해줄 거라고 생각하느냐?"

백검 막사익이 왕도문을 노려보며 물었다.

"어쩌면 그럴지도 모른다는 생각이 들긴 하오. 설마 당신들은 저자들과도 싸울 것이오? 생각 잘하시오. 창을 던진 솜씨로 봐서는… 흐음, 어려울 거 같은데."

왕도문이 슬쩍 십이신무종 무사들의 신경을 건드렸다.

"애송이 네 목은 반드시 내가 베어주지. 일단 저자들을 돌려 보낸 후에……."

백검 막사익이 왕도문에게 경고를 남기고 훌쩍 몸을 날려 불청객 앞으로 다가갔다.

"저쪽은 조용히 떠날 생각이 있는 모양인데 당신들의 생각은 어떤가?"

다가온 막사익을 보고 낙타에 탄 자가 물었다. 얼굴을 검은 천으로 둘둘 감아 정체를 알아보기 어려웠다.

하지만 그런 모습이 군이 정체를 감추기 위해서라기보다는 사막의 모래바람이나 밤의 한기를 막기 위한 복장으로 보였다.

"저들과의 문제만 해결하면 우리도 조용히 떠날 것이오. 그러니 괜한 분란 만들지 말고 물러나 있으시오."

막사익이 경고하듯 말했다.

그러자 낙타 위 사내의 눈빛이 차갑게 변했다.

"내가 말했을 텐데. 이 사막의 주인이 우리라고. 그런데 감히 손님이 주인에게 물러나라 마라 한단 말인가?"

사내의 힐난에 막사익이 냉랭한 표정으로 말했다.

"우린 당신이 생각하는 것처럼 보통 여행객이 아니오. 그러니 괜히 남의 일에 끼어들어 피해 보지 말고 물러나 있으시오!"

"후우… 그 자신감, 자만은 아니겠지?"

사내가 물었다.

"세상 그 누구도 우리의 일을 방해할 수는 없소."

막사익이 더욱 강하게 사내를 압박했다.

그러자 그 순간, 사내의 몸이 낙타 위에서 움직였다.

쐐액!

낙타의 등을 벗어난 사내가 막사익을 날아 넘어 검은 그림자를 모래 위에 남기며 소룡오대와 십이신무종의 무인들이 대치한 곳으로 날아왔다.

마치 하늘을 나는 것처럼 모래 위에 발자국조차 남기지 않는 그의 움직임이 그를 보고 있는 모든 사람들을 경악하게 만들었다.

탁!

소룡오대 앞에 도착한 사내가 갑자기 달리던 몸을 멈췄다. 무서운 속도로 움직이다 멈췄음에도 그의 동작은 솜털처럼 부드러워서, 멈춰 선 발아래 모래 위에 큰 흔적도 남지 않았다.

쑥!

장내에 도달한 사내가 한 손으로 모래사장 깊이 박힌 창을 뽑았다. 웬만한 사람이라면 두 손으로 잡고도 흔들지 못할 만큼 깊이 박힌 장창을, 사내는 한 손으로 가볍게 뽑아 든 것이다.

창을 뽑은 사내가 창으로 허공에 큰 원을 한 번 그린 후 창대를 발 옆 모래에 다시 박아 넣으며 소리쳤다.

"감히 내 땅에서 날 협박할 실력이 있는지 증명하라!"

차르릉!

장창이 내공을 이기지 못하고 잘게 떨렸다. 그 떨림이 맑은 울음을 만들어냈다.

창에 실린 공력을 보는 순간 소룡들은 물론 십이신무종의 세 무인 역시 나직한 탄식을 흘렸다.

무공이란 것이 꼭 도검을 맞대봐야 그 강함을 알 수 있는 것은 아니다. 가끔은 이렇게 단지 병기를 들어 보이는 것만으로도 자신이 가진 무공을 드러낼 수 있었다. 물론 그런 정도의 강자가 세상에 흔한 것은 아니지만.

어쨌든 이 사막의 주인을 자처하는 불청객 사내의 무공은 창을 들어 보이는 것만으로도 증명됐다.

그리고 이제 그 사내를 상대할지 말지는 오직 십이신무종 삼인이 결정할 문제였다.

창끝이 자신을 향하자 백검 막사익이 본능적으로 검을 들어 올리려다가 사내와의 거리가 꽤 먼 것을 깨닫고는 머쓱하게 검을 내렸다.

"진정 타인의 일에 이런 식으로 관여해야겠나요?"

사내의 행동을 지켜보던 신산종의 여고수 지후 신소월이 사내에게 물었다.

그러자 사내가 되물었다.

"진정 남의 집 앞마당에서 혈란을 일으켜야겠소?"

"혈란이 아니라……."

"저들을 죽이려고 한 것 아니오?"

사내가 추궁하듯 물었다.

"에이, 십이신무종의 고수들이 설마 변명을 하려는 건 아니겠지?"

왕도문이 체구에 맞지 않게 실실거리며 혼잣말을 중얼거렸다.

소룡들이 그런 왕도문에게 눈을 흘겼지만, 왕도문은 조롱하는 웃음을 거두지 않았다.

"저들과는 해결할 문제가 있어요."

신소월이 담담하게 말했다.

"내 대답은 같소. 싸우려거든 이곳을 벗어나서 싸우시오. 황벽을 지나가 열화산 동쪽에서 싸운다면 나도 관여할 바 아니오."

사내가 냉랭하게 말했다. 그나마 상대가 여인인지라 막사익을 상대할 때와 달리 부드럽게 신소월을 대하는 사내였다.

그러자 신소월이 잠시 사내를 바라보다 정말 궁금하다는 듯 물었다.

"대체 정체가 뭐죠? 한열지에 그대와 같은 사람들이 있다는 걸 듣지 못했는데."

"말했지만 조용히 왔다 가는 자들은 우릴 보지도 못하고, 와서 당신들처럼 분란을 일으키는 자들은 모두 죽었으니까."

사내가 대답했다.

"그런데 우린 죽이지 않을 건가요? 이미 소란을 일으켰는데?"

"죽이지 않겠소."

사내가 덤덤하게 대답했다.

"왜죠? 소란을 일으킨 자들은 모두 죽였다면서요?"

지후 신소월이 물었다.

"그대들의 종파가 목숨을 살렸다고 할 수 있지. 십이신무종 이라면 내 마당에서 잠시 소란 정도는 피울 수 있으니까. 하지만 피를 뿌리는 것은 안 되오. 그건 어떤 경우에도 용납할 수 없소."

사내가 단호하게 말했다.

"…어떻게 알았죠?"

지후 신소월이 물었다. 자신들이 십이신무종의 사람들이라는 것을 알고 있다는 사실이 사내에 대한 경계심을 강하게 만든 것 같았다.

"설마 우리가 방금 전에 당신들을 발견했을 거라 생각하는 거요?"

"그 말은… 처음부터 모두 보고 있었다는 건가요?"

"그렇소."

사내가 망설이지 않고 대답했다.

"대체 어디서……?"

"이 사막은 지후께서 알고 계신 것보다 훨씬 복잡한 곳이오. 위험한 곳이기도 하고. 나와 내 동료들은 그런 사막의 주인이고 말이오."

사내가 자신들의 능력을 과소평가하지 말라는 듯 말했다.

"후우… 그럼 왜 처음부터 싸움을 말리지 않았나요?"

신소월이 물었다.

자신들의 사막에서 피 흘리는 것을 용납할 수 없다면 처음부터 이 싸움을 막을 수도 있었다.

"설마 당신들의 싸움이 서로의 목숨을 노릴 만큼 거칠어질 거라고는 생각지 못했으니까."

"……."

사내가 단순하고 명료한 답을 내놓았다. 그런데 그 단순한 답을 지후 신소월은 반박할 수 없었다. 그 자신도 애초에 소룡오대와의 분쟁이 목숨을 건 싸움으로 이어질 거라고는 생각지 못했기 때문이다.

"자, 이제 결정하시오."

사내가 십이신무종의 세 무사를 보며 답을 재촉했다. 조금은 귀찮은 듯한 표정이기도 했다.

"싸움을 멈춘다면 사막을 여행하는 것은 상관없나요?"

신소월이 물었다.

"그야 상관하지 않소. 하지만 이런 사막에서 뭐 할 게 있겠소?"

"처음부터 보고 있었다면 우리가 찾는 것이 뭔지도 알 텐데요?"

지후 신소월이 반문했다.

"아, 빛의 술사의 유적이란 것! 그건 사실… 이 사람들 말이 맞을 텐데."

사내가 소룡오대를 가리키며 말했다.

"당신도 그 장소를 알고 있나요?"

신소월이 급히 물었다. 그것만큼 그녀의 호기심을 자극하는 것도 없었다.

"그럼 내 땅에 있는 곳을 모르겠소?"

"그럼 정말……."

"아무것도 없소. 가봐야 정말 빛의 술사인가 하는 사람이 수백 년 전에 남긴 몇 줄의 글귀밖에는. 그 글 역시 자기 자랑과 세상에 대한 약간의 원망 정도… 그래도 못 믿겠다면 가보는 것은 말리지 않겠소. 하지만 고생한 만큼의 소득은 없을 거요."

사내가 굳이 숨길 곳이 아니라는 듯 말했다.

사내의 대답에 십이신무종 세 무인이 서로를 바라봤다. 의심을 완전히 거둘 수는 없지만 그렇다고 사내의 말이 거짓 같지는 않았다. 더군다나 사내가 한 말은 소룡오대 사람들이 한 말과 크게 다르지 않았다.

"자! 밤새 이곳에 있을 게 아니라면 그만 결정하시오!"

사내가 신소월에게 답을 재촉했다.

그러자 지후 신소월이 입을 열었다.

"좋아요. 여기서 끝내죠. 동의하죠?"

신소월이 백검 막사익과 화무검 남궁악을 보며 물었다. 그러자 두 사람이 떨떠름한 표정을 지으면서도 고개를 끄떡였다.

그 모습을 본 사내의 눈가에 가벼운 미소가 생겼다. 사내가 천천히 걸음을 옮겨 자신이 타고 온 낙타가 있는 곳으로 다가가며 말했다.

"그럼 믿고 가겠소. 만약 다시 분란을 일으키면 그때는 이런 호의가 없을 것이오. 십이신무종의 명성도 두 번은 쓸 수 없을 것이오. 그리고… 젊은이들! 세상 무서움을 너무 모르는군. 아무리 독안룡의 제자들이라도 십이신무종의 무인들과 싸우려 하다니. 하지만 보기 좋기도 했어. 그 용기와 기백! 역시 호랑이의 제자들이라고 해야 할까. 그럼 잘들 가게!"

어느새 낙타 앞에 도착한 사내가 훌쩍 낙타 위에 오르더니 자신의 동료들이 있는 곳을 향해 낙타를 몰고 가기 시작했다.

묘한 공기가 흘렀다.

이상한 방식으로 싸움이 끝나 서로 개운치 않은 뒤끝을 남기고 있기 때문이다.

"뭐 하는 사람일까?"

사비옥이 침묵을 깼다. 혼잣말이지만 모두가 궁금해하는 것이었다.

"저런 자들이 있다는 소문을 들어봤습니까?"

소독이 석와룡에게 물었다. 그나마 일행 중 파나류의 소식에 가장 밝은 사람이 석와룡이기 때문이다.

"없네. 물론 한열지에도 마적이 있기는 하지만, 저들은 마적이라고 할 수는 없고. 어느 종파의 사람이거나… 혹은……."

"짐작 가시는 것이라도?"

소독이 다시 물었다.

그 질문에는 그들의 맞은편에 서 있는 십이신무종 삼인의 고수들도 관심을 보이는 눈치였다.

"역시 그들의 후예일 수도 있겠지."

"그들이라면… 아! 흑라 말이군요."

소독이 그제야 열화산과 한열지를 근거로 흑라의 잔당들이 마적 노릇을 하며 숨어 산다는 것을 깨달은 듯 소리쳤다.

그러자 갑자기 십이신무종의 여고수 지후 신소월이 입을 열었다.

"흑라의 잔당은 아닌 것 같군요."

순간 소룡들이 뜨악한 표정으로 신소월을 바라봤다. 비록 불청객의 개입으로 싸움을 끝내기는 했지만 그렇다고 서로 대화를 주고받을 사이는 아니었다.

그들은 방금 전까지만 해도 서로의 목숨을 노리던 사이였다. 그런데 그런 불편한 관계에 신경 쓰지 않는 사람이 또 한 명 있었다.

"그럼 어떤 사람들인 것 같습니까?"

두굴이 지후 신소월을 보며 물었다. 소룡 일행 중 두굴만큼 능청스러운 사람은 없었다.

"그거야 나도 알 수 없죠."

"표정을 보면 짐작을 하시는 것 같기도 한데… 정말 모릅니까?"

"지금 날 추궁하는 건가요?"

"아뇨. 설마 제가 감히 십이신무종 중 가장 신비롭다는 신산종의 지후 님을 추궁할 수 있겠습니까?"

"날 아나요?"

"지후란 별호가 신산종 최고의 재능을 가진 여고수 한 분을 지칭하고 있다는 사실은 알고 있습니다."

"…설혹 제가 그런 과분한 평가를 받고 있다 해도 그건 신산종 내부나 혹은 십이신무종 사람들의 말일 뿐인데. 묵룡대선의 무사가 나에 대해 알고 있다는 것은 의외군요."

"묵룡대선의 정보망은 사실 육주 어떤 세력보다 뛰어나지요."

"그런가요? 몰랐군요."

"배를 타고 대해를 건너 상행을 다니는 묵룡대선입니다. 정보야말로 생명과 같지요."

두굴이 천연덕스럽게 대답했다. 정작 그 자신은 묵룡대선의 사람도 아니면서. 그런 두굴을 지후 신소월이 잠시 바라보다가 질문을 던졌다.

"그대는 묵룡대선에서 어떤 직책을 맡고 계시나요? 이제 보니 조금 특별한 신분이신 것 같군요. 화무검 님의 검을 막아낼 만큼 뛰어난 고수를 호위무사로 두신 것을 보니."

신소월은 이미 바루호가 두굴의 호위무사 역할을 하고 있다는 걸 눈치챈 듯했다.

"에… 특별하다면 특별하달 수도 있는 신분이기는 하지요. 솔직히 말하면 난 손님이라고 할 수 있으니까요."

"손님… 이라면 묵룡대선 사람이 아니라는 말인가요?"

신소월이 조금 놀란 표정으로 다시 물었다.

"전 석림도 사람입니다. 독안룡 님의 배려로 얼마간 묵룡대선 사람들과 함께 지내게 된 것이지요."

두굴이 신분을 숨기지 않고 대답했다.

"석림도!"

화무검과 백검도 놀란 듯 나직하게 중얼거렸다.

"석림도 사람이셨군요. 어쩐지 다른 분들과 조금 다르다 느꼈는데……."

"아아, 그렇다고 내가 아주 묵룡대선의 사람이 아니라는 말은 아닙니다. 누가 뭐래도 지금은 묵룡대선의 일원이니까요."

두굴이 얼른 변명하듯 말했다.

"그런데 석림도의 누구신지 말해줄 수 있나요?"

신소월이 다시 물었다.

그러자 두굴이 빙글거리며 대답했다.

"생각보다 마음을 잘 감추시는군요. 이쯤 되면 벌써 짐작하고 계실 텐데. 십이신무종의 정보망은 세상에서 가장 넓고 빠르다고 알고 있는데… 그래서 우리가 이곳에 온 것도 알고 계신 것 아닙니까?"

두굴의 질문에 신소월의 얼굴이 굳었다. 실실거리면서 하는 말이지만 두굴의 말속에는 뼈가 숨어 있었기 때문이다.

묵룡대선에 십이신무종의 첩자가 있다는 것을 지적하는 말이기 때문이다.

"석림도 삼공자께서 출도를 하셨다더니……."

신소월이 중얼거렸다.

"역시 지후 님이시군요. 맞습니다. 석림도의 망나니가 바로 접니다. 하하하!"

두굴이 실없는 사람처럼 웃음을 터뜨렸다.

"본래 그렇게 웃음이 많으신가요? 아니면 뭔가 즐거운 일이 있으신지……?"

실없이 웃어대는 두굴을 보며 신소월이 싸늘하게 물었다.

그러자 두굴이 여전히 얼굴에서 웃음을 거두지 않은 채로 말했다.

"즐겁지 않을 것이 뭐가 있습니까? 먼 여행이 끝나고 집으로 돌아가는 길이고, 천하에서 가장 위대한 종파라는 십이신무종의 고수님들을 만나는 영광에, 죽음의 위험에서도 벗어났고. 이 모든 것이 즐거움 아니겠습니까? 여행자에게는."

두굴이 신소월에게 물었다.

"그런가요? 그렇군요. 생각해 보면 오늘 일이 여행자들에게는 즐거운 추억일 수도 있겠군요. 후우… 우린 그만 가죠."

신소월이 화무검과 백검을 보면서 말했다.

그러자 백검이 여전히 떠나지 않고 먼 곳에서 이곳의 상황을 지켜보고 있는 불청객 무리를 흘깃 보더니 고개를 끄떡였다.

"그럽시다. 결과를 보고 움직일 사람들인 것 같으니. 운 좋은 줄 알아라!"

백검 막사익의 시선이 소독과 이산에게 닿아 있었다. 그러자 소독이 가볍게 검을 들어 보이며 대답했다.

"좋은 가르침 감사합니다."

"다음에는 이런 행운이 없을 것이다. 갑시다."

백검이 차갑게 말하고는 빠르게 걸음을 옮기기 시작했다. 그러자 지후와 화무검 남궁악 두 사람이 소룡들을 한 번 바라보고는 서둘러 막사익의 뒤를 따라가기 시작했다.

*   *   *

"갔군요."

용노가 멀어지는 십이신무종의 무인들을 보며 말했다. 그의 목소리에 약간의 아쉬움이 묻어났다. 그러자 사곤이 용노를 보며 물었다.

"왜, 지금이라도 쫓아가서 골려주고 싶나?"

"뭐, 그런 마음이 없지 않군요. 감히 무슨 염치로 십이신무종이 빛의 신전을 찾으려 합니까."

용노가 투덜댔다.

"두렵겠지. 빛의 술사는 자신들의 세계를 파괴할 수 있으니까. 하지만 놓아두게. 녹야원의 폐성에서 빛의 역사가 끝났다는 것을 확인하고 십이신무종으로 돌아가는 것이 우리에게는 나쁘지 않으니까."

"그렇다고 더 이상 빛의 술사를 걱정하지 않을까요? 다른 신전도 찾아다니겠지."

용노가 말했다.

"다른 신전을 찾아도 녹야원 폐성에서 본 것과 같은 것을 볼 것입니다. 그 진실한 실체를 찾아낼 수 있는 사람은 빛의 술사뿐이지요."

무한이 말했다.

"다른 신전을 찾을 수 있으시다고요?"

그 사실은 몰랐는지 사곤이 놀란 표정으로 물었다.

"그럼요. 설마 빛의 술사가 제대로 된 신전들을 못 찾겠습니까?"

"그곳에는 뭐가 있습니까?"

이번에는 용노가 물었다.

"도편이 있지요."

"도편이라면… 설마 도자기 조각을 말씀하시는 겁니까?"

"예. 맞습니다."

"아니, 어떤 도자기이기에……."

"글쎄요. 저도 직접 보지 못해서 어떤 모양일지는 모르겠군요. 하지만 그 도자기 조각들에는 굉장한 비밀이 담겨 있지요."

"어떤 비밀인지 알 수 있습니까?"

용노가 호기심 가득한 눈으로 물었다. 그런 용노를 사곤이 질책했다.

"아우님, 그만하시게. 우리가 알아서 안 될 일도 있는 법이야. 술사님을 곤란하게 하지 말게."

"곤란한 건 아닌데, 역시 그 도편에 대해서는 모르시는 것이 좋을 것 같습니다. 사실… 세상에서 사라져야 하는 물건들일지도 모르니까요."

"위험하단 뜻이군요."

용노가 사곤의 경고에도 궁금함을 참지 못했다.

"위험하다기보다는 자연의 섭리를 거스르는 물건이랄까. 아무튼 상관없습니다. 그 도편들이 세상에 나오는 일은 없을 테니까요. 어쨌든 십이신무종이 다른 신전들을 찾을 일은 없을 겁니다. 당연히 다른 소룡 사형들의 여행 역시 별 소득 없이 끝났을 것이고."

무한이 말하는 사형들이란 사자의 섬과 무산열도 북방으로 빛의 술사의 흔적을 찾아 떠난 소룡 일행을 말하는 것이었다.

아마도 그들은 소룡오대가 찾은 녹야원 폐성의 유적보다도 못한 약간의 빛의 유적들만 발견했을 것이다.

"빛의 역사에서 우리가 모르는 것이 많군요."

용노가 씁쓸하게 말했다. 평생 빛의 신전을 지켜온 자신들의 삶에 대한 약간의 회한 같은 것이 느껴지는 말이다.

그 말을 들으니 무한은 괜히 미안한 느낌이 들었다. 무한 자신은 아무런 노력도 없이 빛의 술사가 남긴 모든 것을 얻었기 때문이다.

물론 책임의 무게로 보자면 빛의 술사가 되는 것이 행운인지 불행인지 분간할 수 없었다. 하지만 그럼에도 용노 등 세 명의 문지기가 살아온 삶에 대한 미안함은 지울 수가 없었다.

"빛의 술사에게만 전해지는 업(業)이 있습니다. 은밀하고 조심스러우면서 아주 위험한 것들이지요. 그 위험에 대한 경계심이라고 이해해 주세요. 그 나머지 것들은 모두 공유해 드리죠."

무한이 용노를 보며 말했다.

"아, 뭐 불만이라는 것은 아닙니다."

"그래도 마음이 좀 그렇죠?"

"그야 뭐……."

"그나마 이젠 어느 정도 자유로워지셨으니 이제부터 인생을 즐기시죠?"

무한이 농담을 했다.

"흐흐흐, 그렇지 않아도 그럴 생각입니다. 풍룡의 동굴을 벗어난 것만으로도 벌써 이렇게 새로운 기운이 나니까요."

용노가 웃음을 흘렸다.

"그나저나 풍룡은 어디 있지?"

어느 순간부터 눈에 보이지 않는 풍룡을 이공이 찾았다. 그러자 무한이 손을 들어 달빛 가득한 밤하늘을 가리켰다.

그의 손끝에 작은 점 하나가 걸렸다.

"설마 그 녀석이란 겁니까?"

이공이 놀란 표정으로 물었다.

"사람들 눈에 띄어서 좋을 게 없으니까요."

"후우… 생각했던 것보다 더 특별한 영물이었군요."

이공이 풍룡을 지켰으면서도 풍룡에 대해 너무 몰랐다는 것을 깨닫고는 한숨을 쉬었다.

"사람보다 더 뛰어난 지능을 가지고 있습니다. 세 분이 하는 말도 모두 알아듣지요. 그러니 풍룡 앞에서는 말조심을 해야 합니다."

"알겠습니다. 하긴 그러니 역대의 술사님들과 빛의 역사를 함께했겠지요. 그나저나 이제 만나시렵니까?"

이공이 무한에게 물었다. 그의 시선이 소룡오대 일행에게 가 있었다.

"열화산 기슭에서 보지요."

무한이 대답했다.

"그럼 내일 낮에 만나시겠군요."

"장 씨 아저씨는 돌아가셨나요?"

"장마산 그 친구 아마도 지금까지 술사님을 찾고 있을 겁니다.
열화산 인근에서. 사실 그 친구가 겉으로는 투박해도 정이 깊은
친구라서."

"그럼 그분을 먼저 만나야겠군요."

"아무래도 그게 자연스럽겠지요."

"그는 빛의 술사에 대해서는 모릅니까?"

"그렇습니다. 물론 제가 보통 산장지기가 아니라는 사실은 알
고 있지만."

이공이 고개를 갸웃했다.

"갈륵족은 정말 그가 마지막인가요?"

"제가 아는 한은 그렇습니다. 하지만 그 역시 모르는 일이지
요. 다른 곳에 소수의 갈륵족이 생존해 있을 수 있으니까요."

이공이 대답했다.

"알겠습니다. 그럼 일단 장마산 아저씨를 만나죠."

무한이 말 머리를 돌려 열화산 방향으로 말을 몰기 시작했다.
그러자 세 명의 문지기가 호위하듯 무한의 뒤를 따랐다.

그 모습을 멀리 떨어진 곳에서 소룡오대 일행이 바라보고 있
었다.

*   *   *

"오늘도 못 만나면 돌아가야겠군. 너무 오래 있었어. 참 아까운 청년인데……."

장마산은 청류산에서부터 타고 온 바욱의 등 위에서 태양빛이 번지기 시작한 한열지의 대사막을 바라보며 중얼거렸다.

벌써 보름 가까운 시간이 지나고 있었다. 그는 그동안 열화산에서 무한을 찾고 있었다. 사실 무한을 찾아보겠다는 소룡들과의 약속을 지키는 것치고는 지나치게 오래 열화산에 머물고 있다고 할 수 있었다.

아마도 찾는 대상이 무한이 아니라 다른 사람이었다면 그는 벌써 포기하고 황벽을 지나 청류산으로 떠났을 것이다.

하지만 여행 중에도 이상하게 정이 갔던 무한이었다. 그래서 무뚝뚝한 그도 쉽사리 열화산을 떠나지 못하고 있었다.

그러나 그렇다고 언제까지 이곳에 머물 수는 없었다. 오늘을 마지막으로 그는 대협곡 황벽으로 들어갈 생각이었다.

"황벽까지는 반나절 거리니까 천천히 올라가 보자."

장마산이 바욱의 목덜미를 쓰다듬으며 말했다. 그러자 바욱이 장마산의 말을 알아들은 듯 한 차례 소리를 내고는 북쪽을 향해 걷기 시작했다.

장마산은 그동안 황벽의 서쪽 출구로부터 열화산 남쪽 지역을 살펴보고 있었다.

소룡오대를 안내해 갔던 곳이 사막의 남서쪽이었기 때문이다.

무한이 그날 만났던 강력한 사풍에 휘말려 날아갔다면 황벽 남쪽에 조난을 당했을 가능성이 컸다.

보름의 시간 동안 거의 백여 리에 가까운 지역을 살핀 장마산이었다. 그럼에도 무한을 찾지 못했으니 이제는 정말 청류산으로 돌아가는 수밖에 없었다.

아무리 파나류 서쪽 지방에 익숙한 장마산이라도 이곳에 터를 잡고 살 수는 없었다.

하지만 황벽을 향해 가면서도 그의 시선은 사방을 매처럼 훑어내고 있었다.

갈륵족 특유의 타고난 오감 능력과 고산 청류산에서 태어나 살아온 그는 보통 사람보다 서너 배 뛰어난 시력을 가지고 있었다.

그에게는 사방 십 리 안에 있는 사람을 발견할 능력이 있었다. 그러나 그럼에도 불구하고, 이 위험하고 황량한 땅 어디에서도 사람의 모습을 발견할 수 없었다.

꾸르륵꾸르륵!

바욱이 배가 고픈지 울음소리를 냈다.

그러자 장마산이 황량한 열화산임에도 불구하고 능숙하게 풀이 자란 곳을 찾아 이동했다. 역시 그의 뛰어난 시력 덕분이었다.

풀이 있는 곳에 도착하자 바욱이 장마산을 등에 태운 채 정신없이 풀을 뜯기 시작했다.

장마산이 그런 바욱의 등에서 내려 건량을 꺼내 씹기 시작했다.

그러면서도 여전히 그의 시선은 사방을 훑어내고 있었다. 그러다 문득 그의 모든 행동이 멈췄다.

투툭!

장마산의 입에 들어갔던 건량 일부가 입 밖으로 흘러나왔다. 그러나 장마산은 건량을 다시 입에 넣을 생각도 하지 않고 한 곳을 물끄러미 응시하고 있었다.

그러다가 문득 바욱의 엉덩이를 탁 쳤다.

꾸르륵!

바욱이 갑작스러운 장마산의 행동에 놀라 고개를 들며 굵은 울음소리를 냈다.

"봐라, 봐. 그 친구가 맞지?"

놀라는 바욱에게 장마산이 소리쳤다. 마치 사람에게 하는 말 같았다.

그러자 바욱이 그의 말을 알아들은 것처럼 장마산이 가리키는 곳을 바라봤다.

사막과 열화산의 경계, 거친 산비탈이 끝나고 황량한 모래사막이 시작되는 경계선은 아직 거대한 열화산 그림자가 머물러 있었다.

정오가 가까워지면 그림자가 사라지고 열사의 땅으로 변할 곳이지만 정오까지는 그림자가 사막의 열기를 막아줘 사람이 이동할 수 있는 곳이었다.

그 그늘을 따라 검은 점 하나가 움직이고 있었다.

보통 사람이라면 그 점이 사람인지 동물인지 구분할 수도 없을 거다. 하지만 장마산의 뛰어난 시력은 놀랍게도 사람과 동물을 구분해 낼 뿐 아니라, 그 사람의 정체까지도 알아채고 있었다.

장마산이 생각하기에 검은 점은 사막의 모래바람에 날아간 칸이라는 청년이었다.

"가보자!"

장마산이 바욱의 고삐를 낚아챘다.

꾸루룩!

바욱이 뜯던 풀에 미련이 남는지 고개를 주억거리며 울었다.

"이 녀석아. 지금 배 채우는 게 문제냐? 사람 살리는 게 문제지. 그라면 분명 굶어 죽기 일보 직전일 거야. 얼른 가서 도와야 해. 더군다나 북쪽을 향해 걷고 있지 않느냐. 자칫하면 놓칠 수도 있어. 그러니까 풀은 나중에 뜯어라. 내가 좀 더 좋은 풀밭을 찾아줄 테니."

장마산이 바욱의 목덜미를 쓰다듬으며 달래듯 말하고는 훌쩍 바욱의 등에 올라탔다.

"가자!"

장마산이 바욱의 엉덩이를 손으로 세게 쳤다.

쿠르륵!

바욱이 크게 한 번 울고는 마치 말처럼 빠른 속도로 산비탈을 달려 내려가기 시작했다.

제7장

재회

보지 않아도 느낄 수 있는 것이 있다. 멀리서 달려오는 바욱의 거친 숨소리 같은 것이다. 그리고 그 위에 타고 있는 장마산의 다급한 마음도 느껴진다.

"묘한 무공이야."

무한이 중얼거렸다.

멀리 떨어진 장마산의 상태를 어렴풋이 느끼는 이 오감은 그가 빛의 술사가 된 이후에 얻게 된 능력이었다.

천년밀교의 가르침에 따르면 이 모든 것이 애초에 인간이 가지고 있던 것인데 태어나는 순간부터 스며든 세상의 탁한 기운에 의해 무뎌져 버린 감각들이었다.

밀교의 신공들은 바로 그런 탁한 기운을 제거하는 무공. 그끝에 이르면 인간이 본래 가지고 있던 청정함을 자각하고 신적인 능력을 드러나게 만든다고 가르치고 있었다.

그런 면에서 보자면 종교적인 색채가 가득한 밀교의 무공이다. 물론 밀교 자체가 부처의 가르침에서 시작된 종파이므로 어쩌면 당연한 것이었다.

아무튼 그 가르침이 허황된 것은 아니었다. 단지 며칠 그 가르침을 수행한 것만으로도 무한은 멀리서 달려오는 장마산과 바욱의 상태를 알아챌 수 있었다.

"그나저나 잘 둘러대야 할 텐데."

무한은 다시 한번 자신과 타인을 속여야 하는 순간과 마주하고 있었다.

이미 한 번 경험한 일이다. 육주의 바다에서 묵룡대선에 구조되었을 때, 그는 온전히 자신을 숨겼다. 과거를 기억하지 못하는 사람으로.

그리고 이제 그는 다시 한번 사람들에게 자신을 속여야 한다. 어쩌면 이번이 더 힘들지도 모른다. 그가 만나야 할 사람들이 그와 함께 생활했던 사람들이기 때문이다.

그런 면에서 장마산은 좋은 연습 상대였다.

두두두!

바욱의 거대한 몸집이 땅을 흔들어댔다. 메마른 땅에서 먼지가 일어났다.

무한은 그 먼지를 뚫고 달려오는 바욱과 장마산을 주시하고 있다가 그들이 시야에 들어오자 놀란 표정으로 소리쳤다.

"장 아저씨군요?"

그러자 장마산이 미처 멈추지 않은 바욱의 등에서 날아내려 무한 앞으로 다가서며 소리쳤다.

"역시 어린 전사님이었군. 설마설마했는데!"

평소 무뚝뚝한 장마산의 얼굴에 반가운 기색이 역력했다.

"여긴 어떻게 오신 거예요? 사형들도 함께 오셨나요?"

무한이 급히 물었다.

"아니, 그 사람들은 사막에 있네."

장마산이 말했다.

"사막에요?"

"음, 사풍이 지나간 후 헤어졌네. 길을 잃은 것은 아니고, 자네 동료들은 가지고 있던 지도에 의지해 여행을 계속하기로 했고, 난 그쯤에서 안내를 끝내기로 한 거지."

"그런데 왜 아직 이곳에⋯⋯?"

무한이 물었다. 사풍 이후에 떠났다면 장마산은 벌써 열화산을 벗어나 청류산을 향해 가고 있어야 하기 때문이다.

"어린 무사님 동료들로부터 부탁을 받았지. 돌아가는 길에 열화산 근처에서 칸 무사님을 찾아봐 달라는."

"그래서 보름씩이나⋯⋯."

"마침 오늘 황벽으로 들어가려던 참이었네. 천운으로 칸 무사님을 만난 거지."

장마산이 환한 미소를 지었다. 무한을 만난 것이 무척 기쁜 모양이었다.

"제가 운이 좋네요. 여기서 아저씨를 만나다니."

"그런데 칸 무사님이야말로 어떻게 된 건가?"

"그날 사풍에 말이 날아갔어요. 그래서 말을 잡으려다가 저도 그만 사풍에 휘말려 버린 거죠. 이후에 정신을 잃었다가 눈을 뜨니까 사막 한가운데 있더라고요. 말도 잃고… 그래서 무작정 해 뜨는 방향으로 걷다 보니까 열화산이 나타났어요. 다행히 작은 샘을 찾을 수 있어서 목숨 부지할 수 있었지요."

"다행이군. 그래도 현명했어. 해 뜨는 방향으로 걸었으니."

"그야 뭐 어차피 열화산이 동쪽에 있으니까 당연한 거죠. 정작 힘든 건 열화산에 도착해서였어요. 남북 어느 쪽으로 갈지 갈피가 잡히지 않아서요, 황벽 서쪽 출구로 가야 하는데 제가 황벽 남쪽에 있는지 북쪽에 있는지 확신이 없었거든요."

무한의 말에 장마산이 고개를 끄떡였다.

"그랬었겠군. 어려운 문제지. 해의 방향으로도 가늠할 수 없는 일이니까."

"그래서 사실 조금 오르락내리락 한 면이 있었어요."

"음, 그래서 나와 길이 엇갈린 모양이군. 난 일단 황벽의 출구 쪽으로 간 후 남쪽으로 내려오면서 칸 무사님을 찾았는데. 운이 없었나 봐. 웬만하면 발견했을 텐데."

장마산이 고개를 갸웃하며 중얼거렸다.

순간 무한은 뜨끔한 마음이 들었지만 별일 아니라는 듯 대답했다.

"그야 뭐. 열화산이 이렇게 큰데요. 제가 주위 지형을 살피기 위해 아주 높은 데까지도 올라가고 했으니까 엇갈릴 가능성이 오히려 더 많죠."

"그런가? 그렇기도 하겠군. 아무튼 이제라도 만났으니 다행이

네. 그런데 배는 안 주리셨나? 먹을 것도 없었을 텐데."

"이 산이 아주 불모의 산은 아니더라고요."

무한이 손을 들어 하늘을 찌를 듯 솟아올라 남북으로 길게 이어진 열화산을 가리켰다.

"하긴, 잘 찾아보면 먹을 것들이 좀 있지. 토끼나 산양도 있고… 그래서 맹수도 살아가는 땅이지."

"그래도 건량이 있으면 좀 주세요. 곡식은 통 먹지를 못해서."

"그랬구먼. 기다리게."

장마산이 얼른 바욱의 등에 싣고 있던 짐 속에서 건량 주머니 하나를 꺼내 무한에게 건넸다.

무한이 건량을 받아 들어 한 줌 입에 넣고 씹기 시작했다. 곡식을 볶아 만든 건량의 구수한 냄새가 한순간 입에 가득 찼다.

"좋네요."

무한이 미소를 지으며 장마산을 바라봤다.

"오랜만에 먹어서 그럴 걸세. 본래 맛이 있는 음식은 아니지. 허기나 때우는 음식이지."

장마산이 미소를 지으며 대답했다.

"그런데 이제 어떻게 하실 거죠?"

무한이 건량을 씹으면서 물었다.

"어떻게 하다니 무슨 말인가?"

"청류산으로 돌아가나요? 아니면 사형들을 기다리나요?"

"그야… 칸 무사님 마음이기는 한데, 칸 무사님 사형들이 만나면 청류산 산장까지 데려가 달라고 하긴 했네."

"청류산 산장……."

무한이 중얼거렸다.

"그렇게 하세. 이곳은 사람 지낼 곳이 못 돼. 뭐 황벽 입구에서 버티고 있으면 결국 만나게 되겠지만 굳이 고생할 필요는 없지 않겠나?"

"그래도 하루 이틀 기다려 볼까요?"

무한이 아쉬운 듯 물었다.

"그럼 뭐……."

본래 장마산은 성격이 투박한 사람이라 다른 사람의 말에 쉽사리 동조하는 사람은 아니었다.

그러나 무한의 말에는 순순히 동의했다. 여행을 하면서 무한에게 좋은 인상을 받았기 때문이다.

그렇게 보름 만에 만난 두 사람은 소룡오대를 기다리기 위해 대협곡 황벽의 서쪽 출구를 향해 움직이기 시작했다.

＊　　　　　＊　　　　　＊

거친 싸움이 끝나고 피곤을 이기지 못해 사막 한가운데서 잠깐 눈을 붙였던 소룡오대는 해가 뜨기 전에 다시 출발했다.

남아 있는 두 마리 말에는 짐을 실어서 사람이 타고 이동할 수 없었다. 그래서 일행은 하나같이 발목이 빠지는 모래사막을 걸어서 이동했다.

그나마 동쪽에 위치한 열화산의 신령한 봉우리를 볼 수 있어서 여행이 그리 막막하지는 않았다. 이제 곧 그들은 목적지인 열화산 인근에 도착하게 될 것이다.

그런데 그렇게 목적지에 가까이 가면서도 사람들 마음속에는 한 가닥 경계심이 있었다. 그래서 계속 주변을 살필 수밖에 없었다.

"그들은 여전히 우리를 보고 있을까?"

문득 왕도문이 그들이 지나온 사막을 돌아보며 중얼거렸다.

"어딘가 있겠지."

하연이 심심했는지 왕도문의 말에 대꾸했다.

"황벽으로 들어가기 전에 한 번 더 봤으면 좋겠는데."

"왜?"

"궁금하잖아? 진짜 정체가 뭔지."

"이곳 주인이라잖아."

"그러니까. 어떤 사람들이기에 사막의 주인을 자처하는지 궁금하다고."

왕도문이 말싸움하기 싫다는 듯 짧게 말했다.

"참 궁금한 것도 많다."

하연이 퉁명스럽게 대답했다. 하지만 사실은 그녀도 그들이 누군지 궁금하기는 마찬가지였다.

십이신무종의 사람들과 싸울 때는 정신없이 지나쳤지만 그 시간이 지나고 나자 불쑥 나타나 싸움을 말린 자들의 정체가 새삼스럽게 궁금할 수밖에 없었다.

가장 궁금한 것은 왜 싸움을 말렸을까 하는 것이었다. 그들의 말처럼 정말 자신들의 땅에서 피를 흘리는 것이 싫어서라고 생각하는 것은 순진한 생각이었다.

모두 죽이면 죽었지 자신의 땅에서 피 흘리는 것이 싫다고 싸움을 말려 양쪽 모두에게 살길을 열어주는 일은 특이하다 못해 이치에 맞지 않는 일이었다.

분명히 다른 이유가 있을 거란 생각을 하지 않을 수 없는 상황이었다.

"그들이 누구든 만약 세상에 나오면 큰 반향을 일으킬 것 같아."

사비옥이 말했다.

"하긴 도도한 십이신무종 사람들을 물러나게 했으니까."

하연이 고개를 끄떡였다.

"그나저나 선장님이 어떻게 생각하실지……."

소독이 걱정스러운 표정으로 입을 열었다.

"뭘?"

하연이 되물었다.

"십이신무종과의 관계 말이야. 우리가 당한 일을 아시면 어떻게 하실지 모르겠다."

소독의 걱정에 소룡들이 갑자기 심각해졌다. 불청객이 나타나는 바람에 사람은 죽지 않았지만 어쨌든 십이신무종 사람들과 목숨을 건 싸움을 한 일행이었다.

그건 곧 묵룡대선과 십이신무종 사이에 해결해야 할 은원이 생겼다는 것을 의미한다. 십이신무종과의 대립은 묵룡대선의 존폐가 걸린 문제일 수도 있었다.

당연히 그런 은원의 원인을 만든 소룡들의 마음이 편할 리 없었다.

"너무 걱정하지들 말게. 우리가 일으킨 싸움도 아니고, 그 작자들이 시작한 일이니까. 더군다나 그들이 빛의 술사의 유적을 찾아온 이상 결국 일어날 일이었어. 선장님께서도 이 상황은 충분히 이해하실 걸세."

두굴이 어두워진 분위기를 바꾸려는 듯 말했다.

"그것도 그거지만 다른 걱정도 있지요."

사비옥이 여전히 얼굴이 굳은 채로 말했다.

"또 무슨 걱정?"

하연이 물었다.

"그들이 묵룡대선에 첩자를 심어두고 있다는 거. 우리 소룡들이 빛의 술사를 찾아 움직였다는 사실을 알고 왔잖아."

"후… 그건 좀 심각한 문제네. 어디든 첩자를 심어두는 거야 당연한 일이지만 묵룡대선은 좀 다른데. 거기다가 우리가 움직인 목적을 알고 왔다는 건 그들의 첩자가 묵룡대선의 중심까지 들어와 있다는 거고."

하연이 한숨을 내쉬며 말했다.

그러자 두굴이 또다시 활달한 목소리로 말했다.

"그 또한 너무 걱정 마시게. 전화위복이라고 이제라도 첩자가 있다는 것을 알았으니 돌아가서 대책을 세우면 되는 거지. 몰랐던 것보다는 훨씬 나은 것 아닌가?"

"하여간 두 오라버니는 만사가 편한 사람이에요."

하연이 못 말리겠다는 듯 고개를 저으며 말했다.

그러자 두굴이 말했다.

"걱정이 있으면 있는 대로 받아들이고, 오히려 그 걱정거리에서 찾을 수 있는 좋은 면을 생각하는 거지. 어차피 일어난 일, 그 일로 우울하면 나만 손해지 뭐."

"그런 긍정적인 사고방식은 어디서 배웠어요? 어려서부터 늘 고생만 하시던 분이?"

하연이 되물었다.

"흐흐흐, 그 고생이 준 선물이랄까. 구박받고 살던 어린 시절 어느 날, 갑자기 이런 생각이 들더라고. 정말 빌어먹을 상황에서라도 배울 건 있다. 상황도 빌어먹을 상황인데 배우지도 못하면 나만 손해다. 그리고 배움이 있다면 뭐… 즐거운 일이라고 생각하자."

두굴이 어깨를 으쓱거리며 말했다.

그런데 두굴의 호위무사 바루호가 두굴과 달리 심각한 표정으로 말했다.

"그 빌어먹을 상황이 어쩌면 다시 시작될 수도 있겠습니다."

"그게 무슨 말입니까?"

두굴이 바루호를 보며 물었다.

그러자 바루호가 손을 들어 열화산 방면을 가리켰다.

"누군가가 오고 있습니다."

"……?"

바루호의 말에 두굴이 바루호의 손이 가리키는 곳을 바라봤다.

그러자 정말 아득히 먼 곳에서 사람인지 짐승인지 알 수 없는 물체가 일행을 향해 빠르게 다가오는 것이 보였다.

바루호의 걱정은 기우였다. 소룡오대에게 더 이상 빌어먹을 상황은 일어나지 않았다. 대신 그들이 가장 고대하던 일이 행운처럼 찾아왔다.

"사형들!"

얼굴이 보이기도 전에 무한의 목소리가 메마른 사막을 지나 오대의 소룡들에게 들려왔다.

"이거 뭐냐?"

왕도문이 다른 소룡들을 돌아보며 물었다.

"칸 목소리 같은데?"

이산이 눈빛을 반짝이며 말했다.

평소 무심하고 냉정한 이산이다. 더군다나 검산파의 고수 백검 막사익과 싸우다가 제법 큰 부상을 입어 의기소침했던 그지만, 사풍에 날려간 칸의 목소리가 그에게 생기를 불어넣은 듯 보였다.

"그렇지? 칸이지? 소독! 어떤 것 같아?"

"그 녀석이 맞네."

소독이 씨익 미소를 지었다. 그것만 해도 그가 얼마나 기뻐하는지 알 수 있었다.

"그 옆에서 오는 사람은 장마산 같소."

늘 두굴의 옆에서 그를 지키는 일에만 관심을 두던 바루호도 입을 열었다.

이곳에서 바루호는 최강의 고수, 따라서 시력 역시 다른 사람에 비해 월등했다.

그는 이미 바욱을 끌고 무한 옆에서 걸어오는 장마산을 알아
본 것이다.

"그와 함께 있다면 분명 칸이네! 칸, 정말 너냐?"

하연이 확신이 들자 기다리지 않고 달려 나가면서 소리쳤다.

"같이 가!"

왕도문이 하연의 뒤를 따라 달리면서 소리쳤다.

그러자 다른 소룡들도 일제히 사막을 달리기 시작했다.

"젠장… 왜 부럽지……."

무한을 향해 달려가는 소룡들을 보며 두굴이 중얼거렸다.

"남보다 못한 형제들 틈에서 자라셨기 때문이지요."

바루호가 무뚝뚝한 표정으로 말했다.

"그 말 아버님이 들으면 아무리 아저씨라 해도 무사하지 못할
거예요."

"사실이지 않습니까?"

"그러게. 그 말을 부인할 수 없는 것이 짜증 나네."

두굴이 투덜댔다.

그러자 바루호가 다시 말했다.

"그럼 새로운 형제들을 만드세요. 삼공자님을 진심으로 위해
주는. 지금이 그 기회 아닙니까? 이럴 때는 같이 달려가는 것이
형제입니다."

"내가 무슨… 저들처럼 사형제 간도 아닌데."

"그래도 의형제 아닙니까?"

"그야 내가 그냥 고집을 피워서 장난으로 그리된 것이고."

"지금이 그 장난을 장난이 아닌 진짜로 만들 기회라는 걸 모르십니까?"

바루호의 채근에 두굴이 바루호를 돌아봤다.

"왜 그렇게 채근을 하세요? 이런 일은 없었잖아요? 무슨 일에서든."

"이 일이 그만큼 공자님께 중요하기 때문입니다. 석림도를 떠난 이유는 공자님에게 힘이 되어줄 사람들을 사귀기 위함이었지요. 석림도 내에서는 그런 사람을 찾을 수 없었으니까요. 그런 의미에서 소룡오대는 공자님께 꼭 필요한 사람들입니다. 이미 적지 않게 깊은 관계이기도 하고 말입니다."

"아저씨가 이렇게 현실적인 사람인 줄 몰랐는데……."

"그런 이야기는 나중에 하시고 어서 가세요. 사람이란 당장은 몰라도 시간이 지나면 진심이 통하는 법입니다. 특히 마음으로 맺은 관계는 평생을 가는 것이지요."

"후우… 오늘 참 말이 많군요. 하지만 틀린 말은 아니지요. 사실 칸 동생의 귀환이 내게도 무척 기쁜 일이기도 하고."

두굴이 미소를 짓고는 바람처럼 사막을 달리기 시작했다.

그러자 석와룡이 바루호 옆으로 다가서며 말했다.

"좋은 충고였습니다."

"그렇게 생각하시오?"

"사실 그동안 형님 아우 하고들 있었지만 어느 정도 거리감이 있었던 것도 사실이지요. 나중에 도움을 받으려면 조금 더 친밀해질 필요가 있다고 생각했었습니다."

석와룡이 대답했다.

"공자께 관심을 가지고 있으셨다니 고맙소이다."

"무슨 말씀을! 이미 석림도에서 받은 은혜가 큽니다. 앞으로도 북창이 제대로 자리를 잡으려면 도움이 더 필요한 상황이고⋯⋯."

"북창의 잠재력은 사실 석림도에서도 인정하고 있었소. 그래서 도주께서 망설이지 않고 섬 가름에 새로운 북창을 건설하는 일을 돕기로 하신 것이오. 북창이 건재하던 시기, 석림도와 묵룡대선, 그리고 북창은 무산해협의 안전을 지키는 세 축이었소. 서로가 서로를 돕는 것은 당연한 일이오."

"그런 의미에서 삼공자님의 일이 잘 풀려야 할 텐데요."

석와룡이 무한을 향해 달려가는 두굴을 보며 말했다.

"잘될 것이오. 삼 년간의 외유로 더 단단해지고, 더 강한 힘을 가지게 될 것이니. 그리고⋯ 이건 비밀이지만 도주께서 삼 년 후 돌아가실 삼공자님을 위해 모종의 준비를 해두실 것이오."

"아, 그럼 도주께서는⋯⋯."

"다른 두 분 공자께는 미안한 말이지만, 그 두 분은 석림도를 맡을 그릇이 아니오. 물론 그 이유는 그분들이 아니라 두 분의 어머니들과 외가에 있지만⋯ 그들로 인해 두 분 공자께선 편협한 그릇이 되고 말았소. 석림도는 그런 편협한 마음으로 다스릴 수 있는 곳이 아니오. 생각보다 많은 종족들이 모여 있는 곳이라서⋯⋯."

"그렇군요. 사실 그런 이유 말고도 삼공자는 참 매력적인 사람이지요."

석와룡이 미소를 지으며 말했다.

"후후, 솔직히 말하면 나도 그렇게 생각하오. 그래서 삼공자를 지키는 일이 전혀 힘들거나 부담이 되지 않았소. 오히려 즐거운 일이었지. 그 덕에 이런 이상한 여행도 해보고."

"그렇군요. 본래 특별한 사람들에게는 특별한 일이 생기게 마련이지요."

"그러게 말이오. 저들은 모두 특별해 보이는 청년 무사들이니 곁에 있다 보면 앞으로도 더 재미있는 일들이 생길 것 같소."

바루호가 가볍게 웃음을 흘렸다.

"위험하기도 하지요."

"위험이야 칼 든 전사의 삶에 항상 따라다니는 것이고……."

바루호가 덤덤하게 말했다.

그 모습을 보며 석와룡은 바루호가 생각보다 훨씬 더 크고 강한 전사라는 느낌이 들었다.

"칸!"

가장 먼저 달리기 시작한 하연이 가장 먼저 무한에게 다가섰다.

무한 역시 소룡들이 달려오자 장마산을 뒤에 남겨두고 사막을 달려 나와 소룡들을 반겼다.

"누님!"

"정말 칸, 너구나!"

콱!

하연이 무한을 만나자마자 두 팔을 벌려 힘주어 무한을 부둥켜안으며 소리쳤다.

"컥! 아이고, 누님 숨 막혀 죽겠어요. 이것 좀……!"

무한이 하연을 밀어냈다.

그러자 이번에는 하연이 무한의 머리를 후려쳤다.

쾅!

"이 망할 자식, 조심 좀 하지. 무인이란 놈이 겨우 사풍에 날아가냐?"

"앗! 왜 때려요. 말이 날아가서 그 녀석을 잡으려다 보니 사풍에 휘말렸다고요."

무한이 화를 내며 변명했다.

그때 다른 소룡들이 일제히 무한 앞에 도착했다.

"칸!"

"무사했구나! 칸, 다행이다."

"어디 다친 곳은 없어?"

가장 늦게 무한에게 다가온 소독이 무한의 몸 상태를 물었다.

"예, 사형. 멀쩡해요. 하늘에서 떨어져도 모래 위라 다치지 않더라고요."

무한이 너스레를 떨었다.

"농담을 하는 걸 보니 정말 멀쩡한 모양이구나. 다행이다. 이렇게 다시 볼 수 있어서. 물론 살아 있을 거라 생각은 했지만."

소독이 무한의 어깨를 힘주어 잡으며 말했다.

"어이, 아우님! 하늘 구경은 잘했나?"

그때 뒤를 이어 도착한 두굴이 능청스러운 말투로 소리쳤다.

"삼공자님! 잘 지내셨어요?"

"어허, 또 삼공자래. 형님이라니까."

두굴이 투덜거렸다.

"아, 죄송해요. 형님, 잘 지내셨지요?"

"사막 여행이 뭐 그렇지."

두굴이 어깨를 으쓱하며 대답했다.

그러자 무한이 소독을 보며 물었다.

"그런데 유적은 찾으셨어요?"

"음, 찾기는 했는데……."

소독이 말꼬리를 흐렸다.

"기대와 달라요?"

"특별한 것이 없더라고. 아무튼 그 이야기는 나중에 하고 일단 열화산 기슭으로 가자. 황량해도 그곳에는 우리가 쉴 만한 곳은 있을 테니까."

소독이 다른 소룡들을 보며 말했다.

그러자 무한이 이제는 거의 일행 곁에 이른 장마산을 가리키며 말했다.

"장 아저씨라면 적당한 곳을 찾을 수 있을 겁니다."

"음, 그래. 그런데 그와는 얼마나 같이 있었어?"

"오늘 아침에 만났어요."

"오늘 아침? 그럼 그가 널 찾기 위해 지금껏 이곳에 있었다는 거냐?"

"그러셨다고 하더라고요. 마침 오늘 돌아가려던 참이셨대요."

"…그렇게 보지 않았는데, 사람이 정이 있네."

소독이 중얼거렸다.

그사이에 장마산이 일행 앞에 도착했다.

"무사님들, 다시 보는구려. 여행은 잘들 다녀오셨소?"

장마산이 소룡들에게 인사를 건넸다.

"사제에게 이야기 들었습니다. 지금껏 사제를 찾으셨다고요. 고맙습니다."

소독이 정중하게 고개를 숙이며 말했다. 헤어질 때는 길잡이 였지만, 지금은 단순히 길잡이로만으로 대할 수 없는 장마산이다.

"고마워하실 것 없소. 내가 아니더라도 여기 어린 무사께서는 충분히 살아남았을 테니까."

"그래도 그 마음에 감사드릴 수밖에 없군요."

소독이 다시 한번 고개를 숙여 보였다.

그러자 무한이 장마산에게 물었다.

"아저씨, 우리 사형제들이 쉴 만한 곳이 있을까요? 열화산 기슭에."

"적당한 곳이 있네."

"그럼 그리로 안내 좀 해주세요. 사형들은 오랜 사막 여행으로 지쳤으니 좀 쉬어야 할 것 같군요."

무한의 말에 장마산이 고개를 끄떡였다.

"알겠네. 그럼 일단 이동을 하지."

대답을 한 장마산이 바욱을 끌고 열화산을 향해 온 길을 다시 되짚어가기 시작했다.

"가요. 사형들!"

무한이 소룡들을 보며 말하고는 자신이 앞서서 장마산을 따라 걷기 시작했다.

"뭔가 조금 변한 것 같지 않아?"

어느새 장마산 바로 뒤까지 따라붙은 무한을 보며 하연이 소독에게 물었다.

"뭐가?"

"글쎄… 뭐라고 딱 꼬집어 말할 수는 없는데……."

하연이 고개를 갸웃했다.

그러자 사비옥이 입을 열었다.

"행동이 변했어."

"행동?"

하연이 반문했다.

"음, 예전에는 앞에 나서는 일이 거의 없었지. 그런데 방금 전에 칸은 먼저 쉬어 가자고 했고, 장씨 아저씨에게 쉴 곳을 찾아달라는 부탁을 했지. 지금은 앞서서 길을 가고 있고. 헤어지기전에 칸은 이러지 않았지. 항상 조금 뒤로 물러나 있었으니까."

"그렇긴 한데… 정말 그 변화 때문인가?"

하연이 고개를 갸웃했다.

"왜, 그거 말고 다른 게 있어?"

사비옥이 물었다.

"글쎄… 뭐랄까. 아까 한 번 안아봤는데 애가 좀 커진 것 같기도 하고. 몸이나 기운이 예전보다 한결 무거워진 것 같아."

"그래?"

사비옥이 하연의 말을 듣고 고개를 돌려 앞서가는 무한을 자세히 살펴보았다. 그러다가 문득 입을 열었다.

"그러네. 정말 키가 큰 것 같은데?"

"저 나이 때는 하루가 다르게 자라는 법이다."

듣고 있던 왕도문이 어른스럽게 말했다.

"말이 되는 소리를 해라. 칸과 헤어져 있던 시간이 겨우 보름 정도야. 그 안에 무슨……."

하연이 퉁명스럽게 말했다.

"보름이 짧냐? 크려면 한 뼘도 더 크지. 저 나이 때는."

왕도문은 자신의 주장을 굽히지 않았다.

"그래그래, 각자 자기 좋을 대로 생각하기로 하자. 칸! 같이 가!"

하연이 더 이상 논쟁을 하기 싫다는 듯 무한을 부르며 앞으로 달려 나갔다.

"정말 변한 것 같죠?"

두굴이 바루호에게 물었다.

그 역시 뒤쪽에서 소룡들의 이야기를 듣고 있었다. 그리고 칸에게 어떤 변화가 있다면 그 변화를 가장 정확하게 알아볼 수 있는 사람이 바루호였다. 그가 일행 중 가장 고수기 때문이다.

두굴의 물음에 바루호가 잠시 생각에 잠겼다가 입을 열었다.

"강해졌군요. 무인으로서. 그건 곧 뭔가 특별한 계기가 있었다는 뜻이겠지요."

*　　　　*　　　　*

장마산을 처음 만나 그에게 길 안내를 부탁했던 시간으로 다시 돌아온 것 같았다.

장마산은 황량한 열화산 기슭에서 능숙하게 작은 초지를 찾아냈다. 키가 크지는 않지만 나무도 몇 그루 있어서 작렬하는 태양을 피할 수도 있었다.

그 모든 것은 초지 위쪽 거대한 절벽 사이에서 흘러나오는 샘물에서 비롯된 것이었다.

물은 자신이 만든 초지를 지나 일백여 장을 더 흘러내려 간 후 흔적도 없이 사라졌다.

땅속으로 스며든 것일 수도 있고, 한낮 극양의 열기를 뿜어내는 대사막 한열지에서 불어오는 열풍에 말라 버린 것일 수도 있었다.

하지만 어쨌든 그 짧은 흐름이 여행자가 쉴 수 있는 작은 초지를 기적처럼 만들어냈다.

"커! 시원하다. 대체 얼마 만에 마셔보는 신선한 물이야. 폐성을 떠난 이후로는 처음이니까. 오륙 일 되었지?"

왕도문이 옷에 흘러내린 물을 닦으며 물었다.

"사막을 여행하다 보니 날짜 가는 것도 모르겠다. 며칠이 되었는지……."

이산이 왕도문 옆에서 샘물을 마시며 중얼거렸다. 시원하다 못해 속이 시린 샘물은 이런 여행에서 음식보다 귀한 것이었다.

"아무튼 다행이다. 별 성과 없는 여행이었지만, 빛의 술사의 유적도 확인했고, 한열지를 벗어났으니 길이 멀긴 하지만 돌아가는 일도 수월할 것이고. 이제야말로 제대로 된 여행을 즐길 수 있겠어."

소독이 긴장이 풀어진 얼굴로 풀밭에 앉아 하늘을 보며 말했다.

"거기에 칸까지 무사히 돌아왔으니까. 만약 이놈이 돌아오지 않았다면… 어휴, 생각만 해도 끔찍하다."

왕도문이 칸의 목에 팔로 둘러 끌어안으며 말했다.

"칵! 아, 왜들 이래요. 겨우 돌아왔는데. 목 졸라 죽이려고들 하네. 하연 누님도 그러더니."

칸이 왕도문의 팔을 풀어내며 소리쳤다.

"야야, 이게 다 반가워서 그런 것 아니냐. 이 귀여운 녀석!"

왕도문이 이번에는 손으로 칸의 머리를 쓰다듬었다.

"사형, 이제 그만하시죠. 저도 이제 귀엽다는 소리 들을 나이는 지났다고요."

"어요, 그러서? 그렇구나. 이 사형이 아주 큰 실수를 했구나. 다시는 이런 장난치지 않겠습니다. 전사 나리… 크크크!"

왕도문이 마음껏 칸을 놀리며 키득거렸다.

그런데 그때 문득 사비옥이 정색을 하며 무한에게 물었다.

"칸, 그런데 우리와 헤어져 있는 동안 네게 무슨 일이라도 있었던 거냐?"

"그게 무슨 말씀이세요?"

"네가 좀 변한 것 같아서. 다들 그렇게 느끼고 있어."

"어떻게 변한 것 같은데요?"

무한이 되물었다.

"음, 뭐랄까. 네 말대로 어른스러워진 것도 있고, 그것보다는 키나 체격이 확실히 커진 것 같아. 이 변화는 며칠 사이에 일어나기 힘든 것인데. 봐봐. 예전에는 네 키가 나보다 작았는데 지금은 비슷하잖아?"

사비옥이 손으로 자신의 눈과 무한의 눈높이를 맞추며 말했다.

그러자 무한이 고개를 갸웃하면서 대답했다.

"그런가요? 난 잘 모르겠는데. 특별한 일은 없었어요. 사풍을 타고 날아가는 특별한 경험을 빼고는. 그런데 정말 키가 컸다면… 하! 이젠 제가 하연 누님보다 크겠군요?"

무한이 슬며시 말꼬리를 하연에게로 돌렸다. 자연스럽기는 하지만 사실은 일부러 화제를 돌린 것이다. 빛의 술사가 되는 과정에서 그의 몸이 변했다는 것은 그 자신이 더 잘 알고 있었다.

그런데 빛의 술사가 된 사실을 말하지 않고 몸이 변한 것을 설명하는 일이 쉽지 않았다. 그래서 아예 화제를 돌리는 편이 좋겠다고 생각한 무한이었다.

"그래그래. 키는 확실히 컸는데 정신은 모르겠다. 본래 정신적으로 덜 자란 놈들이 키 자랑을 하거든."

하연이 관심 없다는 듯 말했다.

그러자 칸과 사비옥이 어깨를 으쓱하며 미소를 짓고는 입을 닫았다.

그러자 그동안 침묵하던 장마산이 입을 열었다.

"얼마나 쉬시겠소?"

장마산의 물음에 소독이 바로 대답했다.

"오래 머물 건 아닙니다. 오늘 하루만 쉬고 내일 바로 길을 떠나지요. 장 아저씨도 빨리 청류산으로 돌아가고 싶으시지요?"

"나야 뭐… 아이들이 보고 싶으니까……."

장마산이 말꼬리를 흐렸다. 사실 장마산은 소독의 질문보다 소독의 말투가 어색했다.

다시 만나기 전까지 철저하게 계약된 길잡이로 대했던 소룡들이 그가 칸을 데리고 나타난 순간부터는 모두 아저씨라고 부르면서 친근감을 드러냈기 때문이다.

물론 그게 싫지는 않았지만 어색한 것도 사실이었다.

"아이들이 모두 몇이에요?"

하연이 장마산에게 물었다.

"아들놈 둘, 딸 하나요."

"나이는요?"

"아들놈들은 열일곱, 열여섯 연년생, 딸아이는 열네 살이오."

"특히 따님이 보고 싶으시겠어요?"

"그야 뭐……."

장마산이 다시 말꼬리를 흐렸다. 역시 어색한 대화다.

그러자 소독이 말했다.

"일단 이곳을 떠나면 쉬지 말고 청류산까지 가죠. 그리고 그곳 소요산장에서 삼사 일 쉬어가는 것으로 하지요. 어떻습니까?"

소독이 석와룡에게 물었다.

"아는 길이고, 돌아가는 길이니 무리는 아닐 걸세."

석와룡도 동조했다.

"두굴 형님은요?"

소독이 이번에는 두굴에게 물었다.

"난 좋아. 소요산장에 가면 술이 있으니까. 하루빨리 가고 싶은 마음뿐이야."

"또 술, 그러다가 정말 젊어서 죽는 수가 있어요."

하연이 소독을 흘겨보며 말했다.

"모르는 소리 마. 어떤 사람에게는 술이 약이라고."

"약 같은 소리하고 계시네. 바루호 님! 두굴 오라버니 감시 좀 잘하셔야겠어요."

"물론, 앞으로 좀 더 철저히 감시할 생각이네."

바루호도 오랜만에 미소를 지으며 대답했다.

"제길, 혹 떼려다 서너 개 더 붙이게 생겼네. 입을 닫고 살아야지."

두굴이 투덜거리며 정말 입을 닫았다.

그러자 이번에는 침묵이 익숙한 이산이 오랜만에 입을 열었다.

"사형들은 모두 무사히 돌아왔을까?"

사자의 섬과 무산열도 북쪽으로 여행을 떠난 소룡들이 궁금한 모양이었다.

"그야 뭐, 사형들이 모두 뛰어난 무공을 가지고 있으니까 우리보다 사정이 낫지 않을까?"

하연이 되물었다.

"그렇긴 하지만 조금 걱정이 되네. 특히 사자의 섬으로 간 사형들은……."

이산이 말꼬리를 흐렸다.

"신마성 때문에?"

다시 하연이 물었다.

"음… 아무래도 신마성의 마수가 사자의 섬까지는 뻗어 있을 것 같아. 육주의 원정대를 상대하려면 당연히 사자의 섬까지 전사들을 보냈을 거야. 그곳이 원정대의 중간 기착지가 될 테니까."

"그래도 큰일이야 있겠어? 직접 그 싸움에 끼어들지만 않으면."

"……."

하연의 말에 이산이 말없이 고개를 끄떡였다. 그러면서도 표정에서는 걱정이 사라지지 않았다.

"자자, 잘 준비들 하자. 아직 해가 남아 있지만 미리 준비해 두면 좀 더 편하게 잘 수 있을 거야."

소독이 손뼉을 치며 외쳤다. 그러자 소룡들이 누웠던 몸을 일으켜 잘 준비를 하기 시작했다.

소룡오대는 오랜만에 긴 잠을 잤다. 모래 위에서 자는 것과 신선한 공기가 묻어나는 풀밭에서 자는 잠은 그 깊이부터가 달랐다.

그래서 일행 중 오직 한 명, 두굴을 지키는 바루호를 제외한 모든 사람이 이른 잠에 빠져들었다. 그들의 깊은 잠은 다음 날 태양이 뜰 때까지 이어졌다.

그리고 태양이 뜨자 일행은 서둘러 하룻밤의 숙영지를 정리

하고 다시 대협곡 황벽을 향해 걷기 시작했다.

＊　　　　＊　　　　＊

"정말 이대로 보내 드려야 하는 건지 모르겠군."

빛의 신전을 지키던 사곤이 조금 우울한 표정으로 말했다.

그의 곁에는 소요산장의 주인 이공과 풍룡의 동굴을 지키던 용노가 서 있었다.

세 문지기들 역시 열화산 기슭에서 밤을 보내고 아침 일찍 일어나 대협곡 황벽으로 들어가는 무한 일행을 보고 있었다.

"당분간은 어쩔 수 없는 일 아닙니까?"

이공이 되물었다.

"그냥… 실종된 것으로 하고 우리와 함께 있으셔도 될 텐데. 그게 더 안전하고 확실한 방법 아니겠나? 묵룡대선에 있다 보면 어쩔 수 없이 세상의 분란에 휘말리게 될 텐데. 위험할 수도 있고."

사곤이 여전히 아쉬운 표정으로 말했다.

"대형의 말씀대로 하는 것이 가장 좋은 선택이었을 겁니다. 하지만 술사께서 포기하지 못하는 삶이 있으니 어쩔 수 없는 일이지요. 애초에… 과거의 삶을 포기하겠다는 약속을 받은 것도 아니고."

"그렇긴 하지. 우리야 뭐… 예전이나 지금이나 주인은 아니니까."

"그래도 난 새로운 술사님이 좋습디다."

용노가 말했다.

"그야 자네는 그분 곁에 가까이 있을 테니까 그렇지."

"아니, 그런 이유가 아니라 새로운 술사님의 성격이 마음에 든다는 겁니다. 뭐랄까. 인간적이랄까요. 사실 과거 빛의 술사님들에 대한 이야기를 전해 들을 때는 인간적이라기보다는 보통의 사람과는 다른 존재들이란 느낌이 들어서 거리감이 있었거든요."

용노가 자신의 감정을 자세히 설명했다.

"그럴 수도 있지. 그런데 인간적이어도 너무 인간적이라서 문제란 말이야. 묵룡대선에서의 생활은 포기하셔도 좋은데……."

여전히 사곤은 미련이 남는 모양이었다.

"아무튼 기왕에 이렇게 된 것, 각자 할 일을 해야겠지요."

이공이 말했다.

"그래도 자네 두 사람은 좋겠군. 이제 곧 이곳을 떠날 수 있으니."

이제는 홀로 서역 빛의 신전을 지켜야 하는 사곤이 부러운 표정으로 말했다.

"때가 되어 술사께서 세상에 나서시게 되면 대형께서 곁에 계시게 될 겁니다."

이공이 말했다.

"그게 언제일까?"

"글쎄요… 빛의 술사로서의 온전한 힘을 갖는 것이 그리 쉬운 일은 아니겠지요."

이공이 말꼬리를 흐렸다.

그러자 용노가 고개를 저으며 말했다.

"내 생각에는 그리 오래 걸리지 않을 것 같아. 본래 빛의 술사의 능력이라는 것이 우리가 아는 무공 수련과는 전혀 다른 차원에서 만들어지는 것이니까. 술사께서는 빛의 정원에서 특별한 천년밀교의 비법으로 그 능력을 전수받으셨고, 이미 그 능력들을 일부 사용하시는 것 같았네. 그걸 보면 술사님의 능력은 우리가 예상하는 것보다 훨씬 빨리 완성될 수도 있네."

"그렇게 보셨습니까?"

이공이 되물었다.

그러자 이번에는 사곤이 말했다.

"나도 용노 아우와 같은 생각이네. 그래서 여기 머무는 것이 조금 서운하기는 해도 아주 실망스럽지는 않네. 그 시간이 생각보다 짧을 거라 여겨져서."

"그렇다면 다행이지요."

이공이 고개를 끄떡였다.

"자, 그럼 이제 우리도 여기서 헤어지세. 모두 맡은 일들 잘하고. 특히 용노 아우는 술사님을 잘 지키시게."

"걱정 마십시오. 걱정은 저놈이지요. 워낙 장난이 심하니……."

용노가 손을 들어 먼 하늘, 한 마리 새처럼 하늘을 날고 있는 풍룡을 가리켰다.

제8장

검은 구름

　전사들이 구축한 진영은 포구 외곽으로 뻗어나가 작은 구릉을 넘어, 바다를 한눈에 조망할 수 있는 작은 산 중턱까지 이어져 있었다.

　천막들의 모양과 형태는 각양각색이었다. 아무런 장식이 없는 천막도 있었고, 천막 주인들의 출신을 드러내는 문양이 새겨진 고급스러운 천막도 있었다.

　하지만 어김없이 등장하는 것은 천섬, 육주의 문양을 새긴 깃발이었다.

　이왕사후가 육주의 거의 모든 성주들을 동원해 구성한 대원정대의 본진이 어느새 육주가 아닌 파나류 동부 해안가, 금하강 하구에 세워져 있었던 것이다.

　동원된 전사들의 숫자만 도합 일만, 그중 금하강 상류의 량산을 정복한 선봉을 제외하더라도 족히 칠팔천에 이르는 전사들이 금하강 하구 포구에 집결해 있었다.

그뿐이 아니었다.

포구를 중심으로 형성된 숙영지를 볼품없게 만들 광경이 바다 위에 펼쳐져 있었다. 그곳에는 육주의 전사들을 파나류로 실어 나른 일백 척이 넘는 전선들이 떠 있었다.

바다를 그득 메운 전선들의 위용은 보는 사람을 질리게 만들 정도로 장대했다.

그리고 오늘, 금하강 하구에 모인 육주의 전사들이 포구 인근으로 모여들고 있었다. 전선에 타고 있는 전사들 역시 선실이 아닌 갑판으로 몰려 나와 먼 바다를 바라보고 있었다.

그들의 기다림은 거의 반나절 동안 계속되었는데, 누구도 지루하다고 막사로 들어가는 사람이 없었다.

그렇게 이어진 반나절의 기다림 끝에 바다 먼 곳, 수평선 위에 드디어 황금빛 육주 깃발이 모습을 드러냈다.

"온다!"

포구에 나와 있던 전사 중 누군가가 외쳤다. 그러자 오랜 기다림을 감내한 전사들의 눈이 수평선으로 향했다.

둥둥둥!

뿌우우!

백 리 이상 퍼져 나갈 것 같은 북소리와, 역시 그 못지않게 긴 파장을 만들어내는 뿔나팔 소리가 막막한 바다에 울려 퍼졌다.

그리고 그 소리를 따라 십여 척의 배가 파도를 가르며 아스라이 보이는 육지를 향해 전진했다.

크고 화려한 돛은 풍부한 바람을 안아 터질 듯이 부풀어 있었고, 그 바람의 힘으로 배들은 미끄러지듯 전진하고 있었다.

계속해서 이어지는 북소리와 뿔나팔 소리는 배에 탄 전사들의 가슴을 뛰게 만들었다. 그중에서도 세상에서 가장 고귀한 자들의 심장은 다른 때와 달리 강하게 요동치고 있었다.

그들은 육지가 보이기 시작하자 자신들을 태우고 거대한 대양을 건넌 배를 떠나 선단의 가장 앞쪽에서 파도를 가르고 있는 전선으로 건너왔다.

이왕사후(二王四侯)의 눈에 탐욕의 불길이 솟구치고 있었다. 그들 앞에 놓인 거대한 대륙 파나류는 그들에게 애중의 땅이었다.

그곳에서 그들은 실패와 성공을 동시에 경험했다. 그리고 결국, 그들에게 불완전한 명예를 준 땅이었다.

흑라의 시대, 그 참혹한 시대를 견뎌낸 이왕사후는 육주의 지배자가 되었지만, 육주를 얻었으되 명예는 얻지 못한 전쟁이었다.

흑라의 시대를 관통하면서 세상 사람들의 추앙을 받는 영웅이 여럿 탄생했지만, 그중 이왕사후의 이름은 없었다.

철사자 무곤, 독안룡 탑살… 그리고 철사자와 함께 흑라를 급습해 죽인 십이영웅들. 북쪽 작은 섬의 은갑전사단 등등, 그들이 그 전쟁의 모든 영광을 가져갔다.

반면 이왕사후가 그 전쟁을 통해 얻은 것은 명예가 없는 권력이라는 전리품이었다.

물론 그 전리품이 육주라는 비옥하고 거대한, 세상에서 가장 문명화된 세계의 주인 자리라는 것은 만족할 만했다. 그러나 사람의 욕심은 끝이 없어서 이왕사후는 아름다운 육주의 지배자라는 전리품만으로는 만족스럽지 않았다.

그들은 혹라와 함께 죽은 십이영웅의 명예를, 세상의 권력을 탐하지 않고 고고하게 배 한 척 가지고 천하를 여행하는 독안룡 탑살의 명성을 욕심내고 있었다.

그래서 그들에게 이번 원정은 너무도 간절히 원하던 일이었다.

이 원정에서 그들이 새로운 파나류의 지배자, 신마성을 정복할 수 있다면 그들은 드디어 십이영웅과 독안룡 탑살이 가지고 있던 명예까지 얻게 될 것이기 때문이었다.

"아름다운 땅이구려. 예전에는 그렇게 느끼지 못했는데… 기분 탓인가?"

오랜 항해 끝에 모습을 드러낸 파나류 중동부의 금하강 하류를 보며 백련성의 성주 화검유가 말했다. 평소의 그답지 않게 은은한 떨림이 느껴지는 목소리다.

"우리에겐… 오명을 씻어줄 땅이니 그렇게 보이는 것이겠지요."

화림성의 성주 전광이 말했다.

"오명… 그렇구려. 씻어내려 해도 씻어지지 않는. 그리고 세상 사람들이 보이지 않는 곳에서 수군거리는 그 오명……."

화검유가 한순간 우울한 표정이 되었다.

"이번 원정이 끝나면 더 이상 그런 말을 하는 자들이 없을 것이오."

남화성의 적인황이 말했다.

사후조차도 내려다본다는 이왕의 한 사람이다. 그래서인지 그 말투에서 거만함이 느껴졌다.

"조금… 면밀한 계획이 필요할 것이오."

해신성의 성주 궁마천이 말했다.

"계획? 이미 선봉대가 그들을 금하강에서 쫓아냈는데도 위험하다고 보시는 것이오?"

화검유가 궁마천에게 물었다.

"물론 이 원정이 실패할 리는 없소. 다만……."

궁마천이 말꼬리를 흐렸다.

"말씀해 보시구려. 해신성주께서 걱정하는 것이 무엇인지?"

"두 가지 걱정이 있소. 하나는 그들이 금하강을 너무 순순히 내주었다는 것, 처음 포구에 상륙한 일차 원정대를 그들의 기마대가 기습한 이후, 일차 원정대는 단 한 번의 패배도 없이 상류 거점 량산까지 진격했소. 그런데 그 와중에 손실된 전사의 숫자가 생각보다 많소. 반면 죽인 적의 숫자는 그리 많지 않고… 어쩌면."

궁마천이 다시 말꼬리를 흐렸다.

"그들이 일부러 금하강을 내주고 우리를 끌어들였을 수도 있다고 보시는 것이구려."

화검유가 궁마천의 마음을 알아채고 말했다.

"그렇소. 그것이 우리를 파나류 깊이 끌어들이기 위한 계책이라면 생각지 않은 위험에 봉착할 수 있소."

"…조심해서 나쁠 것은 없지요. 그 가능성은 염두에 둡시다. 그런데 두 번째 걱정은 무엇이오?"

화검유가 물었다.

그러자 궁마천이 망설이지 않고 대답했다.

"두 번째 걱정은 첫 번째 걱정과 반대의 경우요. 정말 그들의 전력이 금하강을 맥없이 내줄 만큼 약한 경우. 그렇다면 이 원정의 위대함도 사라지지 않겠소?"

"음……."

"하긴……."

이왕사후가 저마다 고개를 끄떡였다.

신마성 원정을 통해 흑라의 시대에는 얻지 못했던 고귀한 명예를 얻으려 하는 그들이었다. 그런데 신마성의 힘이 강하지 않다면 이 원정은 절대 위대해질 수 없었다.

그런 의미에서 금하강에서 단 한 번도 패하지 않은 북천성의 대전사 고타이가 이끄는 일차 원정대의 성과는 오히려 그들의 계획에 장애가 될 수도 있었다.

만약 이 원정이 싱겁게 끝난다면 이 원정의 명예는 고타이 등 일차 원정대를 이끌고 금하강에 상륙했던 전사들의 몫이 될 것이다.

그건 이왕사후에게는 이 원정에서 패하는 것만큼이나 두려운 결과였다.

"그래서 많은 계획이 필요할지도 모른다는 말씀을 드린 것이오."

궁마천이 이왕사후에게 말했다.

"어쩌면 고타이 대전사를 후군으로 돌려야 할지도 모르겠소."

남화성의 적인황이 북천성의 천무확을 보며 말했다. 그의 동의가 필요한 일이기 때문이다.

"필요하다면 그렇게 합시다."

천무확은 고민도 하지 않았다. 노련한 그는 지금 그들에게 가장 필요한 것이 무엇인지를 정확하게 알고 있었다.

그때 육지 방향에서 큰 북소리가 들려왔다.

둥둥둥둥!

이왕사후가 북소리가 들리는 곳으로 시선을 돌렸다. 그러자 포구로 가는 길을 막고 있던 수백 척 육주의 전선들이 좌우로 물러나며 물길을 여는 것이 보였다.

이왕사후가 자신들의 고민을 잊어버릴 정도의 장관이다. 흑라의 시대에도 이런 대장관을 본 적이 없었다.

"좋구려."

화검유가 감탄한 표정으로 말했다.

"다시없을 원정으로 기록될 것이오."

적인황이 대꾸했다.

"아주 확실하게 이 원정을 역사상 최고의 전쟁으로 만들어봅시다. 이후 파나류에도 우리들의 성이 세워질 수 있도록 말이오."

화림성의 성주 전광이 전의를 불태우며 말했다.

"좋은 기회요. 우리의 시대에 이런 기회가 다시 올 줄은 몰랐는데."

침착한 궁마천도 조금 흥분한 표정으로 말했다.

그 순간 북천성의 왕 천무확이 배의 선장에게 명을 내렸다.

"전속력으로 질주해 항구로 간다!"

"예, 성주!"

선장이 대답을 하고는 몸을 돌려 선부들을 향해 소리쳤다.

"전속력으로!"

*   *   *

파나류 동부를 흐르는 금하강의 원류는 두 곳이다. 좀 더 서쪽의 소악산과, 그 동쪽에 마주 서 있는 삼선산이다.

그 두 개의 산에서 흘러나온 물줄기가 금하강 상류에서 만나 길고 긴 강줄기를 이뤄 하류로 내려간다.

그렇게 금하강을 잉태한 두 산 사이에는 거칠고 깊은 바위 협곡들로 이뤄진 다섯 개의 긴 회랑이 있었다.

그 생김새에 따라 다섯 마리의 용의 계곡이라 불리는 이 회랑은 파나류의 척박한 환경을 고려할 때 그나마 여행하기 좋은 환경을 가지고 있었다.

회랑들 아래쪽은 깊은 깊이에도 불구하고 초지가 형성되어 있어서 파나류 중동부에서 북동부로 이동하는 여행자들에게는 가장 빠르고 쉬운 길이었다.

하지만 그럼에도 불구하고 그 회랑들을 이용하는 여행객은 드물었다.

이유는 간단했다. 길이 편한 대신 외길이라 마적이라도 만나면 꼼짝없이 가진 것을 모두 내놓아야 하기 때문이었다.

그래서 이 회랑을 이용하는 여행객이라면 그들은 충분한 무력을 지녔다는 것을 의미한다.

대상들이나 혹은 파나류 내에서 활동하는 무사들이 그런 사람들이었다.

그런데 최근 들어 이 다섯 개의 회랑에서 활동하던 마적들이 사라졌다. 수십 개에 달하던 크고 작은 마적 집단들은 삼선산 혹은 소악산 상층부 깊고 어두운 숲으로 숨어들었거나, 혹은 아예 이 땅을 떠났다.

그들이 오랜 세월 활동한 터전을 떠난 이유는 간단했다. 자신들보다 더 강한 집단이 나타나 이 다섯 개의 회랑을 점령했기 때문이다.

어느 날 갑자기 세상에 나타나 짧은 시간에 파나류 동부를 장악한 신마성. 들리는 소문에 의하면 과거 흑라의 전사들에 필적한다는 신마성의 힘을 마적 따위가 감히 감당할 수는 없었다.

그런데 그 오룡의 회랑에 급조된 성벽들이 세워지기 시작했다. 금하강을 다시 이왕사후의 원정대에 빼앗긴 신마성이 소악산 동쪽의 폐성을 재건해 세운 신마제이성을 지키기 위해, 이왕사후의 원정대가 반드시 통과해야 하는 오룡의 회랑에 방어막을 세우기 시작했던 것이다.

두두두!

다섯 필의 말이 투박하지만 단단하게 만들어진 성벽 앞쪽으로 달려왔다. 그러자 성벽을 지키던 전사들이 검을 빼 들고 달려오는 사람과 말을 막아섰다.

"서라!"

위압적이고 거친 말투, 자신들의 말에 따르지 않을 경우 더 이상 묻지 않고 검을 휘두를 준비가 된 자들의 사나움이 느껴지는 말투다.

그러자 다섯 필의 말이 걸음을 멈췄다.

"어디서 오는 자들이냐? 이곳은 대신마성의 영지! 출신과 이름을 말하라!"

오룡의 회랑을 지키는 신마성의 전사가 서슬 퍼런 목소리로 물었다.

그러자 말 위에 타고 있던 사람들 중 한 명이 목까지 둘둘 말아 얼굴을 반쯤 가렸던 천을 풀어냈다.

감췄던 얼굴을 드러낸 사람은 여인이었다. 그런데 그 여인이 신마성 전사를 당황시켰다.

얼굴을 드러냈으면 말을 해야 하는데 여인이 아무런 말도 하지 않고 높게 쌓아 올린 성벽을 바라보고만 있었기 때문이다.

"정체가 뭐냐니까?"

신마성의 무인이 신경질적으로 물었다.

순간 갑자기 성벽 위에서 한 사내가 계단을 놓아두고 급하게 몸을 날려 성벽 아래로 뛰어내렸다.

쿵!

단숨에 성벽을 뛰어내린 사내의 몸이 묵직한 소리를 냈다. 그리고 사내가 그대로 무릎을 꿇은 채 소리쳤다.

"신마후께 인사드립니다. 강소라고 합니다. 소악산 동쪽의 폐성을 재건해 세운 신마제이성을 책임지고 있습니다!"

오룡의 회랑 제일관문을 지키던 신마성의 전사들이 모두 달려 나와 말을 타고 온 여인 앞에 무릎을 꿇었다.

신마후 룬, 여인의 몸으로 파나류의 새로운 지배자를 자처하는 신마성의 일곱 신마후 중 한 명의 지위를 가진 전사다.

차가운 심성과 날카로운 비도술을 자랑하는 신마후 룬은 신마성주 전마 치우의 머리로도 불린다. 사람의 마음을 읽는 심안과 타고난 지혜를 가졌다고 알려진 여인이 바로 그녀였다.

신마성주가 금하강에 상륙한 육주 원정대의 선봉을 상대하는 일을 맡길 만큼 신뢰가 두터운 전사이기도 했다.

"갈단 님은?"

신마후 룬이 자신을 강소라고 밝힌 신마성의 전사에게 물었다.

"삼문(三門)에 계십니다."

전사 강소가 대답했다.

"이곳의 병력은?"

"모두 일백오십입니다."

"적의 공격이 가까워졌다. 전방 오십 리까지 척후를 보내라. 적이 등장하면 철저히 방어에 치중하며 명을 기다려라."

"예, 신마후님!"

강소가 절대복종의 의미로 머리를 땅에 댔다.

"상황에 따라 반격을 할지 후퇴를 할지 결정하게 될 테니 정확한 적의 움직임을 파악하는 데 주력하고!"

"알겠습니다."

"난 갈단 님을 만나러 가겠다. 방심하지 말라."

"옛!"

강소가 재차 굳은 표정으로 대답했다.

그러자 신마후 룬이 풀었던 천을 다시 목과 얼굴에 감아 얼굴의 반을 가린 후 바람처럼 말을 몰아 제일관문을 통과했다.

"후우……!"

신마후 룬이 사라지자 무릎을 꿇고 있던 강소가 길게 한숨을 쉬며 자리에서 일어났다.

"저분이 룬 신마후님이셨군요."

그의 곁에서 함께 무릎을 꿇고 있던 신마성의 전사들 중 한 명이 입을 열었다.

"너, 이리 와봐!"

강소가 수하의 말을 듣는 둥 마는 둥 하면서 처음 신마후 룬을 맞았던 전사를 불렀다.

"예, 대장님!"

강소의 부름을 받은 전사가 급히 강소 앞으로 다가섰다.

퍽!

"윽!"

강소의 발이 다가온 전사의 가슴을 걷어차자 전사가 신음 소리를 내며 일 장 이상 날아가 쓰러졌다.

쿵!

"크윽!"

땅에 내동댕이쳐진 전사가 신음 소리를 내며 겨우 몸을 일으켰다.

"신마후님을 몰라보면 어떤 일이 벌어지는지 몰라? 다 같이 죽자는 거냐?"

강소가 비틀거리는 수하를 향해 소리쳤다.

"그, 그것이 룬 신마후님을 뵌 적이 없어서……"

"이 멍청한 놈! 신마후님 팔목에 차고 있는 은팔찌를 봤어야지! 그게 룬 신마후님을 상징하는 신물임을 몰랐단 말이야?"

"그, 그것이……."

"잘 들어. 다른 사람은 알아볼 필요 없어. 오직 여덟 사람만 알아보면 돼. 성주님! 하긴 성주님이야 얼굴을 뵙지 못했어도 알아보지 못할 수 없지. 그 강력한 기운은……."

강소가 순간 몸을 떨었다.

아마도 그는 신마성주를 본 적이 있는 모양이었다.

"그렇게 무서우신가요?"

옆에서 수하가 물었다.

"오금도 펴지 못했지. 오줌을 싸지 않은 것이 다행이고. 아무튼… 성주님 말고 일곱 신마후님은 반드시 알아봐야 해. 다행히 룬 신마후님이었으니 망정이지 다른 분이었으면 죽었을 수도 있다."

"알겠습니다."

강소에게 걷어차인 전사가 고개를 숙이며 대답했다.

"다시 한번 신마후님들의 특징에 대해 교육시켜. 다음번에는 실수 없게."

강소가 옆에 있던 수하에게 말했다.

"예, 대장님!"

"그리고 룬 신마후님의 말씀처럼 적이 가까이 왔다. 언제 어느 때 이곳으로 들이닥칠지 몰라. 척후병의 숫자를 두 배로 늘린다. 거리는 오십 리. 서둘러 시행해."

"예, 대장님!"

"젠장… 이제 정말 제대로 싸워보는 건가?"

수하에게 명령을 내린 강소가 오룡의 회랑 남쪽을 바라보며 중얼거렸다.

*   *   *

첫 번째 관문과 달리 두 번째, 세 번째 관문을 지키는 신마성 전사들은 노련하게 신마후 룬을 알아봤다.

물론 그건 그 두 관문 앞에 각 관문을 지키는 대장들이 나와 있었기 때문일 수도 있었다.

육주의 원정대가 금하강 상류 량산까지 진출한 상황이어서 웬만한 관문들은 수비대장들이 직접 나와서 지키고 있었다.

그런 의미에서 보면 오히려 제일관문에서 목숨이 위험했던 사람은 신마후 룬을 알아보지 못한 전사가 아니라 그 대장인 강소 였을 수도 있었다.

이런 엄중한 상황에서 가장 앞에 나와 관문을 지키지 않고 성벽 위에 머물고 있었기 때문이다.

아무튼 두 번째와 세 번째 관문을 아무런 방해 없이 통과한 신마후 룬은 세 번째 관문으로부터 이백여 장 떨어진 곳에 세워진 신마후 갈단의 막사로 말을 몰았다.

갈단은 언제나처럼 검은 전복을 입고 있었다. 다만 투구는 벗은 상태여서 그의 가장 큰 특징인 검은 눈이 다른 때보다도 더욱 도드라져 보였다.

갈단은 이미 신마후 룬이 세 개의 관문을 통과해 오고 있다는 소식을 들었는지, 막사 앞에서 룬을 기다리고 있었다.

신마후 룬은 막사 앞에 나와 있는 갈단을 발견하고는 십여 장 밖에서 날아올라 갈단 앞에 내려섰다.

그러자 갈단의 막사를 지키던 전사들이 재빨리 신마후 룬이 타고 온 말의 고삐를 잡았다.

"어서 오시오. 수고하셨소!"

갈단이 자신에게 다가서는 룬을 보며 먼저 입을 열었다.

"나와 계셨군요."

룬이 대답했다. 어찌 보면 싸늘한 대답이지만 본래 신마후 룬의 차가운 성정을 아는 갈단이기에 그녀의 말과 행동을 당연하게 받아들였다.

"아무래도 궁금해서……."

갈단이 말했다.

금하강에는 여전히 수많은 신마성의 첩자들이 활동하고 있고, 그들로부터 쉼 없이 정보를 전달받고 있는 갈단이지만 보통의 첩자들과 신마후 룬의 보는 눈이 같을 수는 없었다.

신마후 룬은 신마성에서 가장 뛰어난 혜안을 가진 여인이었다.

"이왕사후가 금하강 하구에 도착한 것은 아실 것이고……."

"소식 들었소."

갈단이 고개를 끄떡였다.

"전력은 선봉과 후군을 합쳐서 일만, 그중 쓸 만한 무공을 가진 전사들의 숫자는 대략 일천 정도로 보이더군요. 그들은 대부분 이왕사후의 주변에 머물며 그들의 친위대로 활동하고 있고요."

"겁쟁이들 같으니라고. 만약 성주님이라면 강한 자들을 선봉에 넣었을 텐데."

갈단의 입에서 비웃음이 흘러나왔다.

"물론 그들의 선봉에도 강한 전사들이 있기는 하죠."

"그렇다고 해도 그자들이 우리를 얕보고 전력을 다하는 것은 아니란 의미, 이렇게 되면 역시 성주님의 예상대로 되겠구려."

"아마 그럴듯해요. 다만 성주님이 뜻이 궁금하군요. 어디에서 그들을 상대하실지. 이곳에 세 개의 관문을 만드신 것이 어떤 의미인지 모르겠어요."

"그것에 대해서는 이미 성주님의 뜻을 전해 받았소."

갈단이 대답했다.

"아, 그러셨군요? 어떤 생각을 하고 계시는 거죠?"

"이 관문들은 실질적인 방어막이기도 하지만 또 하나의 미끼이기도 하오."

"미끼라면……?"

신마후 룬이 되물었다.

"성주께서 이곳에 세 개의 관문을 만드신 첫 번째 목적은 만약 이왕사후가 최고의 전사들로 구성된 강력한 선봉대를 내세워 공격하면 적의 공격 속도를 늦춰 단번에 오룡의 회랑이 돌파되는 것을 막기 위함이오. 두 번째 이유는 일단 이곳에서 난관에 부딪힌 적이 이곳을 어렵게 점령하게 되면, 그 순간 다시 한번 방심하게 될 것이라고 하셨소."

"방심… 그렇군요. 알겠어요. 성주께서 무슨 생각을 하신 건지. 방심한 적은 조심하지 않게 되겠지요. 이곳을 점령하면 그들은 더 이상 자신들을 막을 것이 없다고 생각하고 거침없이 신마제이성을 향해 진격할 것이란 뜻이군요. 그럼……."

"그렇게 되면 그들은 완벽하게 그물에 걸리게 되는 것이오. 특히 이왕사후가 원정대의 전공을 취하려 직접 달려온다면 그때는……."

"역시 무서운 분이에요. 성주님은……."

신마후 룬이 두려운 얼굴로 중얼거렸다.

"맞소. 두려운 분이오. 그래서 더욱 안타깝기도 하고……."

갈단이 무거운 표정으로 중얼거렸다.

"모르죠. 이번 전쟁이 끝나면 또 어떻게 변하실지……."

"하긴. 이왕사후를 무릎 꿇리면 그분께서 변하실 수도 있겠구려."

갈단이 고개를 끄떡였다.

"전 성주께 가보겠습니다."

룬이 갈단에게 말했다.

"잠시 쉬었다 가시구려. 쉬지 않고 며칠을 달려왔을 텐데."

갈단이 자신의 막사를 가리키며 말했다.

"아니에요. 성주께서 절 기다리실 겁니다."

"음, 알겠소. 하긴 성주께서도 적들을 상대할 준비를 하는 데룬 신마후의 지혜가 필요하실 것이오. 그럼 더 권하지 않겠소."

"제 재주야 성주님의 비하면 아주 작은 재주에 불과하죠. 그럼!"

룬이 갈단에게 고개를 숙여 보인 후 조금 떨어진 곳에서 자신이 타고 온 말을 붙잡고 있는 신마성의 전사에게 소리쳤다.

"말을 가져와라."

신마후 룬의 명에 신마성의 전사가 재빨리 그녀의 말을 데려왔다.

그러자 신마후 룬이 가볍게 말에 날아오르며 그녀를 따라온 수하에게 말했다.

"성주께 간다."

짧게 명을 한 그녀가 먼저 말을 몰아 오룡의 회랑을 달려가기 시작했다.

*   *   *

거친 천으로 만든 검은 망토를 두른 사내가 천천히 산허리를 걸었다.

그의 뒤쪽에 십여 명의 전사들이 따르고 있었다. 그런데 그들은 사내의 십 장 안쪽으로 접근하지 않았다. 마치 그 안으로 접근하면 큰일이라도 나는 것처럼 전사들은 사내가 서면 같이 서고 사내가 걸으면 같이 걸었다.

움직이는 속도 역시 사내의 움직임에 정확하게 순응했다. 그들이 얼마나 오랫동안 사내를 지켜왔는지 한눈에 드러나는 움직임이었다.

산 능선을 따라 움직이던 사내가 걸음을 멈췄다. 그를 따르던 전사들 역시 동시에 걸음을 멈췄다.

사내의 눈이 산 아래로 향했다. 남쪽에서 뻗어온 길이 북서쪽 거대한 산으로 이어져 산속으로 사라졌다. 그 길 주변으로 검은 초원이 펼쳐진 거대한 분지가 사내의 눈앞에 펼쳐져 있었다.

검은빛이 사람의 마음을 무겁게 만드는 전형적인 파나류 북부의 모습을 한 분지였다.

길이 사라지는 북쪽 산 뒤쪽으로 아득하게 하늘 높이 치솟은 거대한 산이 보인다. 그리고 그 거대한 산 그림자 속에 짙은 어둠을 머금고 있는 성(城)이 아스라이 눈에 들어왔다.

몇 개월 전만 해도 아무도 머물지 않는 폐성이었던 곳. 하지만 지금은 파나류의 주인을 자처하는 신마성의 전사들이 머물고 있는 성이다.

신마성의 전사들은 그 성을 신마제이성이라고 부르고 있었다.

그들의 본거지인 신마제일성은 정확한 위치가 알려지지 않았다. 반면 소악산을 등지고 있는 신마제이성은 온 세상에 그 위치가 알려져 있었다.

그래서 사람들은 신마제이성을 실질적인 신마성이라고 생각하고 있었다.

두두두!

갑자기 조용하던 산비탈에 거친 말발굽 소리가 일어났다.

그러자 사내를 호위하던 전사들이 바람처럼 움직였다.

스스슥!

땅을 미끄러지듯 움직인 전사들이 사방으로 흩어져 사내를 보호했다.

사내는 그런 전사들의 움직임에 익숙한지 전사들이 아닌 그를 향해 달려오는 세 필의 말에 시선을 주었다.

"성주님!"

검은 땅에 초록 천을 깔아놓은 것 같은 산비탈을 바람처럼 달려 올라온 신마후 룬이 검은 전포를 입은 사내의 십여 장 밖에서 말에서 내려 조심스럽게 사내에게 다가갔다.

사내를 호위하던 자들은 상대가 신마후임에도 불구하고 그녀에게 어떤 예도 취하지 않았다. 대신 그들은 냉철한 눈으로 신마후 룬의 움직임을 면밀하게 주시할 뿐이다.

신마후 룬 역시 그런 전사들의 행동에 어떤 불만도 드러내지 않았다. 그녀 스스로 그들의 행동이 당연하다고 생각하는 듯했다.

"빠르군. 생각보다."

사내, 신마성주가 신마후 룬을 보며 입을 열었다.

언제나 신비로운 기운을 머금고 있는 신마성주다. 그를 만난 사람들은 한 사람에게서 이렇게 다양한 기운이 묻어날 수 있다는 것을 하나같이 신기해했다.

거대한 산악 같은 무게감, 그 무게로부터 흘러나오는 강렬하고 파괴적인 안광, 그러면서도 자연 속에 서 있는 듯 바람처럼 허허롭기도 하다.

또 한편으론 상처투성이의 얼굴과 투박한 검에 올려놓은 자상(刺傷)으로 가득한 손은 섬뜩한 살기를 느끼게도 했다.

무심한 듯 흘러나온 그의 목소리는 또 생각보다는 부드러운 편이다.

신마후 룬은 그에게 최대한의 복종심을 표현했다. 한쪽 무릎을 꿇은 룬이 끝없는 신뢰의 눈빛으로 신마성주를 보며 대답했다.

"아무래도 다급한 일인 듯하여… 이왕사후의 본대가 금하강 하구에 도착했습니다. 량산 일차 원정대는 신마제이성을 향해 진격할 준비를 하고 있습니다. 본대가 합류한 병력은 일만, 그중 중급 이상의 무공을 가진 자의 숫자는 일천 정도로 판단됩니다. 물론 그들은 이왕사후의 곁에서 그들의 호위를 책임지고 있습니다."

룬이 쉬지 않고 그녀가 보고 온 육주 원정대의 소식을 전했다.

그러자 신마성주가 물었다.

"이왕사후가 데려온 일천 무인 전사 중 량산으로 온 자의 숫자는?"

"거의 없습니다."

"없다… 그럼 공격은 미뤄지겠군. 하긴 그자들의 욕심을 생각하면 당연한 결과겠지."

신마성주의 말에 신마후 룬이 곤혹스러운 표정을 지었다.

"량산에서 대전사 고타이가 진격 준비를 서두르는 것을 제 눈으로 확인했습니다만……."

룬이 반문했다. 적의 공격이 임박했다는 자신의 판단과 적이 공격을 늦출 거라는 신마성주의 생각 차이를 곤혹스러워하는 그녀다.

그녀로서는 자신이 본 것을 바탕으로 판단할 수밖에 없었다.

"고타이의 선봉대는 공격하지 못한다. 이왕사후가 원치 않기 때문에. 그는 내친김에 소악산까지 밀고 오고 싶겠지만 이왕사후는 그가 본 성을 무너뜨리는 것을 원치 않을 것이다."

"어째서……?"

"전공에 대한 욕심 때문이지. 그들은 자신들 손으로 본 성을 무너뜨리고 싶을 것이다. 대원정의 명예를 자신들이 모두 취하길 원한다는 것이지. 아마도 그건… 흑라의 시대가 끝난 후 얻은 교훈 때문일 것이다."

"설마 겨우 자신들의 명성 때문에 승기를 잡은 선봉의 발목을 묶어놓는단 말입니까?"

신마후 룬이 믿을 수 없다는 듯 되물었다.

"그렇지 않다면 그들은 자신들이 데려온 무인 전사들을 고타이에게 보내 그의 진격을 도왔을 것이다. 그들 역시 고타이가 이 싸움을 끝내려면 후군의 지원이 필요한 시점이란 것을 모를 리 없을 테니까. 그런데 무인 전사를 량산에 보내지 않았다. 그럼 그들의 생각은 확고한 것이다. 그들이 직접 출전하고 싶은 것이다. 신마성이 무너지는 자리에."

"…어리석은 자들이군요."

"아니, 절대 어리석지 않다. 다만 그들은 우리의 힘과 그들을 기다리는 나의 의도를 제대로 파악하지 못했을 뿐이다. 보통의 경우라면… 현명한 선택을 한 것이지. 모든 것을 얻을 기회니까."

"의도대로 되신 겁니까?"

신마후 룬이 물었다.

"지금까지는… 최대한 신마성의 전력을 숨겨라. 그들이 완벽하게 이 거대한 그물에 들어올 때까지."

"그들이 의심하지는 않을까요?"

룬이 다시 물었다.

"오룡의 회랑 세 관문이 충실한 미끼가 될 것이다. 이왕사후가 회랑의 관문을 넘는 순간… 그들에겐 더 이상 의심할 현명함이 남아 있지 않을 것이다."

신마성주가 자신 있게 말했다.

"알겠습니다. 전력 노출에 각별히 신경 쓰겠습니다."

신마후 룬이 고개를 숙여 보였다.

그런데 그 순간, 신마성의 눈가에 살짝 고민스러움이 드러났다.

그리고 잠시 침묵이 이어졌다.

신마후 룬은 신마성주가 더 이상 할 말이 없는 줄 알고 물러
갈 생각으로 몸을 일으켰다. 그런데 신마성주가 입을 열었다.

"그대가 해줄 일이 있다."

"하명하십시오."

무릎을 편 신마후 룬이 고개를 숙이며 대답했다.

"석중귀 신마후와의 연락이 끊겼다."

"얼마나……?"

신마후 룬이 당황스러운 표정으로 물었다. 그녀 역시 신마후
석중귀가 묵룡대선 소룡들의 뒤를 따라 파나류 서쪽으로 간 것
을 알고 있었다.

물론 그 이유가 빛의 술사의 흔적을 추격하기 위해서라는 것
역시 알고 있었다.

그녀는 신마성주가 그 일을 석중귀에게 맡긴 이유도 잘 알고
있었다.

석중귀는 일곱 명의 신마후 중에서 무공은 조금 약하지만 끈
기와 인내의 대명사로 알려진 인물이다. 어떤 경우라도 살아남
는 생존력, 그리고 어떤 일을 맡겨도 결국에는 해내고 마는 집념

이 그에게 있었다.

또한 무공이 약하다는 것도 신마후들 사이에서만의 일. 철곤을 다루는 무공 역시 신마후들을 제외하면 어떤 무인도 충분히 상대할 수 있을 만큼 강했다.

그런 석중귀의 연락이 끊겼다는 것은 그에게 심각한 상황이 발생했다는 것을 의미한다.

"마지막 연락이 온 것이 거의 한 달이 되어가는군. 보통 칠 일에 한 번은 전서구가 왔는데… 알다시피 신마후 석중귀를 위험에 빠뜨릴 만한 일은 흔치 않지."

"그렇습니다. 더군다나 싸움을 두려워하는 사람은 아니지만 그렇다고 무모한 싸움을 선택하는 사람도 아니지요. 성주께서 내리신 명이 있으니 결코 경솔하게 행동했을 리 없는데……."

"그래서… 그대가 알아봤으면 한다."

"알겠습니다. 제가 가보겠습니다."

"아니, 그대가 자리를 비울 수는 없다. 이곳에서 할 일이 있으니까. 이 거대한 그물은 그대의 머리를 필요로 한다."

신마성주가 자신 앞에 펼쳐진 검은 분지를 가리키며 말했다.

"그럼……?"

"사람을 보내. 면밀하게 계획을 세워서. 결코 연락이 끊어지지 않게. 필요한 사람을 고르는 것과 계획을 세워주는 것이 그대의 임무다. 사람 보는 눈 역시 신마후 중 그대가 제일이니."

"알겠습니다."

"이 일은 비밀이다. 전사들의 사기에 영향을 줄 수 있으니까."

"예, 성주!"

신마후 룬이 대답했다.

"그만 가도 좋다."

"물러가겠습니다."

신마후 룬이 대답을 하고는 조심스럽게 뒤로 걸어 말이 있는 곳까지 물러난 후 훌쩍 말에 올라 산비탈을 달려 내려갔다.

그 모습을 지켜보던 신마성주가 신마후 룬이 멀어지자 중얼거렸다.

"뭔가… 기분이 좋지 않군. 역시 빛의 술사 때문인가. 대단하긴 하군. 수백 년 전 인물의 흔적이 여전히 의미를 지니는 것을 보면. 그러나 나쁜 것만은 아니지 않은가. 빛의 술사가 대를 이어오고 있다면 오히려 좋은 일이겠지……."

*   *   *

수시로 전마(戰馬)들이 보충되었다. 이제 전쟁터에 몰고 나갈 수 있는 전마의 숫자가 일천 필이 넘었다.

금하상 상류 량산의 분위기는 뜨거웠다. 하루가 멀다 하고 강해지는 전력과 금하강 하구에서 전해오는 본진 소식이 전사들의 사기를 드높였다.

이왕사후의 출병, 흑라의 시대에도 이왕사후가 직접 출병한 경우는 거의 없었다. 그래서 육주의 고귀한 지배자들인 그들의 출병이 량산 일차 원정대에 주는 영향은 컸다.

량산의 원정대는 마치 사냥감을 향해 달려 나가기를 기다리는 사냥개들처럼 전의에 불타고 있었다.

일단 진격의 명이 떨어지면 단숨에 오룡의 회랑을 주파해 소악산에 똬리를 틀고 있는 신마성을 무너뜨릴 것 같은 분위기였다.

그러나 그런 전사들의 분위기와 달리 고타이와 일차 원정대의 수뇌들은 우울한 빛을 보이고 있었다.

이유는 하나였다.

적을 공격할 모든 준비를 마쳤음에도 불구하고 이왕사후로부터 공격의 명령이 떨어지지 않고 있었던 것이다.

전쟁터의 전사들은 병기와 같다. 사기가 충천할 때는 잘 벼린 검처럼 날카롭지만, 그 사기가 꺾이면 무딘 칼처럼 적을 베지 못한다.

그리고 싸워야 할 때 싸우지 못하는 전사들의 사기는 결국 시간이라는 녹이 슬어 무뎌지게 마련이었다.

고타이는 분주하게 오가는 전마들을 량산 중턱 막사에서 무심한 눈으로 바라보고 있었다.

그러면서 가끔 량산 남쪽을 돌아 흐르는 금하강으로 시선을 돌리곤 했다. 이왕사후의 전령을 기다리고 있는 것이다.

그 기다림은 이미 꽤 오래되었다. 지금쯤 공격 명령을 가져올 전령이 도착할 시간이었다.

만약 오늘도 전령이 오지 않으면 전사들의 사기에 영향을 미칠 수도 있다는 것을 고타이는 알고 있었다. 그래서 그의 마음도 초조했다.

문득 고타이의 눈이 번쩍였다.

그의 시선이 닿은 금하강변의 길 위에 세 명의 기마 전사들이 나타났기 때문이다.

"왔군!"

고타이의 얼굴에 가벼운 흥분이 일어났다. 길 위에 나타난 후 바람처럼 원정대 진영으로 달려오는 기마 전사들의 등에서 작지만 화려한 육주의 깃발이 펄럭이는 것이 보였다. 이왕사후의 전령임을 표시하는 깃발이다.

전령이 왔다는 것은 곧 공격 명령이 왔다는 의미이기도 했다.

"다행이군. 더 늦어지면 곤란할 뻔했는데."

고타이가 안도의 숨을 내쉬며 걸음을 옮겼다. 다른 때라면 막사에서 전령을 기다리겠지만 오늘은 막사에서 기다릴 수 없었다.

두두두!

세 명의 전령들이 육주 원정대 진영을 질풍처럼 가로질렀다. 그들이 향하는 곳은 량산 중턱에 있는 고타이의 막사. 그러나 그들은 굳이 량산의 비탈을 오를 필요가 없었다.

어느새 고타이가 원정대 진영까지 내려와 그들을 기다리고 있었기 때문이다.

고타이뿐만이 아니었다. 그와 함께 원정대를 움직이는 이왕사후의 대리자들, 각 성의 대전사들도 전령의 도착을 알고는 급히 고타이 주변으로 몰려와 있었다.

"총사령님!"

고타이와 대전사들 앞에 도착한 전령들이 말을 세우지도 않고 몸을 날려 고타이 앞에 무릎을 꿇었다.

"어서 오게. 수고들 했네. 이왕사후 님의 명령을 가져왔는가?"

고타이가 물었다.

"그렇습니다. 여기!"

전령 중 한 명이 급히 품속에서 금색 봉투를 꺼내 고타이에게 건넸다.

그러자 고타이가 낚아채듯 전서를 받아 들고는 지체 없이 개봉했다. 그런 고타이를 다른 대전사들이 기대 어린 시선으로 바라봤다.

그런데 전서를 꺼내 읽던 고타이의 얼굴이 한순간 얼음처럼 차갑게 굳어졌다.

그리고 갑자기 들고 있던 전서를 꽉 구겨 버렸다.

"총사령! 왜 그러시오?"

부사령인 남화성의 우량이 이왕사후의 전서를 구겨 버린 고타이의 행동에 놀라 급히 물었다.

그러자 고타이가 말없이 구겨진 전서를 우량에게 건네고는 뒤도 돌아보지 않고 몸을 돌려 자신의 막사로 걸어가기 시작했다.

제9장

야심가들의 시간

고타이는 홀로 분노를 삭이려 애쓰고 있었다. 그럼에도 붉게 달아오른 얼굴은 쉽게 가라앉지 않았다.

〈전력을 정비하고 기다리라!〉

전령이 가져온 전서에 쓰여 있는 이왕사후의 명이었다.

소악산 신마성을 향해 출발하라는 공격 명령을 기대했던, 아니, 확신했던 고타이로서는 뒤통수를 맞은 것 같은 느낌이었다.

한편으로 배신감까지 들었다. 만약 그가 대대로 북천성의 전사로 살아온 명문가의 후손이 아니라면, 그 빌어먹을 전서를 받는 순간 갑옷을 벗고 북천성을 떠났을 것이다.

하지만 그는 북천성을 떠날 수 없었다. 북천성에 그의 모든 것이 있었다. 스무 명이 넘은 대가족, 그를 따르는 수하들의 가족까지 합치면 족히 일백이 넘은 가문의 사람이 북천성에서 그를 기다리고 있었다.

그런 그들을 두고는 절대 북천성을 떠날 수 없었다.

북천성은 그에게 육주 제일의 대전사라는 명예와 권력을 주었지만, 또한 이렇게 굴욕적인 명을 받고도 반발할 수 없는 족쇄이기도 했다.

"후욱!"

고타이가 큰 숨을 내쉬었다.

이럴 때면 가끔 십이신무종 중 하나인 악산 천무종의 무종을 전수받은 후 북천성에 몸을 의탁한 증조부의 결정이 원망스럽기도 했다.

하지만 어쩔 수 없는 일이다. 태어나면서부터 북천성의 사람이었으니 그 운명을 거부할 수 없는 고타이였다.

그런데 그런 좌절감을 느끼는 사람이 고타이만은 아닌 모양이었다.

저벅저벅!

홀로 분을 삭이고 있는 고타이의 천막 쪽으로 여러 사람의 발걸음 소리가 들렸다.

고타이가 재빨리 얼굴에 가득했던 분노의 감정을 떨쳐 버리고 무심한 표정으로 서탁에 놓인 근방의 지도를 살피는 척했다.

그런 그의 막사로 남화성의 우량 등 일차 원정대를 이끄는 이왕사후 출신의 대전사들이 몰려들어왔다.

고타이에게서 건네받은 전서를 통해 이왕사후의 명을 접한 그들 역시 잔뜩 화가 난 모습이었다.

"무슨 일들이시오?"

당장에라도 폭발할 것 같은 얼굴을 하고 자신의 막사로 들어오는 대전사들에게 고타이가 시선도 주지 않고 물었다.

"이대로… 계실 것이오?"

우량이 고타이에게 따지듯 물었다.

"그럼 뭘 어쩔 수 있겠소. 왕들의 명인데."

"하지만 지금이야말로 적을 공격할 가장 좋은 시점이라는 것을 아시지 않소이까. 전사들의 사기는 충만하고, 저들은 오룡의 회랑에 허름한 성벽을 급히 만들어 방어하고 있을 뿐이오. 정예기마 전사들을 출병시키면 단숨에 소악산 신마성까지 밀고 들어갈 수 있소이다."

"나도… 알고 있소."

"그런데 이 좋은 기회를 그냥 흘려보내시겠단 말입니까?"

우량이 다그치듯 물었다.

"그럼… 왕들의 명을 어기자는 말이오?"

고타이가 되물었다.

"그건… 이왕사후께서 이곳의 상황을 정확하게 모르고 내리신 명이실 것이오. 보통 전장에 나와 있는 지휘자는 왕의 명을 따르지 않을 때도 있지 않소이까? 급변하는 전장의 상황에 맞게 행동하고 보고는 추후에 해도 되는 것이 전장의 법 아니겠소?"

우량이 강하게 공격을 주장했다.

그러자 그제야 고타이가 들여다보던 지도에서 눈길을 거두고 우량을 바라봤다.

순간 우량이 무슨 말인가를 더 하려다가 입을 닫았다.

고타이의 눈에서 너무 무력한 체념의 빛을 보았기 때문이다. 평소의 고타이에게서는 절대 볼 수 없는 눈빛이다.

"부사령께서는 정말 이왕사후께서 이곳의 사정을 모르고 내린 명이라 생각하시오?"

"……."

고타이의 질문에 우량이 대답을 하지 못했다.

그러자 고타이가 다시 말했다.

"나도 알고, 부사령도 알고… 여기 계신 모든 분들도 아는 사실이오. 이왕사후께서는 이곳의 사정을 손금 보듯 알고 계실 것이오. 우리가 모르는 그분들의 눈과 귀가 이곳에도 있다는 것은 공공연한 비밀이오. 그래서! 이 명은 따르지 않을 수 없소. 모두 아실 것이오. 이런 명령이 내려온 이유를!"

고타이의 말에 막사로 몰려온 대전사들이 아무런 말도 하지 못했다.

화가 나 고타이의 막사로 몰려오기는 했지만 그들 역시 이왕사후의 명이 어떤 의미를 가지고 있는지 짐작하고 있었다.

이왕사후는 이 대원정의 전공을 원하고 있었다. 그들의 전사들이 만들어 오는 전공이 아닌, 그들 스스로 만든 전공을 원하는 것이다.

그리고 그들은 일차 원정대의 성공적인 전과를 본 후 이 원정에서 충분히 그들의 명예를 높일, 아니, 흑라의 시대 전사로서는 얻지 못한 명예를 되찾을 기회라고 판단했을 것이다.

그래서 필승의 기회를 가지고 있는 일차 원정대의 빠른 공격을 허락지 않았다는 것을, 노련한 대전사들이 모를 리 없었다.

"돌아갑시다. 총사령께 뭐라 할 일이 아니지 않소이까? 오히려 가장 화가 나실 분은 총사령이실 텐데."

백련성의 대전사 광천보가 다른 대전사들을 보며 말했다.

그러자 고타이가 얼른 그들의 만류했다.

"아니오. 기왕에 이렇게 된 것 술이나 한잔합시다."

"술이요?"

광천보가 놀란 표정으로 되물었다.

육주를 떠난 이후 고타이는 술을 입에 대지 않았다. 그렇다고 그가 평소 금주를 고집하는 사람도 아니었다. 이 원정에 대한 그의 의지가 얼마나 굳은 것이었는지 알 수 있는 일이었다.

그런 그가 술을 마시자고 제안을 했으니 그의 씁쓸한 심정이 고스란히 느껴지는 제안이었다.

"뭐… 그럽시다. 이제부터는 별로 할 일도 없을 것 같은데."

우량이 고타이의 맞은편에 앉으며 말했다.

"그럽시다. 부사령님의 말대로 이제부터 우린 이 전쟁의 후방으로 밀려나게 될 테니. 하긴 지금까지 이룬 전공이 지나친 면이 없지 않소."

화림성의 도첨이 우량 옆으로 가 자리를 잡고 앉으며 말했다.

그러자 고타이가 막사 밖을 바라보며 소리쳤다.

"가서 사해상가의 대공자를 모셔오라. 오는 길에 술도 충분히 준비해 오고!"

"예, 총사령!"

막사 밖에서 고타이의 수하가 즉시 대답했다.

"그런데 한 가지 우려되는 일이 있소."

문득 해신성의 대전사 척조경이 말했다.

그는 일차 원정대가 금하강을 거슬러 오르며 신마성 마전사들을 공략할 때 금하강 하구 포구에 남아 전선들을 지키고 있었다.

그러다 원정대가 금하강 상류 량산을 점령하고 신마성의 전사들이 오룡의 회랑을 경계로 소악산으로 물러난 이후, 량산 진영에 보급품들을 전하기 위해 여러 척의 전선을 몰아 금하강을 따라 올라와 있었다.

포구로 돌아갈 일도 없었다. 이미 이왕사후의 본진이 포구에 도착했기 때문이다.

"뭐가 걱정이 되시오?"

척조경의 걱정에 고타이가 신중한 표정으로 물었다.

본래 척조경은 해전의 신으로 불리는 사람이다. 그런데 그가 해전에 능한 것은 무공이 뛰어나서라기보다는 뛰어난 전략가이기 때문이었다.

해전은 전사 개개인의 실력보다는 지휘관의 전략이 승패를 좌우하는 싸움이었다.

그런 전략가로서의 뛰어남을 알고 있는 고타이였기에, 척조경의 말에 관심을 보일 수밖에 없었다.

"정말 신마성의 전력이 이 정도뿐일까 하는 생각이 들었소. 량산에 와서 그간의 전과를 살펴보면서 말이오."

"설마 그들이 일부러 후퇴를 했다고 생각하시오?"

고타이가 되물었다.

그러자 척조경이 신중하게 대답했다.

"정확하게 그렇다고 말할 수는 없지만, 그럴 수도 있다는 생각도 있소."

"그렇게 생각하시는 이유는 무엇이오?"

이번에는 부사령 우량이 물었다.

그러자 척조경이 침착하게 대답했다.

"금하강 포구에서 이곳 량산까지 오려면 상선으로는 보름, 쾌속한 전선으로도 열흘 정도 걸리는 짧지 않은 길이오. 육로로 진격할 때는 더욱 오래 걸리지요. 우리 원정대도 대략 한 달간의 여정 끝에 량산에 도착했으니까 말이오."

"맞소. 연전연승을 하면서 왔는데도 그 정도는 걸리는 원정로였소."

우량이 대답했다.

"연전연승⋯ 그런데 그 와중에 그들의 강력한 반격을 맞닥뜨린 적이 있소? 아니, 그들의 반격이 있었다 해도 그 반격을 깨뜨릴 때 죽인 적의 숫자가 얼마나 되는지 생각해 보셨소?"

척조경이 물었다.

"죽은 적의 숫자? 그게⋯ 문제가 되오?"

"그렇소이다. 그들이 만약 죽음을 각오하고 이 금하강을 지키려고 했다면, 그럼에도 불구하고 우리 원정대의 힘에 밀려 어쩔 수 없이 패한 것이라면, 그들은 막대한 전사자를 남겼어야 했소. 그런데 내가 이곳에 도착한 후 살펴보니 그동안 죽인 적의 숫자가 채 삼백이 되지 않았소. 반면 우리 원정대는 거의 일천에 가까운 손실이 있었소. 이건 뭔가 이상한 싸움 아니오?"

척조경이 되물었다.

그러자 우량은 즉시 대답을 하지 못했다.

생각해 보면 이상한 일이기는 했다. 패하고 물러난 쪽의 전사자가 승리한 쪽의 삼분지 일도 되지 않는 이상한 싸움, 승리의 감정에 취하지 않고 냉정한 시선으로 보면 의심하지 않을 수 없는 결과였다.

"이상한 일이기는 하구려."

우량은 남화성과 스스로에게 대단한 자부심을 가진 사람이기는 하지만, 노련한 대전사이기도 했다. 경험 많은 그가 척조경이 가진 의문이 충분히 의심해 볼 만하다는 것이라는 것을 모를 리 없었다.

"정말 그렇다면 오룡의 회랑, 혹은 그 뒤쪽 소악산 신마성 인근에서 반격을 도모하겠구려."

화림성의 대전사 도겸이 말했다.

"아마도 그렇지 않겠소? 아니면 성까지 버리고 파나류 더 깊은 곳까지 후퇴할 수도 있소. 원정대를 더 깊이 끌어들이기 위해."

척조경이 대답했다.

그러자 고타이가 신중한 표정으로 말했다.

"척 대전사의 의심이 사실이라 해도 문제는 그들의 목적인 것 같소. 이런 식의 후퇴가 기습적인 반격을 위한 것인지, 아니면 피해를 최소화하면서 후퇴해 전력을 보존하며 생존하려는 것인지 말이오. 후자라면 그들은 소악산의 신마성까지도 버릴 가능성이 있소. 사실 소악산 신마성이 세워진 것은 최근의 일이고, 그들의 본거지의 자세한 위치는 알려지지 않았으니 말이오."

"만약 그들이 소악산의 성을 버리고 세상에 나오기 전 힘을 기르던 곳으로 후퇴한다면 그들을 완전히 섬멸하는 것은 어려운 일이 될 것이오. 그나마 소악산까지의 지리는 자세히 알려졌지만 그 서쪽 지형은 미지의 땅 아니겠소. 특히 곤모대산 주변은……."

척조경이 말꼬리를 흐렸다.

그가 차마 꺼내지 않은 말은 검은 마종 흑라. 곤모대산 사방 일천 리는 흑라의 마기가 가장 강했던 곳이어서 그가 죽은 이후에도 여전히 세상 사람들이 가지 않는 땅이었다.

그곳까지 신마성이 후퇴한다면 육주의 원정대도 함부로 추격할 수 없었다.

"후우… 냉정하게 생각해 보니 이왕사후께서 우리의 출전을 만류한 것이 어쩌면 다행일 수도 있겠소이다. 현재의 상황을 차분하게 볼 수 있게 되었으니 말이오."

백련성의 광천보가 말했다.

그러자 척조경이 걱정스러운 표정으로 말했다.

"문제는 이런 사실을 과연 이왕사후께서도 심각하게 생각하실까 하는 것이오. 우리의 출전을 막을 정도로 전공에 욕심을 내시고들 있다면… 오히려 공격을 서둘 수도 있소. 신마성 무리들이 소악산을 떠나기 전에 그들을 섬멸하려고 말이오."

"하긴 이미 욕심들을 내시기 시작하셨으니……."

광천보가 고개를 끄떡였다.

"일단 오시기를 기다릴 수밖에 없소. 오시면 우리의 걱정을 말해 드립시다. 물론 그렇다고 직접 공격하는 것을 포기하지는 않겠지만, 적어도 경각심을 가질 것이오. 우린 우리대로 적에 대한 조사를 더 해봅시다. 그게 주군을 모시는 자들의 도리 아니겠소?"

고타이가 대전사들을 돌아보며 말했다.

그러자 이왕사후의 대전사들은 씁쓸한 표정을 지으면서도 고개를 끄떡였다.

주군을 모시는 자들의 도리. 고타이의 그 말이 그들의 처지를 여실히 보여주고 있었다.

그때 문득 막사 밖에서 누군가의 목소리가 들렸다.

"총사령님. 술이 준비되었습니다. 그리고 사해상가의 대공자님도 오셨습니다."

"모셔라."

고타이가 짧게 명을 내렸다.

막사의 출입구로 사해상가의 대공자 노만이 모습을 드러냈다. 그를 따라 여러 명의 사람들이 술과 안주를 들고 막사 안으로 들어왔다.

고타이와 이왕사후의 대전사들은 당황한 듯 화려한 은접시 위에 차려지는 술과 음식들을 바라봤다.

그리 많은 음식은 아니지만, 전장에서 볼 수 없는 귀한 음식들과 그 음식들만큼이나 귀한 은그릇들이었다.

더불어 노만은 고타이의 막사에 있는 서탁이 작은 것은 알고 귀한 나무로 만든 식탁까지 하인을 시켜 들고 왔다.

전장에서 잔뼈가 굵은 고타이와 대전사들이지만 생경한 노만의 행동에 모두 당황스러운 얼굴을 한 채 화려한 식탁 위의 음식들을 바라보고 있을 뿐이었다.

그러자 노만이 입을 열었다.

"소식 들었습니다. 원정대의 진격이 잠시 보류되었다는! 공격을 준비하셨던 총사령님과 대전사님들의 마음이 허전할 것 같아 위로의 마음으로 작게나마 음식을 준비해 봤습니다. 마침 술자리를 마련하셨다는 소리를 듣고 말입니다. 덕분에 초대에 조금 늦었습니다. 죄송합니다."

노만이 정중하게 고타이에게 고개를 숙여 보였다.

"아, 아니오. 그 짧은 시간에 이렇게 준비하다니… 놀랍구려. 하물며 이곳은 전장인데……."

"다행히 오늘 오전에 상가의 상선 한 척이 도착했습니다. 가주께서 금하강을 되찾은 기쁨과 감사의 표시로 귀한 음식과 술을 보내주셔서 한번 모시려던 차였습니다."

노만이 미소를 띠며 정중하게 말했다.

그러자 고타이가 귀한 음식이 나온 이유를 알겠다는 듯 고개를 끄떡였다.

"역시 가주께서 보내셨구려. 마침 잘되었소. 전장이라 대전사님들을 대접할 술과 안주가 변변치 못했으니. 자! 사해상가주께서 보내주신 선물이라 하니 모두 드십시다. 오늘은 오랜만에 제대로 한번 마셔볼 수 있겠소."

고타이의 말에 금세 막사 안 분위기가 밝아졌다.

전장에 어울리지 않는 술과 음식들에 잠시 당황했던 대전사들이 음식들이 준비된 이유를 알자 고타이의 말처럼 긴장을 풀고 오랜만에 제대로 된 술자리를 즐기기 시작했다.

대공자 노만은 대전사들의 공허한 웃음소리 속에 이어지는 주흥의 시간을 깊은 눈으로 바라보고 있었다.

술과 음식을 가져온 것은 그였지만, 정작 그는 이 주흥의 중심에 있지 않았다. 그는 단지 이 술자리의 음식 준비를 맡았을 뿐 객 같은 위치에 있었다.

대전사들이 가끔 귀한 술과 음식을 준비해 준 사해가주와 노만에게 감사의 말을 건네기는 했지만, 그 말속에는 당연히 받아야 할 것을 받는다는 듯한 느낌이 들어 있었다.

하지만 노만은 소외된 자신의 처지와 이왕사후의 대전사들이 은연중에 드러내는 권위를 미소로 받아냈다.

그 역시 그의 아버지 노백만큼 노련한 상인이었고, 노백의 후계자 자리를 두고 다른 두 형제와 경쟁을 하고 있는 상황이었기에 이번 원정대와의 동행이 무척 중요했다.

그리고 적어도 지금까지는 무척 성공적인 원정이었다. 원정대는 파죽지세로 금하강을 점령했고, 그 덕분에 노만과 그를 따라온 사해상가의 무사들은 힘들이지 않고 신마성에 잃었던 철광산들을 회복할 수 있었다.

그런 의미에서 이번 원정에서 가장 큰 이득을 본 사람은 사실 노만이었다.

그렇기 때문에 자신을 무시하는 듯한, 혹은 언제든 불러 쓸 수 있는 사람으로 생각하는 듯한 대전사들의 태도는 얼마든지 견뎌줄 수 있었다.

그리고 노만은 이제 좀 더 큰 판을 벌일 시간이라는 것도 본능적으로 알고 있었다.

아버지 노백조차 생각지 못했던 판. 애초에 그에게 주어진 임무는 금하강의 철광산들을 회복하는 일이었지만, 이제 노만은 원정대 본대를 따라 파나류 깊숙이 들어가 볼 생각이었다.

이 거대한 대륙 안에는 그동안 그가 접하지 못했던 거대한 기회가 잠재되어 있다는 것을 본능적으로 느끼고 있었던 것이다.

만약 그 기회를 제대로 잡는다면 그는 다른 두 아우들이 감히 도전할 수 없는 위치에 가 있을 수도 있었다.

그래서 더더욱 이들 이왕사후 대전사들의 기분을 맞춰줘야 하는 노만이었다.

"그런데 대공자께선 언제 돌아가시오?"

문득 고타이가 노만에게 물었다. 그도 노만의 역할이 금하강의 철광산들을 되찾는 것이라는 것을 알고 있었다.

그에 더해 일차 원정대에 대한 지원도 그의 임무 중 하나였으나 이제 그 일도 끝이 보이고 있었다.

"아직은 돌아갈 때가 아닌 듯합니다."

노만이 대답했다.

"달리 하실 일이 남았소? 이곳 철광산을 관리하는 일은 상가의 노련한 상인들에게 맡겨도 될 텐데?"

고타이가 의아한 표정으로 물었다.

그 역시 사해상가의 사정을 나름대로 알고 있었다. 그래서 노만이 후계자 경쟁 때문에라도 사해상가와 멀리 떨어진 파나류에 오래 머물 수 없다고 생각한 것이다.

"전 이 원정의 끝을 보고 싶습니다."

노만의 입에서 고타이의 예상과 다른 대답이 나왔다.

"원정의 끝이라… 전공을 원하시는 것은 아닐 테고, 그렇다면 원정대에 보급을 책임져야 한다는 의무감 때문이오? 아니면……?"

애초에 상인들에게 의무감 같은 것을 기대할 수 없다는 것을 누구보다 잘 아는 고타이다. 그래서 자신의 추측에 대해선 그 자신도 부정적이었다.

그러자 노만이 가볍게 미소를 지으며 대답했다.

"원정대의 보급을 책임지는 일 또한 중요하지요. 물론 일차 원정대의 보급만 책임지라는 명을 받은 것이지만, 원정대 본진에 대한 보급까지 관리할 수 있으면, 그 또한 영광스러운 일입니다. 하지만 제가 그것 때문에 남아 있으려는 것은 아닙니다."

"그럼……?"

"전 누가 뭐래도 상인이지요."

"그 말은 이 원정에서 철광산을 되찾는 것 말고 얻을 것이 더 있다는 뜻이구려."

고타이의 말에 술잔을 기울이던 다른 대전사들 역시 노만을 바라봤다.

비록 대전사라는 명예 때문에 드러내 놓고 욕심을 부리지는 못하지만, 그들도 사람이어서 이 전장에서 얻을 수 있는 전리품에 내심 관심이 컸다.

"총사령님께서 짐작하신 대로 전 이 전장에서 아주 큰 기회를 기대하고 있습니다."

노만이 속마음을 숨기지 않고 대답했다.

"그런 것이… 있소? 이 원정에? 미안한 말이지만 아마 금하강 이외의 지역을 점령하게 되면 그때 얻게 되는 땅과 보물들은 이 왕사후께서 갖게 되실 것인데……."

고타이가 혹시라도 향후의 원정에서 얻게 될 영지와 전리품에 노만이 욕심을 내는 것이 아닌가 걱정되는 표정으로 물었다.

그러자 노만이 미소를 지으며 고개를 저었다.

"당연한 일이지요. 전장에서의 전리품은 당연히 싸워 이긴 승리자의 몫이지요."

"그 외에 어떤 이득이 있다는 말이오?"

고타이가 다시 물었다.

"제대로 배운 상인은 당장 눈앞의 이득보다는 미래의 이득을 더 중요하게 생각하지요. 저 역시 아버님께 미래의 이득을 보는 법을 배웠습니다. 그래서 상인에게 가장 중요한 것은 새로운 상로를 뚫어 시장을 개척하고, 그 시장을 통제하는 것이지요."

"그 말은 이번 원정을 통해 새로 정복하는 지역의 상권에 욕심이 난다는 말이구려?"

고타이가 말하자 노만이 갑자기 자리에서 일어났다. 그리고 여섯 명의 대전사들에게 새삼스럽게 고개를 숙여 보이며 말했다.

"감히 제가 대전사님들께 도움을 청하는 바입니다. 작은 이득은 나누어 가질 수 없으나, 큰 이득은 여러 사람이 공유할 수 있습니다."

갑작스러운 노만의 행동에 고타이 등이 당황한 표정을 지었다.

그러면서도 그들은 자신들과 이득을 나누고 싶다는 노만의 말에 관심을 갖지 않을 수 없었다.

"이득이라… 일평생 검을 들고 전장에서 살아온 우리에게는 어려운 말이구려. 사해상가가 새로운 점령지에 상권을 형성하고 상로를 구축하는 것이 우리에게 어떤 이득이 있소?"

백련성의 광천보가 물었다. 사람인지라 이득이라는 말을 흘려들을 수 없어 보였다.

"파나류는 위험한 땅이지요. 이런 땅에서 상권을 형성하고 안전한 상로를 구축하려면 강력한 힘이 필요합니다."

"그 힘을 제공해 달라?"

"그렇습니다."

"설마 우리를 사해상가의 용병으로 쓰겠다는 것이오?"

광천보가 불쾌한 표정으로 물었다.

이왕사후의 전사들은 사해상가를 눈 아래 두고 살아왔다. 그런 그들이 사해상가의 용병이 되는 것은 치욕적인 일이었다.

"용병이라니요. 감히 어떻게 그런 부탁을 할 수 있겠습니까. 제 생각을 설명드리지요. 파나류, 이 거대한 땅은 이왕사후 중 어느 한 세력이 모두 장악할 수 없을 겁니다. 그래서 이 전쟁이 끝나면 정복지를 분할해 각자의 영역이 정해지겠지요. 제 제안은 바로 그렇게 분할된 각 영지 안에서 사해상가와 이익을 공유하자는 것입니다. 불모의 땅에 상권을 만들고 상로를 개척하는 일은 아무래도 저희 같은 장사꾼이 좀 더 능숙하지 않겠습니까? 어떤 물건이 금화가 될지, 어떤 원주민들이 시장을 만들 수 있을지 그런 구분은……."

노만의 말에 그제야 대전사들이 노만이 생각하고 있는 파나류의 거대한 상권에 대해 이해하기 시작했다.

파나류라는 거대한 먹잇감에 대해 모두 욕심을 내고 있었지만, 정작 파나류에서 뭘 먹어야 하는지는 정확히 모르고 있던 대전사들이었다. 하지만 사해상가라면 귀신처럼 파나류에서 나올 이익들을 뿌리까지 찾아낼 것이다.

그 이익을 공유한다면 이왕사후로서도 절대 손해 날 일이 아니었다.

"좋은 제안이오. 그런데 과연 이왕사후께서 대공자의 제안을 받아들이실지는 모르겠소. 그분들은 지금 신마성을 전멸시키는 일에 몰두하고 계셔서… 상업적 이득은 현재로서는 관심사가 아닐 것이오."

"그래서 대전사님들께 부탁드리는 것입니다. 외람되지만 원정대 본진이 도착하면 대전사님들은 이 원정의 선봉을 내놓으시고 후방 지원을 맡게 되실 것 같습니다만……."

노만의 말에 대전사들의 얼굴이 굳어졌다. 아픈 곳을 찔린 사람들 같기도 하고, 모욕을 받아 분노하는 것 같기도 했다.

하지만 그렇다고 노만의 말을 반박할 수도 없었다. 이왕사후가 도착하면 분명 그들의 후방 지원을 맡을 것이기 때문이다.

"그래서… 그게 뭐 어쨌다는 거요?"

불쾌한 표정을 감추지 않고 오사성의 대전사 호무덕이 물었다.

그러자 노만이 얼른 고개를 숙이며 대답했다.

"아, 불쾌하셨다면 용서하십시오. 전 결코 기분을 상하게 하려고 드린 말씀이 아닙니다. 다만 전사로서 선봉에서 전공을 세우는 영광은 이미 충분하니 이제는 실속을 차리실 기회라고 말씀드리고 싶군요. 점령지를 단속하고 그곳에 각 성의 영지를 구축하는 일은 앞에 나서서 전투를 하는 사람들이 할 일이 아닙니다. 뒤를 따라가는 후군이 할 일이지요."

"음……."

"그게 그렇게 되는가?"

고타이의 막사 안에 있던 대전사들의 표정이 다시 변했다. 그런데 앞서와 달리 그들은 화가 난 것이 아니었다. 그들의 마음속에 생겨나기 시작한 욕망을 애써 감추려는 듯한 얼굴들이었다.

노만의 말은 너무 달콤한 유혹이었다.

원정대가 쓸고 간 땅, 그곳에는 자연스럽게 거대한 점령지가 형성된다. 그리고 그 점령지의 지배권을 자신들이 갖는 것이다.

이건 평생 전쟁터를 누비며 얻은 전사로서의 명성과는 전혀 다른 성질의 유혹이었다. 감히 대전사들조차도 거부할 수 없는 유혹이었다.

노만이 차분하게 대전사들의 표정을 살피다가 다시 입을 열었다.

"물론 한 가지 포기해야 하는 것들도 있습니다."

"우리가 말이오?"

고타이가 물었다.

"그렇습니다."

"뭘 포기해야 하오?"

다시 고타이가 물었다. 무엇을 포기하든 거대한 파나류의 점령지에서 나오는 이득을 가질 수 있다면 포기하지 못할 것이 없는 듯 보였다.

"육주로의 영예로운 귀환, 그리고 육주의 안락한 환경을 포기하셔야 합니다. 원정 이후 정복지는 분할되어 이왕사후의 영지가 될 것입니다. 당연히 영지를 관할할 사람이 필요하겠지요. 그때 대전사들께서 이곳에 남으셔야 합니다. 원정대 뒤를 따라가면서 정복지를 잘 수습하시면 아마 이왕사후께서도 대전사들께 정복지를 맡기실 것입니다. 초기에는 이곳에 남는 것이 희생으로 보일 수도 있으니까 더욱 반대는 없을 겁니다. 초창기 정복지는 겉으로 보기에는 불모지에 가까울 테니까요. 위험하기도 하고… 하지만……"

노만이 말꼬리를 흐렸다.

물론 그 이후의 말은 대전사들 역시 듣지 않아도 알 수 있었다.

시간이 지나면 새로운 정복지에는 새로운 성과 마을들이 들어설 것이다. 거기에 사해상가의 능란한 상술을 더하면 제대로 된 상권들이 형성될 것이다.

상권은 파나류의 무궁무진한 자원을 바탕으로 급격하게 커질 것이고, 이곳에 남은 대전사들은 그 거대한 상권의 이익을 갖게 되는 것이다.

그건 어쩌면 그들이 누군가의 수하가 아닌 한 지역의 영주가 되는 것을 의미할 수도 있었다.

대전사들은 침묵했지만, 그들의 심장이 이미 야망으로 요동치고 있음을 노만은 알고 있었다.

*　　　　　*　　　　　*

이왕사후가 일천의 기마 전사단을 이끌고 금하강 상류 량산의 육주 원정대 본진에 도착한 것은, 그들이 전령을 보내 고타이의 일차 원정대의 진격을 막은 지 열흘 후의 일이었다.

그건 곧 그들이 금하강 하구를 출발한 이후에 전령을 보냈다는 의미였다. 량산은 중무장한 보병 전사의 보통 걸음으로는 한 달 이상, 기마 전사가 속도를 내 전진하면 보름 정도 걸리는 곳이었다.

그 거리를 열흘 만에 주파할 수는 없다. 그러므로 그들은 출발한 이후 시간이 조금 지난 다음에 전령을 보낸 것이다.

그리고 그런 그들의 행동은 이왕사후의 마음이 급하다는 의미였다.

그들은 어쩌면 고타이가 이끄는 선봉대가 자신들의 명을 무시하고 신마성 공격에 나설 수도 있다고 생각했을 것이다.

본래 큰 전쟁의 경우 전선의 지휘자가 왕의 명을 어기고 현실적인 판단에 의해 진퇴를 결정하는 것은 죄를 묻지 않는 법이었다.

그래서 설혹 고타이가 이왕사후의 명을 어기고 신마성을 향해 진격했다고 해도 그걸 벌하기는 쉽지 않았다.

당연히 이왕사후로서는 급할 수밖에 없는 상황이었다. 그러나 그들의 걱정과 달리 고타이와 대전사들은 량산의 진영에서 이왕사후를 맞았다.

쿵쿵쿵!

사슴이 그려진 육주의 깃발이 숲처럼 하늘을 메웠다. 그 펄럭이는 깃발 사이로 거대한 북소리가 울리고 이왕사후가 원정대 진영으로 들어섰다.

"어서들 오십시오."

고타이가 우량 등 다른 대전사들을 이끌고 량산 초입, 금하강 상류의 포구에서 이왕사후를 맞았다.

"총사령! 오랜만이오. 수고하셨소. 일차 원정대의 성공적인 원정에 대한 칭송이 자자하오. 우리 이왕사후는 총사령을 포함한 대전사들의 노고에 크게 고마워하고 있소."

북천성의 왕 천무확이 고타이의 인사를 받자 밝은 미소를 지으며 말했다. 그로서는 고타이가 이곳에 남아 있다는 것만으로도 고마운 마음이 드는 상황이었다.

"무슨 말씀을! 장수가 주군의 명을 받아 행한 일에 어찌 고맙다는 말씀을 하십니까. 당연히 해야 할 일을 했을 뿐입니다. 군이 공을 따지자면 저희들이 아니라 놀라운 용기로 금하강을 회복한 원정대 전사들의 공입니다. 이왕사후께서 오셨으니 그들의 사기가 더욱 높아질 것입니다."

"하하하, 겸양의 말씀, 노련한 총사령의 전략이 아니었다면 생소한 파나류 땅에서 어떻게 연전연승을 했겠소이까. 이미 여기 계신 대전사들의 명성이 육주 전체에 전해진 상태요. 그동안 수고하셨으니 이젠 후방에서 약간의 휴식을 취하시구려. 적을 공격하는 일은 우리 이왕사후가 직접 나서도록 하겠소."

예상했던 일이고, 예상했던 말이다.

만약 노만에게서 유혹적인 제안을 받지 않았더라면 천무확의 이 말에 고타이는 무척 실망했을 것이다.

그러나 이미 고타이와 대전사들은 신마성을 공격해 전공을 세우는 것 이상의 야망을 가슴에 품고 있었다. 그래서 천무확의 이 무례한 명령도 웃으며 수긍할 수 있었다.

"그렇잖아도 늙은 몸으로 재차 전장에 나가는 것이 부담스러웠습니다. 그럼에도 명이시라면 신마성주를 왕께 무릎 꿇릴 각오가 되어 있습니다만, 이왕사후께서 늙은 저희들의 사정을 헤아려 주시니 감사할 따름입니다. 큰 전쟁은 역시 이왕사후께서 직접 이끄시는 것이 원정대의 사기에도 도움이 될 것입니다. 저희들은 후방에서 따라가면서 보급에 힘쓰고 만약의 사태에 대비하겠습니다."

"아! 고마운 말씀이오. 보통의 장군들은 전공을 다퉈 전선 뒤로 물러나기를 원치 않는데. 역시 노전사들의 지혜는 다르시구려."

"사실 후방에서도 할 일이 적지 않습니다. 정복한 지역의 원주민들을 위무하고, 그곳을 이왕사후님의 영지로 안정시키는 것 역시 중요한 일이지요. 신마성만 멸하고 파나류에서 물러날 생각이 아니시라면."

고타이가 슬쩍 이왕사후를 떠봤다.

그러자 천무확이 바로 반응했다.

"설마 이 대원정의 목적이 겨우 신마성 하나 상대하는 것이겠소? 총사령의 말대로 이 땅에 우리의 새로운 영지를 세우는 것이 최종 목표요. 다행히 그 일을 맡아주시겠다니 고맙소. 이것 참… 우리가 복이 많은 것 같소. 이렇게 현명한 대전사들의 보필을 받고 있으니 말이오."

천무확이 흡족한 표정으로 다른 이왕사후를 바라보며 말했다.

그러자 남화성의 왕 적인황이 고개를 끄떡였다.

"맞소이다. 모든 사람이 전공에 눈이 멀어 주군의 명을 어기는 것이 보통인데, 여기 계신 여섯 분은 오히려 스스로 궂은일을 마다하지 않으시겠다니… 역시 연륜이란 것을 무시할 수 없는 것 같소."

붉은 적인황의 눈썹이 미소로 휘어졌다.

사후(四侯) 역시 말은 하지 않았지만 얼굴에 만족한 표정이 드러나 있었다.

"막사로 가시지요. 준비를 해두었습니다."

고타이가 이왕사후를 보며 말했다.

"그럽시다. 오늘은 총사령과 대전사분들을 위해 우리 이왕사후가 술자리를 준비하겠소. 그간의 노고에 감사하는 뜻에서 말이오."

"감사합니다. 가시지요!"

고타이가 고개를 숙여 보이고는 이왕사후를 안내해 량산 중턱에 마련한 이왕사후의 막사를 향해 걸어가기 시작했다.

와아아!

이왕사후가 량산 중턱의 막사를 향해 걷기 시작한 이후, 량산 육주 원정대의 진영에서는 끊임없는 환호 소리가 퍼져 나갔다.

육주의 전사들은 자신들의 왕들이 직접 전장에 모습을 드러냈다는 것만으로도 감격하고 있었다.

그들의 함성을 들으며 이왕사후는 아주 오랜만에 전장에서 누릴 수 있는 권력자의 짜릿한 쾌감을 즐기고 있었다.

그 모습을 멀리서 사해상가의 대공자 노만이 멸시 어린 눈길로 바라보고 있었다.

"역겨운 늙은이들 같으니라고. 퉤!"

노만이 욕설과 함께 침을 뱉었다.

그러자 그의 뒤에서 오랜 세월 그를 보필하고 있는 대행수 도제가 나직하게 말했다.

"보는 눈이 있습니다. 귀가 열려 있는 자들이 있을 겁니다."

두 사람 주변에는 사람이 없었다. 노만을 호위하는 호위무사들조차도 십여 장이 넘는 거리에 있었다. 더군다나 두 사람의 위치는 바람이 불어오는 강변의 풀밭, 노만의 욕설을 들은 사람이 있을 리 없었다.

그럼에도 대행수 도제는 노만에게 주의를 주는 것을 잊지 않았다. 노련한 그는 이 대원정대에서 사해상가의 지위가 그리 높지 않다는 것을 명확히 알고 있었다.

만약 노만이 이왕사후에 대해 불손한 말을 한 것이 알려지면 당장 이 원정대에서 쫓겨날 수도 있었다.

그렇게 되면 노만은 사해상가의 후계자 경쟁에서도 도태될 것이다.

"누가 듣는다고."

"언제든, 항상 조심해야 합니다."

"대행수는 너무 걱정이 많아 탈입니다. 그러다가 머리가 터져 죽을지도 몰라요."

노만이 거친 농담을 했다.

그러자 대행수 도제가 노만의 농담에 오히려 미소를 지었다.

"그런 농담을 하실 정도면 여유가 있으신 거니 다행입니다."

"훗! 저런 늙은이들을 상대로 걱정할 일은 없지요. 다만… 기분이 상할 뿐이지."

"어쩔 수 없지요. 저들은 상계의 가문들을 눈 아래로 보는데 익숙한 자들이니까."

"아무튼 좋아요. 우리는 굿이나 보고 떡이나 챙기면 그뿐이니까. 흐흐."

노만이 어깨를 으쓱하며 음흉한 미소를 지었다.

"그런데 대전사들과 동업을 하는 것이 좋은 생각인지 모르겠습니다."

"왜요? 그들이 배신할까 봐 걱정이세요?"

"본래 인간의 마음이란 것은……."

"원정이 끝나고 이왕사후가 육주로 돌아간 후 이곳이 안정되면 그들이 이왕사후처럼 거들먹거리며 내 위에 군림하려 할 거라는 걸 모르는 건 아닙니다. 하지만……."

노만이 묘한 미소를 지었다.

"달리 생각하는 것이 있으시군요."

"아버님은 오족의 섬에 왕조를 세울 생각이시지요."

노만이 엉뚱한 일을 언급했다.

"그 일은 알고 있습니다. 가주님의 오랜 꿈이시지요. 물론 오족의 왕국이 되겠지만……."

"룡을 오족의 사위로 만들려고 하고 계세요."

"그 일… 결정이 된 겁니까?"

도제가 조금은 걱정스러운 표정으로 물었다.

"결정되었습니다."

"그럼… 조금 곤란하군요."

도제가 불편한 표정을 지었다.

"곤란하지요. 룡이 오족 족장의 사위가 된다는 것은 나이만 대총관의 후원을 받는다는 의미니까요. 더군다나 혼인을 한 후 아이라도 낳는다면 그 아이는 오족의 섬에 세운 왕조의 정통 후계자가 될 겁니다. 그렇게 되면 사해상가에서 룡의 입지는 나와 상을 능가하게 될 겁니다."

"가주께서 삼공자님을 후계자로 생각하고 계시는 걸까요? 왜 굳이 삼공자를 오족 족장의 사위로……."

대행수 도제가 중얼거렸다.

"아마도 그런 듯해요. 나와 상이 비록 처자식이 있는 몸이기는 하지만 그렇다고 오족의 딸과 혼인하지 못할 것도 없는데도 룡을 선택하셨으니. 육주의 성주들이 여러 부인을 들이는 것이 흉이 아닌 세상에서……."

노만이 쓸쓸하게 말했다.

"그래서 이 땅이 필요하신 거군요."

도제가 굳은 표정으로 말했다.

"맞습니다. 만약 내가 파나류에 나만의 상권을 갖게 된다면, 그리고 이 땅에 내가 통제할 수 있는 새로운 왕조를 세울 수만 있다면, 그건 오족의 섬에 세워지는 왕조와는 비교도 되지 않을 만큼 강한 힘이 될 겁니다."

"대전사들 중 한 명을 왕으로 만들 생각이시군요."

듣는 귀가 있을지도 모르니 말을 조심하라고 충고했던 대행수 도제. 그런데 그 자신이 감히 세상에 알려지면 안 되는 말을 입 밖으로 내고 있었다. 그만큼 노만의 원대한 계획에 큰 충격을 받은 듯했다.

"왕이 하나일 필요는 없지요. 사냥개는 여러 마리일수록 좋습니다. 경쟁을 시킬 수 있으니까."

"그럼 여섯 모두를……?"

"그렇게까지 많을 필요는 없고요. 여섯이 경쟁하는 와중에 두 셋쯤은 도태되어야 의미가 있지 않겠습니까? 그리고 그 싸움의 승자는 제가 결정하게 될 겁니다. 그렇게 결정된 승자들은 절대 제 손아귀에서 벗어나지 못하게 될 것이고요. 그럼… 아마도 아버님이 스스로 사해상가를 제게 넘기실 겁니다. 만약 제가 아닌 아우들에게 가문을 넘긴다면 제가 이 땅에서 얻은 힘을 어떻게 쓸지 아실 테니까요."

노만이 냉혹한 말을 무심하게 뱉어냈다.

그런 노만을 도제가 두려운 표정으로 바라봤다.

"왜요? 이런 제가 비정하고 혐오스러워 보이십니까?"

노만이 도제를 보며 물었다.

그러자 도제가 얼른 고개를 저었다.

"아닙니다. 이왕사후든 혹은 사해상가와 같은 상계의 가문이든 그 주인의 혈손들은 독하지 않으면 살아남을 수 없는 운명을 타고나지요. 대공자께서 독해지지 않으면 다른 사람이 독해질 것입니다."

도제의 말에 노만이 빙그레 미소를 지었다.

"역시 대행수님밖에 믿을 사람이 없어요."

"저야……."

"화려한 미래를 약속하는 것은 대행수님에 대한 예의가 아니겠지요?"

노만이 물었다.

"물론입니다. 저로서는 다만 후계에 관련된 일들이 큰 분란 없이 끝나기를 바랄 뿐입니다. 대공자님만큼 사해상가도 제겐 중요하니까요."

"그럴 겁니다. 그러기 위해서는 반드시 이곳에 온 목적을 달성해야 합니다. 이 땅에… 내가 왕을 지배하는 왕국을 세워야 합니다."

"그렇게 되실 겁니다. 저 역시 모든 것을 걸고 돕겠습니다."

"고맙습니다. 그런데, 필요한 것이 있습니다."

"뭘 하면 되겠습니까?"

대행수 도제가 물었다.

"사람이 필요합니다."

"사람이시라면……?"

"검 쓰는 사람들 말입니다. 아버님이 내어준 전사들 중 일부는 오족 출신의 전사들이니까요."

"문제가 될까요?"

도제가 물었다.

"물론 당장 배신을 하지는 않겠지만 혹시라도 룡의 혼인이 생각보다 빨라진다면… 그들을 대체할 전사들이 필요합니다. 내가 알기로 이 땅에는 이런저런 이유로 세상을 떠도는 능력 있는 전사들이 꽤 있다고 들었어요."

"무슨 말씀인지 알겠습니다. 하긴… 나중에 대전사들의 힘을 통제하려면 우리도 힘이 있어야겠지요."

도제가 말했다.

"아시죠? 드러나지 않게."

"물론입니다."

대행수 도제가 굳은 표정으로 대답했다.

제10장

폭풍의 서막

쿵쿵쿵쿵!

거대한 괴물이 무거운 걸음을 걷는 듯한 소리가 터져 나왔다. 소리는 다섯 줄기로 이어진 협곡에 부딪혀 메아리를 만들며 더욱 커졌다.

강렬한 메아리가 계속해서 협곡을 부술 듯이 울려댔다. 그 울림에 신마성의 전사들이 육주 원정대를 막기 위해 세워놓은 협곡의 관문들이 무너질 듯 흔들렸다.

관문을 지키는 신마성 전사들의 눈에 은은한 두려움이 떠오른다.

신마성 전사들의 과거는 대부분 어두웠다. 전마 치우가 신마성을 일으킨 후, 그의 사자들이라 불리는 일곱 명의 신마후는 파나류 곳곳을 여행하며 신마성의 전사들, 육주의 원정대들이 마인들이라 부르는 자들을 규합했다.

흑라의 시대가 끝난 후 파나류에는 다양한 과거를 지닌 무인들이 유랑민처럼 떠돌았다.

그중에는 육주로 건너가 이왕사후의 전사가 되기에는 실력이 부족한 자들도 있었고, 실력은 충분하지만 흑라의 세력에 몸담 았던 과거로 인해 육주로 갈 수 없는 자들도 있었다.

혹은 이도 저도 아닌 그저 자유로운 삶을 원해 스스로 미지의 세계 파나류로 들어온 사람도 존재했다.

혹은, 흑라의 시대에서도 파나류를 근거지로 명맥을 유지한 작은 성의 전사들이였던 자들도 있었다.

그렇게 다양한 내력을 지닌 전사들을 신마후들은 가리지 않고 신마성의 전사로 만들었다.

개중 신마성의 전사가 되는 것을 거부하는 자들은 죽음을 당하기도 했다.

신마성이 북창을 공격하면서 본격적으로 그 모습을 드러내기 수개월 전부터 벌어진 파나류 곳곳에서의 크고 작은 혈사들은 바로 신마후들이 신마성의 전사들을 규합하고 세력을 키워가는 과정에서 일어난 일들이었다.

그래서 신마성의 전사들 중에는 육주 원정대를 상대하는 것에 대해 두려움을 가진 자들도 적지 않았다.

그들은 육주의 원정대가 생각하듯 과거 흑라를 추종하던 마인들과는 전혀 다른 성격을 가지고 있었던 것이다.

신마후 갈단은 제일관문의 높은 망루에 서서 적이 오는 모습을, 그리고 두려움을 느끼는 신마성 전사들의 모습을 바라보고 있었다.

그나마 갈단이 적의 진격 소식을 듣고 삼관문을 떠나 제일관문으로 온 것이 일관문을 지키던 전사들에게는 큰 용기가 되고 있었다.

쿵쿵쿵쿵!

육주의 원정대가 발을 맞춰 전진하는 소리가 갈단이 올라 있는 망루까지 흔들어댔다.

갈단이 문득 손을 들었다.

그러자 일관문을 책임지는 전사 강소가 급히 갈단 앞으로 달려왔다.

"거리는?"

강소가 달려오자 신마후 갈단이 물었다.

"이백 장 밖입니다."

"그럼 궁수들을 준비시켜라!"

"예, 신마후님!"

"가지고 있는 모든 화살을 쏟아부은 후, 관문이 깨지면 즉시 이관문으로 후퇴한다."

갈단이 냉정하게 명령했다.

"후퇴를요?"

강소가 놀란 눈으로 갈단을 바라봤다.

"두 번 묻지 말라!"

갈단이 차갑게 말했다.

"…예. 신마후님!"

강소가 여전히 의문을 가진 표정이었지만, 감히 신마후 갈단에게 반문하지 못했다.

"팔령!"

신마후 갈단이 강소에게 명을 내린 후 누군가를 불렀다. 그러자 그의 뒤쪽에 혼령처럼 어둠에 휩싸인 인물이 나타났다.

"부르셨습니까?"

"이관문으로의 후퇴가 끝나면 일관문을 불사른다. 준비는 되었겠지?"

"물론입니다. 수천 근의 기름과 유황에 불이 붙으면 이곳은 지옥으로 변할 것입니다."

팔령이라 불린 사내가 어둠 속에서 대답했다.

순간 갈단에게 명을 받은 이후 미처 물러가지 않고 있던 강소가 당혹스러운 표정을 지었다. 일관문을 책임지고 있는 자신도 모르게 무슨 일인가가 준비되고 있었던 것이다.

"이제 이해가 가느냐?"

갈단이 당혹해하는 강소에게 물었다.

그러자 강소가 고개를 숙여 보였다.

"예, 신마후님!"

"네가 일관문을 지키러 오기 전, 관문이 세워지는 과정에서 관문 곳곳에 기름과 유황이 숨겨졌다. 이곳을 적에게 내어주고 이관문으로 후퇴하면 그것들이 이곳을 지옥으로 만들 것이다. 그러니 명에 따라 완벽하게 철수해야 한다."

"옛! 신마후님!"

강소가 다시 대답했다.

모든 것이 명확해진 이상 후퇴를 망설일 이유는 없었다.

"그럼에도 최대한 버텨야 한다. 그래야 적들이 의심 없이 관문 안으로 진입할 것이다. 저들은 금하강 하구에서 화공을 경험해 경계심을 품고 있을 것이다. 그러니 일단 죽을 각오로 적을 막아야 한다."

"알겠습니다."

강소가 굳은 표정으로 대답했다.

"준비하라!"

신마후 갈단이 짧게 명했다.

그러자 강소가 고개를 숙여 인사를 한 후 관문 위에 늘어선 신마성의 전사들에게로 달려갔다.

"팔령! 그대도 준비하라."

"옛."

어둠 속의 사내가 낮고 무거운 목소리로 대답하고는 흔적도 없이 사라졌다.

갈단은 그렇게 두 명의 수하에게 적을 맞을 준비를 시킨 후 천천히 시선을 돌려 오룡의 회랑을 바라봤다.

멀리 뿌연 먼지구름이 일어나는 것이 보였다. 적의 기마대가 일으키는 먼지일 것이다.

그 위로 깊은 협곡이 만들어내는 어둠이 있었고, 다시 그 위로 늦은 오후의 눈부신 태양빛이 계곡의 어둠과 대비되어 세상을 비추고 있었다.

"밝음 속의 어둠, 어둠이 떠받치는 밝음… 세상은 묘한 곳이지. 이 싸움의 끝이 나를 다시 밝은 세상으로 이끌 수 없을지도 모른다. 그러기에는 그동안 뿌려온 피들이 너무 많으니까. 누가 뭐래도 본 성은 마도의 길을 걸어왔다. 하지만 적어도⋯ 어둠의 가치를 인정받을 수는 있겠지. 성주께서도 그 정도에서 만족하실는지 모르겠지만⋯⋯."

갈단이 다가오는 이왕사후의 기마 전사들을 보며 중얼거렸다.

*　　　　*　　　　*

콰콰쾅!

거대한 쇳덩어리들이 계속해서 돌을 쌓아 만든 관문 주변의 성벽을 가격했다. 그러자 굵은 나무를 엮어 만든 무거운 관문과 성벽을 잇는 부위가 들썩이기 시작했다.

그에 맞춰 관문 주변의 성벽 위에서 쏜 강전들이 적을 향해 날아갔다.

"억!"

"컥!"

신마성의 전사들이 쏘아대는 강전은 일반적인 육주의 화살과 달랐다.

보통의 화살보다 반 배 정도는 더 컸고, 화살을 당기는 사람도 앉은 채 활을 발에 걸고 시위를 두 손으로 당겨 거의 눕듯이 활을 휜 후 화살을 발사했다.

덕분에 정확도는 좀 떨어져도 화살의 사거리는 보통의 화살보다 배는 더 날아가는 것 같았다.

당연히 그 위력도 강력했다. 방패를 들고 석포 주변을 막고 있던 육주의 전사들 중에는 방패와 몸이 같이 꿰뚫려 죽는 자도 있었다.

육주의 전사들은 방패로 어렵게 적의 화살을 막아내도 그 충격에 뒤로 넘어지기 일쑤였다.

그럼에도 불구하고 전세는 조금씩 육주 원정대 쪽으로 기울어지고 있었다.

화살이 쏟아지는 와중에도 이왕사후가 육주에서부터 가져온 투석기가 위력을 발휘하고 있었기 때문이다.

특히 투석기에 얹은 것이 보통 경우처럼 돌덩이가 아니라, 일차 원정대가 회복한 금하강 유역의 사해상가 철광산들에서 만들어진 철환이었기에 그 위력은 무시무시했다.

철환을 맞은 신마성의 일차관문 성벽들이 순식간에 이빨 빠진 노인의 입처럼 나약해지는 것은 당연한 일이었다.

이제 곧 관문까지 무너지면 본격적인 육주 원정대의 돌격이 시작될 것이고, 관문과 성벽이 무너진 이상 신마성의 전사들이 오룡의 회랑 첫 번째 관문을 지키는 것은 거의 불가능해 보였다.

두두두!

한 필의 말이 바람처럼 달려와 전선에서 수백 장 떨어진 곳에 머물러 있던 이왕사후 앞에 멈춰 섰다. 전선의 소식을 수시로 이왕사후에게 알리는 전령이다.

"전황은?"

오사성의 성주 사중산이 물었다. 그는 이왕사후 중 가장 젊은 나이여서 그런지 이 싸움을 대하는 패기 역시 가장 강력했다.

다른 이왕사후에 앞서 전황을 물어본 그의 행동이 전의가 충만한 그의 마음 상태를 말해주고 있었다.

"곧 관문이 무너질 것입니다."

"예상 시간은?"

"일각이면 족하다는 선봉대의 전언입니다."

"일각… 때가 되었군. 기마대를 출정시킵시다."

사중산이 이왕사후를 보며 말했다.

그러자 해신성의 성주 궁마천이 신중한 모습을 보였다.

"기마대를 투입하는 것은 급하지 않소. 이 싸움은 결국 소악산 신마성을 점령해야 끝나는 싸움이오. 급한 것보다는 조금 느린 것이 좋소."

"저 작은 관문에 어떤 함정이라도 있을 거라고 생각하시는 것이오?"

나이는 어리지만 이왕사후로서 대등한 지위를 누리고 있는 사중산이다. 그래서 그의 말도 거침이 없었다.

"있을 수도 있을 것이오. 물론 그렇다고 우리의 진격을 막을 만큼 대단한 함정이라고는 생각지 않지만. 하지만 긴 싸움이니 우리 쪽 피해를 최소화하면서 전진하는 것이 낫지 않겠소?"

궁마천이 다시 말했다.

"나도 해신성주의 의견과 같소. 관문이 무너지고 놈들의 움직임을 본 후에 기마대를 투입합시다."

남화성의 왕 적인황이 말했다.

그러자 다른 사람들도 천천히 고개를 끄떡여 두 사람의 의견에 동의했다.

그 순간 사중산의 표정이 차갑게 굳었다. 그는 자신의 의견이 거부된 것은 그의 판단이 잘못됐다기보다 다른 이왕사후가 자신을 무시하기 때문이라고 생각하는 듯했다.

하지만 그렇다고 이왕사후 중 다섯 명이 동의하지 않는 일을 그 홀로 고집할 수도 없었다.

"다들 생각이 그렇다면 어쩔 수 없구려. 하지만 때를 놓치면 항상 변수가 생기는 법이라는 것도 염두에 두시기 바라겠소. 아무튼 전격적인 진격이 아니라면 난 이 싸움에 흥미를 느끼지 못하겠구려. 난 뒤로 물러나 있겠소이다. 기마대의 지휘는 다른 분께 양보하겠소."

애초에 기마대와 함께 적의 관문을 향해 진격하려던 사중산이었다. 하지만 자신의 의견이 받아들여지지 않자 기분이 상한 그는 더 이상 관문을 공격하는 데 흥미가 없었다.

더군다나 전세를 살피며 천천히 움직이는 진격이라면 더더욱 재미없는 일이었다.

"그럼 기마대를 누가 지휘하시겠소?"

북천성의 왕 천무확이 이왕사후를 보며 물었다.

그러자 화림성의 성주 전광이 자리에서 일어났다.

"무너진 작은 관문 하나 점령하는 일에 우리가 직접 나서는 것이 과한 일이기는 하지만, 그래도 우리 이왕사후의 첫 번째 전투이니 누군가는 이 진격을 지휘해야 할 것이오. 그런 의미에서 다른 분이 의사가 없으시다면 내가 가보겠소."

"다른 분들은?"

천무확이 다른 이왕사후를 보며 물었다.

그러나 다른 이왕사후는 전광의 말처럼 작은 관문을 점령하는 일에는 관심이 없는 듯 보였다. 아무도 전광을 대신해 기마대를 지휘하겠다고 나서는 사람이 없었다.

"다른 분들께서 흥미가 없으시다면 기마대를 지휘하는 일은 화림성주께 맡기는 것으로 합시다."

천무확의 말에 이왕사후들이 말없이 고개를 끄덕여 동의했다.

"그럼 화림성주께서 수고해 주시구려."

천무확의 말에 화림성주 전광이 말을 몰아 앞으로 나가면서 입을 열었다.

"오래 걸리지 않을 것이오. 관문을 점령하고 안전을 확인하면 전령을 보내겠소. 오늘 저녁은 첫 번째 점령지에서 드십시다."

"수고하시오!"

"고생하시구려."

이왕사후가 제각기 입을 열어 전광을 전송했다.

전광은 이왕사후를 향해 손을 한 번 들어 보이고 힘차게 말을 몰아 앞으로 달려 나갔다.

쿠쿠쿵!

결국 흔들거리면서도 질기게 버티던 거대한 관문이 무너졌다. 관문이 무너지면서 관문을 지탱하던 주변의 단단한 성벽 역시 함께 무너졌다.

그러자 관문이 막고 있던 오룡의 회랑이 거대한 입을 드러냈다.

멀리까지 이어진 어둡고 깊은 회랑이 그 안에 무엇이 들어 있는지 알 수 없는 미지의 두려움을 뿜어냈다. 그 두려움이 투석기를 이용해 관문을 무너뜨린 육주 원정대들의 진격을 잠깐이나마 망설이게 만들었다.

그런데 그렇게 진격을 망설이는 사이 소낙비처럼 쏟아지던 적의 화살 공격이 거짓말처럼 끝났다.

그리고 뒤를 이어 무너진 제일관문 뒤쪽으로 관문을 지키던 신마성의 전사들이 빠르게 후퇴하는 것이 보였다.

그들은 마치 무너진 관문은 더 이상 지킬 가치가 없는 것처럼 물러나 어두운 오룡의 회랑 북쪽으로 도주하고 있었다.

그 소식은 즉시 기마대를 지휘하기 위해 앞으로 나와 있던 화림성주 전광에게 전해졌다.

"가지."

화림성주 전광이 조금은 무료한 목소리로 명을 내렸다.

적의 퇴각 소식은 사중산을 대신해 기마대 지휘를 맡은 전광조차도 맥이 빠지는 소리였다.

아무도 없는 적진을 점령하는 것은 이왕사후 이름에 어울리지 않는 일이었다.

그러나 전광은 그래도 나름대로는 의미가 있는 일이라고 생각했다.

이왕사후 중 가장 먼저 승리의 깃발을 세우는 주인공이 되는 것, 가장 먼저 전사들을 이끌고 적진을 점령하는 주인공이 되는 것은 생각보다 의미 있는 일이라는 것이었다.

무료한 듯 보이는 일이지만 향후 역사에 오랫동안 기록될 순간이라는 것이 그의 생각이었다. 그래서 전광은 오히려 그 중요성을 간과하는 다른 이왕사후들의 행동을 어리석게 생각하고 있었다.

하지만 그럼에도 불구하고 당장의 진격은 별 흥미 없는 맥 빠진 진격임을 부인할 수는 없었다.

"진격한다. 대오를 갖춰라. 서둘지 말고 주위를 살피며 진격하라!"

전광을 대신해서 기마대에 공격을 명하는 소리가 우렁차게 들려왔다.

그에 따라 기마대의 말발굽 소리가 땅을 울리기 시작했다.

두두두두!

가볍게 시작된 기마대의 진격 소리가 어느 순간 천둥처럼 강렬해졌다.

무너진 적의 일차관문에서 어떤 반격도 없는 것을 확인한 후에는 기마대의 진격 속도가 좀 더 빨라졌다.

그 모습을 보고 있던 전광이 중얼거리듯 수하들에게 말했다.

"우리도 가자. 쑥스러운 진격이지만, 그렇다고 적진을 점령한 공이 사라지는 것은 아니니까."

전광이 명을 내리고는 자신이 먼저 말을 몰아 신마성의 무너진 일관문을 향해 달리기 시작했다.

*   *   *

그날 불의 지옥이 시작된 것은 육주 원정대의 기마대가 적이 후퇴하고 허물어진 텅 빈 관문을 거의 완벽하게 장악한 바로 그 순간이었다.

오룡이 회랑 위쪽을 눈부시게 비추던 석양이 갑자기 밀려드는 검은 구름에 힘을 잃고 일찍 사라져 가던 시간, 그 아래쪽 협곡 은 이미 밤과 같은 어둠이 지배하고 있었다.

그 어둠 속에서 관문을 장악한 육주의 기마 전사들이 무주공 산의 성벽 위에서 어둠 속에서도 확연히 볼 수 있는 육주의 깃 발을 내거는 순간, 무너진 성벽 안에서 화산이 터지듯 뜨거운 불길이 일어났다.

화르륵!

무너진 성벽을 뚫고 나온 불길은 순식간에 성벽을 따라 번져 나갔다.

그리고 그 불길 속에서 검은 그림자들이 빠르게 움직이기 시 작했다.

그림자들은 혼란스러운 육주 기마대 속으로 은밀하게 파고들 었다. 그 순간부터 기마 전사들 사이에서 크고 작은 비명 소리 들이 흘러나왔다.

"컥!"

"윽!"

활화선처럼 타오르는 불길로 인해 장내가 워낙 혼란스러워서, 그 속에 비명 소리가 흘러나오고 사람과 말이 쓰러질 때도 그

주변의 동료들은 쓰러지는 자들이 화마에 휩쓸린 것이라고 생각
했다.

그런데 그렇게 쓰러지는 동료들의 숫자가 예상외로 많아지자
자연스럽게 쓰러진 자들을 주의 깊게 살피지 않을 수 없었다.

그리고 그제야 기마 전사들은 동료들의 죽음이 불 때문이 아
니라 누군가의 공격 때문이란 것을 발견했다.

"적이다! 우리 틈에 적들이 숨어 있다. 모두 조심해. 진형을 갖
추고 놈들을 찾아라!"

적의 존재를 알아챈 기마 전사들의 지휘자들이 급하게 경고
했다.

그러자 지옥 같은 화마 속에서도 육주의 기마 전사들이 급히
십여 명씩 짝을 지어 진형을 갖추기 시작했다.

그러자 화마 속 검은 그림자들의 실체가 드러났다.

땅 위를 미끄러지듯 움직이는 부드러움, 그러면서도 사람의 눈
으로 좇기 힘든 빠름, 그 빠름 속에서도 육주의 기마 전사들을
정확하게 공격해 내는 뛰어난 검술. 모습을 드러낸 적들의 모습
이었다.

"죽여 버렷!"

동료들을 잃은 분노에 검은 그림자들을 향한 육주 기마 전사
들의 살기 어린 고함 소리가 쏟아졌다.

그리고 몇몇은 이미 검은 그림자들을 향해 창과 검을 휘두르
고 있었다.

그런데 그 순간, 그림자들 사이에서 음산한 목소리가 흘러나

왔다.

"돌아간다!"

목소리는 낮게 깔리는 연기처럼 관문 곳곳으로 퍼져 나갔다.

그러자 기마 전사들을 공격하던 검은 그림자들이 바람에 밀려가듯 오룡의 회랑 북쪽으로 빠져나가기 시작했다.

그 속도가 또한 무척 빨라서 육주의 기마 전사들이 바로 추격할 수 없을 정도였다.

"놈들이 도주한다. 앞을 막앗!"

"창을 던져라!"

곳곳에서 분노한 기마 전사들의 외침이 터져 나왔다. 그리고 몇몇 기마 전사들이 물러나는 검은 그림자들을 향해 창을 던졌다.

또 기마에 능한 일부의 전사들은 급히 말을 몰아 물러가는 적을 추격하기 시작했다.

그런데 그 순간 관문 입구 쪽에서 긴 나팔 소리가 퍼져 나갔다.

뿌우우! 뿌우우! 뿌우우!

일정한 간격으로 세 번 울린 나팔 소리는 잠시 숨을 골랐다가 다시 한번 불타는 화염 속을 울려 나갔다.

그러자 유령 같은 자들을 추적하려고 말을 몰아 나가던 육주의 기마 전사들이 급히 말을 돌려 관문 쪽으로 돌아왔다.

화림성주 전광이 불쾌한 표정으로 화염 속에서 빠져나왔다.

그는 수하들에 둘러싸인 채 일정한 거리를 이동한 후 말을 멈쳤다.

그러고는 찌푸린 표정으로 말 머리를 돌려 불타는 제일관문을 바라봤다.

"다행히 더 이상 적의 공격은 없습니다. 아마도 잠복해 있다가 불을 붙인 후 전장을 빠져나가기 위해 벌인 소동 같습니다."

전광을 호위하는 수하가 빠르게 말했다.

"불은 끌 수는 없나?"

"어려울 것 같습니다. 기름과 유황을 섞어서 만든 불이어서……."

"후우… 참, 이상한 싸움이군. 상처뿐인 영광이라는 건가? 아주 우스운 꼴이 되었어. 불타고 무너진 관문을 점령하는 것이 무슨 의미가 있겠는가."

전광이 한탄했다.

"그래도 어쨌든 첫 번째 점령지입니다."

수하는 나름대로 이 싸움에도 의미가 있다고 생각하는 모양이었다.

"첫 번째 점령지, 그렇군. 그 기록은 영원할 테니까. 그리고 한 걸음 더 신마성에 다가갔다는 의미도 있고… 어떻게 생각해?"

"무슨……?"

"비가 올 것 같아?"

전광이 갑자기 하늘을 보며 물었다.

육주의 기마대가 관문을 향해 돌진할 때만 해도 태양이 만들어내는 노을빛을 뿌리던 하늘이다.

그러던 하늘이 노을이 질 무렵부터 갑자기 변했다. 미처 석양이 지기도 전에 검은 구름이 몰려와 하늘을 가득 메웠던 것이다.

석양이 진 후 구름 사이로 흐릿하게 보이던 달빛도 이젠 더 이상 보이지 않았다.

그런데 전광을 제외한 다른 사람들은 그런 하늘의 변화를 미처 깨닫지 못하고 있었다.

아마도 그 이유는 용암처럼 치솟으며 관문을 불태우고 있는 화마 때문일 것이다. 타오르는 불길에서 퍼져 나오는 붉은빛이 하늘을 가린 구름의 존재를 지워 버리고 있었던 것이다.

"어느새 이렇게 구름이……?"

전광의 수하가 놀란 듯 중얼거렸다.

"비가 올 구름이지?"

전광이 다시 물었다.

"그런 것 같습니다."

전광의 수하가 대답했다.

"다행이군. 비가 오면 불길은 잡히겠지."

전광이 중얼거리며 허공을 향해 손을 내밀었다. 그 순간 한 방울 빗방울이 떨어져 전광의 손바닥을 적셨다.

쏴아아!

갑자기 시작된 비가 오룡의 회랑을 순식간에 물바다로 만들었다.

평소에는 말라 있지만, 비가 내리면 회랑에 난 오래된 수로를 따라 순식간에 개울이 생겼다.

그 개울을 따라 빗물이 거칠게 흘러나가다 땅 밑으로 꺼져 들어간 동굴 속으로 폭포수처럼 떨어져 사라졌다.

그런 개울과 동굴이 오룡의 회랑 곳곳에 있었으므로 폭우가 쏟아져도 오룡의 회랑이 강으로 변하는 일은 없었다.

그러나 그럼에도 불구하고 비는 육주 전사들의 진격을 막았다.

특히 처음으로 점령한 제일관문에서 하룻밤을 보낼 생각이었던 이왕사후는 관문에서 멀리 떨어진 곳에 막사를 세우고 뜬눈으로 밤을 새울 수밖에 없었다.

편하게 잠을 자기에는 모든 것이 불편하고 을씨년스러운 밤이었다.

제일관문 안쪽에 있던 신마성 전사들의 숙소 역시 완전히 파괴되었기에 비를 피할 곳이 없었다.

더군다나 화염이 폭우로 인해 꺼지면서 일차관문 주변은 완전히 검은 그을음 투성이었다.

급히 폐허의 잔재들을 치운다 해도 비와 섞여 일어나는 매캐한 그을음 냄새를 참는 것은 견딜 수 없는 고통이었다.

그래서 이왕사후는 몇몇의 경비전사만 남기고 모든 원정대를 관문 밖으로 불러내 평지에 급히 천막을 세워 불편한 하룻밤을 보내고 있었다.

승자였지만 승자 같지 않은 모습, 마치 전쟁에서 패한 패잔병 같은 모습의 원정대 숙영지는 이왕사후의 사기조차 떨어지게 만들었다.

하지만 이왕사후와 육주 원정대, 혹은 싸움에 패하고 일관문을 빼앗긴 후 이관문으로 후퇴한 신마성 전사들 모두 알고 있었다.

비는 결국 그칠 것이고, 비가 그치면 다시금 원정대의 사기가 오를 것이란 걸. 그리고 다시 이 거친 싸움이 시작될 것을.

                    *   *   *

쾅쾅쾅!

더 강렬한 투석기 공격이 시작되었다. 투석기에 의해 날아오는 포환들은 당연히 돌이 아니라 둥근 쇳덩어리였다.

폭우가 그치고 오룡의 회랑이 다시 뜨거운 태양으로 메마르자 이왕사후는 지체하지 않고 제이관문을 공격하기 시작했다.

그들의 공격은 냉정하고 무서웠다. 그들은 조금의 변수도 만들지 않겠다는 듯 일차관문을 공격할 때보다 훨씬 촘촘하게 철환을 쏘아 보냈다.

관문의 성벽 뒤쪽에 몸을 숨긴 신마성의 전사들은 처음에는 성벽에 의지할 수 있었지만, 시간이 지날수록 그들의 몸을 가릴 성벽이 사라져 갔다.

무너진 성벽 뒤에 잠시 몸을 숨길 수도 있었지만, 그 높이가 성벽이 온전할 때와는 크게 차이가 나서 날아온 철포환이 직접 신마성 전사의 몸에 떨어지는 경우도 있었다.

강궁을 이용한 반격도 용의치 않았다. 신마성 전사들이 가지고 있는 강궁은 반드시 제대로 된 엄폐물이 있어야 발사할 수 있었다.

그런데 육주 원정대의 투석기 공격은 신마성 전사들에게 그런 기회를 주지 않았다.

쿵쿵!

"악!"

"커억!"

곳곳에서 죽어가는 신마성 전사들의 비명 소리가 들린다.

그 모습을 신마후 갈단이 날아오는 포환에 아랑곳하지 않고 꼿꼿이 선 채 바라보고 있었다.

"위험합니다. 신마후님!"

팔령이라 불렸던, 제일관문을 불태웠던 유령 같은 사내가 검은 두건을 쓴 채 말했다.

"좋지 않군."

갈단이 몸을 피하지 않고 말했다.

"아무래도 삼관문으로 가셔야겠습니다."

사내가 말했다.

"이번에는 화공도 소용없겠지?"

"대비를 하고 올 것입니다."

"후우… 좋아. 퇴각한다. 단, 일관문에서처럼 화공으로 적에게 피해를 주지는 못할지라도 이관문의 모든 것을 태우고 간다. 저들에게 어떤 것도 넘겨줄 생각이 없으니까."

갈단이 차갑게 말했다.

이왕사후의 전략은 간단했다. 압도적인 전력으로 어떤 변수도 만들지 않고 느리지만 하나하나 적의 땅을 밟아가는 것이었다.

진격 전에는 투석기와 궁수들을 앞세워 적의 진영을 초토화 시켰다.

투석기에서 쏘는 철환은 급조한 신마성의 관문과 성벽으로는 막아낼 수 없었다.

물론 돌을 쌓아 만든 성벽이어서 무너져도 일정한 정도는 방어막 역할을 했지만, 그 뒤에 덮쳐오는 화살 공격을 감당하는 것은 무리였다.

그렇게 무너진 성벽과 건물들은 병력을 숨길 만한 공간을 제공하지 못했다.

그래서 원정대 전사들이 조심할 것은 일관문에서처럼 숨겨놓은 화공의 재료들 정도였다. 하지만 그조차도 수색에 뛰어난 전사들을 선발대로 보내 살핀 이후에 적의 땅을 밟았으므로 이왕사후의 전진은 느리지만 안전했고, 완벽했다.

이왕사후는 그렇게 이관문을 넘고 삼관문을 공격했다. 공격은 철저히 낮에 이뤄졌다. 어둠이 많은 변수를 가져올 수 있다는 것을 누구보다 잘 알고 있는 이왕사후였다.

그들에게는 다행스럽게도, 시간은 그들에게 어떤 걸림돌도 되지 않았다.

그들이 점령한 오룡의 회랑은 길이 좋아서 전장에서 싸우는 전사들이 사용할 보급품들이 충분하고 안정적으로 공급되고 있었다.

처음 파나류에 들어와 금하강 유역을 회복한 고타이 등 여섯 대전사들이 충실하게 후방에서 지원을 하고 있기 때문이기도 했다.

그들이 아무런 불만 없이 후방 지원에 충실한 것 또한 이왕사 후의 마음을 편안하게 하는 요인이었다.

쿠쿠쿵!

계속되는 공격에 결국 오룡의 회랑 최후의 관문이랄 수 있는 신마성 제삼관문이 무너지기 시작했다. 한번 무너지기 시작한 관문과 성벽은 삽시간에 안쪽으로 허물어졌다.

그럼에도 불구하고 철포환은 계속해서 신마성 진영을 유린했다. 그 뒤를 이어 화살도 날아들었다.

반면 신마성 전사들의 강궁을 이용한 반격은 눈에 띄게 줄어들었다.

아마도 그들은 곧 이관문에서와 같이 후퇴를 결정하게 될 것이다.

그렇게 되면 이제 소악산 신마성까지는 더 이상 육주 원정대의 전진을 막을 장애물이 없었다.

그래서 이왕사후는 약간의 흥분과 탐욕의 눈으로 무너지는 삼관문을 바라보고 있었다.

콰아앙!

결국 땅속 깊이 박혀 관문을 지탱하던 기둥까지 완벽하게 쓰러졌다.

그러자 뻥 뚫린 오룡의 회랑이 그 속내를 드러냈다.

그 속에서 당황한 신마성 전사들의 분주한 움직임과 그들이 진열도 갖추지 못하고 도주하는 모습이 보였다.

일부는 말을 타고 오룡의 회랑 북쪽으로 달렸고, 말이 없는 신마성 전사들은 방패를 등에 둘러매 화살을 막으며 두 다리로 뛰어 후퇴하고 있었다.

"일단 회랑은 완벽하게 점령한 것 같소."

천무확이 무너진 삼관문을 보며 말했다.

그리 위험하거나 힘든 싸움은 아니었지만, 세 개의 관문을 무너뜨리면서 전진하는 시간이 지루했던 듯싶었다.

"첫 번째 관문에서 예기치 않은 화공을 받은 것 말고는 대체로 수월한 싸움이었소."

남화성의 왕 적인황이 대답했다.

"그래도 그 덕분에 조심하게 되었으니 그 일 역시 의미가 있었던 일일 것이오. 다만 화림성주께서 약간 불편하셨을 수는 있겠지만."

천무확이 일관문 공격 때 화공을 당해 어려움을 겪었던 화림성의 성주 전광을 보며 말했다.

"언제나 첫 번째 싸움이 어려운 법이지요. 어쨌거나 그로 인해 우리가 이곳까지 안전하게 온 것이니까. 다만, 그 당시 죽은 전사들이 많으니 우리 이왕사후가 죽은 자들을 추모하는 약간의 시간을 갖는 것도 나쁘지 않을 것 같소. 이럴 때일수록 전사들에게 우리가 그들과 함께하고 있다는 것을 알려야 하지 않겠소?"

전광이 무심하게 대답했다.

그러자 천무확이 조금 머쓱한 표정을 지었다. 그로서는 일관문 공격 때 적지 않은 손실을 본 전광의 허물을 지적하고자 한 말이었는데, 전광은 오히려 그 일을 자신의 업적으로 교묘하게 돌려놓고 있었다.

그렇다고 이 상황에서 천무확이 전광과 말싸움을 할 수도 없었다. 어쨌든 전광의 말처럼 일관문의 싸움이 이 전쟁의 시작점이었다는 것은 부인할 수 없기 때문이다.

"좋은 생각이오. 본격적인 진격에 앞서 죽은 자들을 추모하는 제사라도 지내면 전사들의 사기가 한층 충만해질 것이오. 우리에 대한 충성심 역시 깊어질 것이고……."

남화성의 왕 적인황이 전광이 말에 동조했다. 천무확과 적인황은 이왕사후들 중에서도 최강자의 지위를 놓고 경쟁하는 사이여서 이럴 때 한 사람의 마음이라도 더 얻어두는 것이 이득이라는 것을 알고 있는 적인황이었다.

그런 적인황을 날카로운 눈으로 바라본 천무확이 금세 얼굴 표정을 바꾸며 고개를 끄떡였다.

"제사를 지내는 것은 나도 동의하오. 일단 죽은 자들에 대한 제를 지내고… 삼 일 후에 소악산을 향해 출발합시다. 물론 그 전에 충분한 숫자의 척후를 보내도록 하겠소. 전방 십 리 안에 있는 적의 존재는 모두 우리 눈에 들어오게 될 것이오."

천무확이 향후의 일정을 결정했다.

이왕사후들도 고개를 끄떡여 그의 의견에 동의했다.

*　　　　*　　　　*

후우웅!

강렬한 바람이 다섯 갈래로 갈라진 협곡을 따라 불어왔다.

파나류의 중동부와 북동부를 이어주는 오룡의 회랑이다. 길이만도 백여 리에 이르는 긴 회랑, 그 회랑의 북쪽 끝 입구는 파나류 중동부의 대산(大山) 소악산과 그 동쪽에 자리 잡은 삼선산 사이로 나가는 출구였다.

그래서 회랑의 양쪽 절벽 위에 올라서면 정말 다섯 마리 용이 북쪽 평야를 향해 승천하는 듯한 느낌을 받게 된다.

더군다나 이렇게 흐린 날은 광풍이 오룡의 회랑을 따라 불어와서 더욱더 살아 꿈틀대는 다섯 마리의 용의 모습으로 변했다.

어둠이 드리운 하늘만큼이나 어두운 인물이 절벽 위에 서서 살아 꿈틀대는 듯한 오룡의 회랑을 바라보고 있었다.

마침 그 회랑을 따라 한 무리의 전사들이 빠르게 달려오더니 순식간에 오룡의 회랑을 벗어나 북쪽 초원 분지로 달려 나가고 있었다.

사내의 곁에는 승려인 듯하면서도 승려라고 부르기 모호한 인물이 서 있었다. 그리고 십여 장 이상 떨어진 곳에는 검은 갑옷을 걸친 전사들이 두 사람을 호위하듯 서 있었다.

"성주, 바람이 찹니다."

문득 승려의 모습을 한 사람이 입을 열었다.

"좋지 않은가? 이런 날씨……."

어둠에 휩싸인 사내가 말했다.

"검은 대륙 파나류에 어울리는 날씨기는 하지요."

승려가 대답했다.

"이런 날씨가 좋아. 살아 있다는 것을 느끼게 해주거든. 생동감이라든가……."

"싸우기에도 좋은 날씨지요."

승려가 가볍게 웃었다.

그 순간 그의 얼굴은 승려의 그것에서 지옥의 사자 같은 모습으로 변했다. 하지만 그 웃음이 지나가자 그는 다시 승려의 얼굴로 돌아왔다.

"죽기에도 좋은 날이고."

사내가 말했다.

그러자 승려가 잠시 침묵을 지키다가 물었다.

"그들을 직접 상대하실 생각이신지요?"

"만약 완벽한 기회가 온다면! 그들도 누구 손에 죽는지는 알아야 하니까."

"그런 기회가 올까요?"

승려가 되물었다.

"모두 다 제압하는 것은 쉽지 않은 일이겠지. 하지만 적어도 그들은 이 싸움 이후 육주의 주인 자리에서는 내려와야 할 거야."

사내가 무겁게 말했다.

"육주는 무주공산이 되겠군요."

승려가 조금 우울한 표정으로 말했다.

"무주공산의 땅은 피로 얼룩지고, 번성했던 세력들은 몰락의 길을 가게 되겠지. 그리고 치열한 권력 다툼… 어쩌면 세상의 중심이 육주에서 다른 대륙으로 옮겨 갈 수도 있겠고……."

"그걸… 원하십니까?"

승려가 되물었다.

"아니, 육주의 운명 따위는 내 관심사가 아니다. 육주의 운명은 그곳에 사는 자들이 몫이지."

"그렇군요. 그럼 역시 이 전쟁의 목적은……."

"내가 육주의 지배에 관심이 없다고 해서 실망할 것은 없다. 이왕사후가 몰락한 이후 그대들의 삶은 그대들이 결정하면 되니까. 우리의 약속은 그때까지 아니었던가?"

사내가 물었다.

"물론, 그렇기는 합니다만……."

승려가 말꼬리를 흐렸다.

"다만 걱정되는 것은……."

"변수가 있습니까?"

"이왕사후가 몰락한다면 그 이후 과연 십이신무종이 어떻게 나올지. 그게 단 하나의 변수라고 할 수 있지. 만약 그들이 이 싸움에 개입한다면 우리의 인연은 조금 더 이어질 것이고……."

"그들이 세속의 일에 나설까요?"

"드러나지 않았을 뿐이지 나서지 않은 적이 있던가?"

사내가 되물었다.

"하긴… 그렇지요."

승려가 고개를 끄떡였다.

십이신무종이 사람들의 이목을 끌지 않는 곳에서 다양한 방식으로 세상일에 관여해 왔다는 것을 알고 있었기 때문이다.

"그들이 움직이면 이 세상의 역사도 조금 변하겠지."

사내가 무심하게 말했다.

"십이신무종은… 위험한 상대입니다."

승려가 말했다. 십이신무종과의 싸움을 마다치 않을 것 같은 사내의 행동이 걱정스러운 모양이었다.

"위험하다? 그건 죽음이 두려운 자들에게나 해당되는 말 아닌가?"

"…그렇군요. 제가 잘못 생각했습니다. 우리에게 두려울 것은 없지요."

"이 싸움은 무조건 우리가 유리한 싸움이야. 우린 지켜야 할 것이 없는 사람들이니까."

"……."

사내의 말에 승려가 우울한 표정으로 침묵했다. 그러면서도 성주라는 사내를 동정 어린 눈빛으로 바라봤다.

"왜? 내가 안쓰러운가?"

"……."

승려가 다시 침묵했다.

"후후, 그런 모양이군."

"그분의 일은 지금도 믿기지 않습니다."

승려가 성주라는 사내에게서 시선을 돌리며 말했다. 차마 그의 눈을 볼 자신이 없다는 표정이다.

그러자 사내도 입을 닫았다. 그렇게 두 사람은 광풍이 불고, 구름이 가득 찬 오룡의 회랑을 보며 절벽 위에서 침묵의 시간을 보냈다.

그러다가 사내가 혼잣말처럼 중얼거렸다.

"그것조차 운명이라면, 내게 운명이 그 어떤 망설임이나 걸림 없이 육주의 위선자들을 멸하라고 허락한 것이라고 봐야겠지."

"…불행한 일입니다. 모두에게."

승려가 말했다.

그러자 사내의 입가에 가볍게 미소가 지어졌다.

"그렇게 말하니 이제야 정말 승려 같군."

"성주님처럼 저 역시 승려의 운명에서 벗어난 지 오래되었지요."

"그런가? 그렇군. 우린 모두 새로운 운명을 강요받은 사람들이군. 그렇다면 새로운 운명에 충실할 수밖에. 나약한 인간이 운명을 거스를 수는 없으니까. 신마성주로서… 육주의 멸망을 가져온 대마인으로서 기록되겠지만."

한순간 사내, 신마성주 전마 치우의 눈이 검게 변하더니 그 검은 동공 안에서 한줄기 극한의 안광이 만들어지며 흐린 허공으로 뻗어나갔다.

순간 신마성 일곱 신마후 중 일인인 묵승 아불이 두려운 눈빛으로 고개를 숙이며 말했다.

"감히 어느 누구도! 성주님을 비난할 자격을 가진 자는 이 세상에 없습니다. 그것이 바로 마인으로 불려도 당당한 우리 신마후들의 명예이기도 합니다."

"상관없다. 세상 따위가 날 어떻게 평가하든! 난 오직 내 뜻대로 살 뿐이다."

신마성주의 시선이 오룡의 회랑 북쪽 입구로 향했다.

두두두!

흐린 날씨의 협곡을 흔들어대는 굉음과 함께 회랑 입구를 빠져나온 육주 원정대의 기마 전사들이 어느새 분지의 중앙을 가로질러 북쪽 소악산을 향해 달려가고 있었다.

『사자의 아들: 칸의 여행』 6권에 계속…